Een nieuw begin

Santa Montefiore bij Boekerij:

Onder de ombu-boom
Het vlinderkistje
De Vergeet mij niet-sonate
De zwaluw en de kolibrie
Valentina's laatste reis
De zigeunermadonna
Het geheim van Montague
De Franse tuinman
In de schaduw van het palazzo
De affaire
Villa Magdalena
Fairfield Park
De vuurtoren van Connemara
De dochter van de imker
De witte duif
Onder de Italiaanse zon
Een handvol geluk (voorheen *Het gouden licht)*
Naar de overkant
Een tijdloze liefde

De vrouwen van kasteel Deverill
Als de rododendron bloeit
De laatste roos van de zomer
De vergeten Deverill
De verre horizon

Bij het licht van de maan
Een nieuw begin

boekerij.nl
santamontefiore.co.uk

SANTA MONTEFIORE

Een nieuw begin

Zal haar Nieuwjaarsbal het succes worden dat de ongekroonde koningin van het dorp verdient?

Vertaald door Erica Feberwee

BOEKERIJ

ISBN 978-90-225-9665-4
ISBN 978-94-023-1949-1 (e-book)
ISBN 978-90-528-6517-1 (audio)
NUR 302

Oorspronkelijke titel: *Flappy Investigates*
Omslagontwerp: Johannes Wiebel | punchdesign, München
Omslagbeeld: © Shutterstock.com en stock.adobe.com
Zetwerk: Mat-Zet bv, Huizen

Voor mijn vriendin Nicole Majdalany,
die me altijd weer aan het lachen weet te maken

1

Badley Compton, Devon, 2010

Als Flappy érgens een hekel aan had, dan was het aan mensen die zich bemoeiden met andermans zaken. Ze beschouwde elke schending van privacy als ver beneden haar waardigheid. Het was iets waaraan zij zich nooit, maar dan ook nóóit schuldig zou maken. Tenzij het écht niet anders kon. En in dit geval was het – helaas – onvermijdelijk.

Omzichtig, om niet met haar lichtgekleurde kasjmier truitje aan de doornige takken te blijven haken, hurkte ze tussen de braamstruiken en richtte ze haar verrekijker op het echtpaar dat in de tuin van Hollyberry House bij een dode appelboom stond: een aantrekkelijke jonge vrouw met glanzend bruin haar en een rank figuurtje, en een kale, brildragende man met een normaal postuur. Zij was bohemienachtig gekleed, zoals Flappy het met een licht krullen van haar bovenlip zou omschrijven; hij droeg een suède jasje en een spijkerbroek. Typisch mensen die Londen achter zich hadden gelaten, in de hoop in Badley Compton een landelijk paradijs aan te treffen. En ach, Flappy kon het hun niet kwalijk nemen. Het dorp was ontegenzeggelijk charmant. Erg charmant zelfs, met zijn pittoreske haventje, waarin de vissersboten met hun blauw geschilderde romp zachtjes op en neer deinden; met zijn karakteristieke negentiende-eeuwse rijtjeshuizen, zijn boekhandel en zijn ouderwetse cafés en niet te vergeten met zijn hechte gemeenschap die in de huidige, jachtige wereld een zeldzaamheid mocht heten. Voor mensen uit de grote stad was Badley Compton een plattelandsidylle. En van die idylle was Flappy de onbetwiste koningin. Zonder háár geen zomer-*fêtes* en rommelmarkten, geen Oogstfestival met een uitgebreide high tea, geen halloweenparty, geen leesclub, geen 1 mei-feesten met zang en dans. Het waren stuk voor stuk gelegenheden die bijdroegen aan de onderlinge verbondenheid, en ze werden allemaal bedacht en georganiseerd door Flappy Scott-Booth. Niet dat ze zich daar óóit op zou laten voorstaan. Flappy was, in het diepst van haar ziel, een en al minzaamheid en altruïsme. Maar nu deze twee nieuwkomers, deze parvenu's uit Londen, zo vermetel waren geweest – om niet te zeggen dat ze het onbeschaamde lef hadden gehad – om afgelopen zondag op de voorste rij in de kerk te gaan zitten, op de plekken waar Flappy en Kenneth Scott-Booth al bijna dertig jaar zaten, waren haar minzaamheid en haar altruïsme tot het uiterste – en daar ruimschoots voorbij – op de proef gesteld. Er moest worden ingegrepen.

Flappy observeerde het stel aandachtig, maar kon niet horen wat er werd gezegd. Tot de vele talenten die ze bezat, behoorde helaas niet liplezen. Ze richtte de verrekijker op de boom, vermoedend dat ze overlegden of ze die al dan niet zouden omhakken. Als ze háár om haar – deskundige – advies zouden vragen, zou Flappy voorstellen er een *Rosa brunonii* tegenaan te laten klimmen, een ramblerroos uit de Himalaya. Ze had er zelf ook een, in de tuinen van Darnley Manor, en die was werkelijk spectaculair. Wanneer Kenneth en zij de diverse schitterende tuinen in juni drie weken openstelden voor het publiek, dwong de ramblerroos elk jaar opnieuw zowel bewondering als ontzag af bij de bezoekers die van heinde en verre toestroomden. De ramblerroos van Darnley mocht beslist een van de wonderen van Badley Compton worden genoemd.

Ingespannen turend door de verrekijker liet Flappy haar kritische blik over de bloemperken gaan. Arme, árme borders, dacht ze in een opwelling van leedvermaak, die haar met schaamte zou hebben vervuld als ze zich ervan bewust was geweest. Maar Flappy was een meester in het negeren van haar minder minzame en altruïstische kanten. De tuin van Hollyberry House was één grote overwoekerde bende. Het zou een hoop werk kosten om daar weer iets moois van te maken. Met een diepe zucht vanwege de pech van de nieuwe bewoners besefte ze hoe ongelooflijk gelukkig zij zich mocht prijzen met haar legertje tuinmannen dankzij wie de borders en de gazons, het arboretum en de fruitbomen er altijd uitzagen om door een ringetje te halen. Ze vroeg zich af wie het onfortuinlijke echtpaar zou inhuren om orde te scheppen in de gruwelijke wirwar van winde en vlier rond hun nieuwe huis. Minachtend snuivend liet ze de verrekijker zakken. Eén ding was duidelijk: het jonge stel zou dit dorp voorlopig nog niet verlaten.

Nog altijd omzichtig werkte Flappy zich tussen de struiken vandaan. Terwijl ze haar broek afklopte zag ze een vertrouwde gele Volkswagen aankomen. Mabel, haar beste vriendin en officieuze hofdame, zat krampachtig over het stuur gebogen, met haar blik strak op de weg gericht. Zodra ze Flappy in de gaten kreeg, wierp ze een blik in haar achteruitkijkspiegeltje, en toen ze zag dat er niemand aan kwam, stopte ze en liet ze haar raampje zakken. 'Flappy!' riep ze met een verbaasde blik op de verrekijker. 'Wat doe jij hier?'

Flappy stak haar kin naar voren en schudde meewarig haar hoofd, alsof het toch duidelijk moest zijn wat ze hier deed. 'Vogels kijken, Mabel. Ik heb net de uitzonderlijk zeldzame *Stercorarius longicaudus* gespot, ofwel de kleinste jager. Niet te verwarren met de *Stercorarius pomarinus*, de middelste jager. De meeste mensen halen de twee soorten door elkaar.' Als ze eerlijk was moest Flappy bekennen dat ze geen idee had hoe de vogels eruitzagen, maar een paar dagen eerder had ze er op het lokale nieuws twee Noorse vogelaars over horen praten. En als Flappy érgens op kon bogen, dan was het op een uitstekend geheugen, waaruit ze bovendien altijd precies op het juiste moment de juiste informatie wist op te diepen. Zo ook nu weer.

Mabel was diep onder de indruk, ook al vond ze het

merkwaardig dat haar vriendin midden in het dorp aan vogels kijken deed. Ze wist niet beter of vogelaars trokken het veld in, of ze gingen naar het strand. Maar in het besef dat Flappy altijd alles beter wist, waakte ze ervoor dat hardop te zeggen. 'Wil je een lift?' vroeg ze in plaats daarvan.

Flappy stapte naast haar vriendin in de Volkswagen. 'Mijn auto staat bij de pub.'

Mabel giechelde. 'Straks denken ze nog dat je 's ochtends al aan het bier zit.'

Flappy fronste haar wenkbrauwen. 'Dat kan ik me niet voorstellen, Mabel.'

'Nee, natuurlijk niet. Als er in dit dorp íémand is die níét al zo vroeg aan het bier zou zitten, dan ben jij het.' Mabel was er alles aan gelegen om haar vriendin niet tegen de haren in te strijken, en doordat ze net langs Hollyberry House was gekomen, schoot haar iets te binnen. 'Weet je nog dat jonge stel dat zondag in de kerk op jullie plaatsen ging zitten?'

'Het zijn niet ónze plaatsen, Mabel.' Flappy deed haar best luchtig te klinken, alsof ze er absoluut geen aanstoot aan had genomen.

'Nou, officieel niet, maar iedereen weet dat jullie daar altijd zitten.'

'Wat wilde je zeggen over dat stel?' Flappy keek uit het raampje alsof ze nog altijd op zoek was naar de kleinste jager en niet echt in het antwoord geïnteresseerd was.

'Ze komen uit Londen. Uit Bloomsbury. Hij doet iets met computers, zij is journalist, en ze hebben twee kinderen. Martha en Rafe.'

Flappy had het niet zo op journalisten, en ook niet op mensen die in de ICT werkzaam waren, dus ze snoof misprijzend. 'Ik begreep dat zij de kopers zijn van Hollyberry House. En dat de tuin verschrikkelijk verwaarloosd is,' zei ze opgewekt. 'Dus misschien zou ik een van mijn tuinmannen bij ze langs moeten sturen. Lijkt je dat geen aardige geste?'

'Nou en of. Erg aardig.'

'Voor mij is het een kleine moeite. Maar voor die jonge mensen zou wat advies van een echte tuinman zo veel betekenen.'

'Je bent zo gul, Flappy. Ik weet zeker dat ze het enorm zouden waarderen.'

'Dan ga ik het meteen regelen.' Flappy kneep peinzend haar ogen tot spleetjes. 'Hun naam is me ontschoten.' Dat was niet waar, want er ontschoot Flappy nooit iets.

'Price. Jim en Molly Price,' vertelde Mabel behulpzaam. 'Zij was vanochtend bij Big Mary voor een kop koffie. Verder niks. Alleen koffie. Met zo'n figuurtje eet ze blijkbaar nooit een croissantje, laat staan gebak.'

'Ach, de jeugd,' verzuchtte Flappy. 'Dat is het fijne van ouder worden. Dat je je geen zorgen meer maakt om je gewicht. Ik eet als een dokwerker, dat weet je. Er zijn belangrijker dingen om je zorgen over te maken dan een paar pondjes meer of minder.'

Mabel stopte bij The Bell and Dragon. 'Zal ik vanmiddag even aanwippen?' vroeg ze gretig. Ze genoot van haar positie als Flappy's beste vriendin, waaraan ze het privilege ontleende om ook spontaan langs te komen. Zonder uitnodiging.

'Dat zal niet gaan. Ik heb vanmiddag met Hedda afgesproken. Weet je wat, kom morgenochtend op de koffie. Samen met de anderen. We moeten ons buigen over de plannen voor het nieuwjaarsbal.'

'Een bal? Ik dacht dat het gewoon een feest zou worden?' De traditionele viering van de jaarwisseling werd altijd in het gemeentehuis gehouden.

'Het wordt een bal. En ik ga het organiseren. Op Darnley!' Flappy bedacht het ter plekke.

Mabels ogen begonnen te stralen. 'O, Flappy! Wat een geweldig idee.'

'Dat vind ik ook.' Flappy snoof voldaan. Hedda Harvey-Smith mocht dan een onuitwisbare indruk hebben gemaakt met haar feest aan het eind van de zomer, Flappy was vast van plan om zelfs háár het nakijken te geven. 'Het wordt een grootse viering. Een bal zoals dat in de geschiedenis van Badley Compton nog nooit is vertoond.'

'Nou, het zomerfeest van Hedda en Charles was anders ook behoorlijk spectaculair,' merkte Mabel op. Want Hedda had niet alleen Monty Don uitgenodigd, de beroemde televisietuinman, ze had bovendien Jason Donovan weten te engageren voor een optreden!

'Mijn bal wordt nog véél spectaculairder,' verklaarde Flappy vastberaden, en Mabel twijfelde er niet aan of ze zou gelijk krijgen.

Toen Flappy was uitgestapt, keek Mabel haar vriendin zowel bewonderend als jaloers na terwijl die naar haar auto liep. Flappy mocht dan al in de zestig zijn, dankzij haar ranke postuur leek ze veel jonger. Haar broek zat haar als gegoten, haar kasjmier trui kleurde prachtig bij haar topaasblauwe ogen, en haar onberispelijk gekapte blonde bob, haar hoekige kaaklijn en haar hoge jukbeenderen verleenden haar gezicht een opmerkelijke schoonheid. Mabel zuchtte bij het zien van zo veel moeiteloze perfectie. Zelf deed ze verwoede pogingen om het voorbeeld van haar vriendin na te volgen, maar ze kwam niet verder dan een slechte imitatie. Met als gevolg dat Flappy niets in de gaten had. Maar als ze had geweten hoezeer haar vriendin zich inspande om op haar te lijken, zou ze zich gevleid hebben gevoeld. Er bestond tenslotte geen groter compliment dan dat anderen je imiteerden.

Onderweg naar huis draaide Flappy Dolly Parton. Wanneer ze iemand bij zich in de auto had gehad, zou ze een cd van Andrea Bocelli hebben opgezet of iets anders klassieks, maar in haar eentje jubelde ze genietend mee met 'Jolene'. Ze hoorde zichzelf graag zingen. Als alles anders was gelopen, als ze een leven had geleid met minder verantwoordelijkheden en met minder Kenneth, zou ze misschien wel zangeres zijn geworden.

Bij de statige hekken van Darnley Manor gekomen, sloeg ze de met bomen omzoomde laan in naar de villa. Tussen de stammen door kon ze hier en daar een glimp opvangen van de tuin, waar tuinmannen in identieke groene T-shirts en kaki broeken druk doende waren de struiken en de taxushagen te snoeien. De herfst deed zijn intrede, de bladeren verkleurden tot warme tinten geel en bruin, met hier en daar een vurig rood accent. Telkens wanneer ze bij thuiskomst de villa zag opdoemen, maakte een intens gevoel van voldoening zich van haar meester. En dat niet alleen, ze voelde zich ook innig dankbaar, want ze wist maar al te goed hoe gelukkig ze zich mocht prijzen met zo'n schitterend huis.

Darnley Manor bood een ronduit imposante aanblik. Statig was misschien niet het juiste woord, maar het scheelde niet veel. De villa stamde uit de achttiende eeuw, wat op zich al buitengewoon voornaam was. Bovendien was er een eeuw later bij een grootscheepse renovatie een aantal ruime kamers bijgebouwd, waarvan de grote ramen met roedeverdeling uitkeken op het croquetgazon, dat als decor diende voor alles wat Flappy op Darnley organiseerde. De harmonieuze proporties en de oude stenen in een donkere zandkleur verleenden de villa een betoverende charme, die nog werd versterkt door de blauweregen die langs de muren woekerde en die in het voorjaar uitbundig bloeide.

Flappy parkeerde op het grind aan de voorkant, naast de karamelkleurige Jaguar van Kenneth. Uitgelaten beklom ze de treden naar de voordeur, met veerkracht in haar tred. Op het moment dat ze de hal binnenkwam, verscheen de gedrongen gestalte van Kenneth bovenaan de trap. Hij had zich na het golfen blijkbaar al verkleed, want hij droeg een rode broek en een blauw overhemd dat licht om zijn buik spande. 'Aha, daar ben je weer! Wat fijn.'

'Dag, lieverd. Lekker gegolft?'

'Nou, dat zal ik je vertellen!' Hij klonk hevig verontwaardigd. 'Er ging een hond aan de haal met mijn bal!'

'Ik dacht dat honden niet op de baan mochten komen.' Met 'de baan' bedoelde ze natuurlijk de Scott-Booth Golf

Club, die Kenneth had laten aanleggen toen Flappy en hij zich zo'n dertig jaar eerder in het dorp hadden gevestigd. De dure, onberispelijk onderhouden baan was voor Kenneth een bron van vreugde en trots, en voor Flappy betekende die haar redding. Want welke vrouw wil haar man de hele dag om zich heen hebben?

'Dat vervloekte beest was uit een auto ontsnapt.'

'Wat buitengewoon onzorgvuldig van zijn baasje. Je hebt toch wel geklaagd, hoop ik? Dit soort gedrag kan niet worden getolereerd.'

'Dat wilde ik net gaan doen toen ik ontdekte wie het baasje was.'

'O? Wie was dat dan?' Nu was Flappy's nieuwsgierigheid pas echt gewekt, want in de ogen van Kenneth waren alle mensen gelijk; markies of melkboer, het maakte voor hem geen enkel verschil. Tenslotte was hijzelf van eenvoudige komaf en had hij zich op eigen kracht opgewerkt tot miljonair door een fastfoodimperium uit de grond te stampen. Flappy was zich daarentegen scherp bewust van status en klasse. Dus ze vroeg zich af wie in de ogen van Kenneth zo belangrijk kon zijn dat klagen over een loslopende hond op de baan geen pas gaf.

'Colin Montgomerie.'

Flappy rolde met haar ogen. 'De golfer?' Is dat alles, dacht ze teleurgesteld. Ze had op zijn minst een royal verwacht.

'Ja, de beroemde golfer. Dus je begrijpt, ik kon hem moeilijk op het matje roepen over die hond. Ook al joeg dat dekselse beest de hele green over met mijn bal. Als hij hem nou in de hole had laten vallen, dan was het natuurlijk een ander verhaal geweest.' Grinnikend kwam hij de trap af. 'Trouwens, ik had net Jasper aan de telefoon, en weet je wat hij zei?' Hij trok grijnzend zijn wenkbrauwen op.

'Dat hij eindelijk genoeg verdient om zijn vader niet meer om geld te hoeven vragen?'

'Nee, daarvoor belde hij niet. Maar wel om te vertellen dat Briony en hij gaan verhuizen. En je raadt nooit waarheen. Ze gaan verhuizen naar...' Hij laste een korte stilte in, met de bedoeling een dramatisch effect te creëren. In plaats daarvan wekte hij alleen maar ergernis bij zijn vrouw, die haar schoondochter als een pretentieuze snob beschouwde. 'Badley Compton!' onthulde Kenneth triomfantelijk.

Flappy was geschokt. 'Wat? Komen ze hierheen? Gaan ze hier wonen?'

'Nou, niet hier, bij ons in huis. Ze willen iets huren in het dorp. Geweldig, hè? Ze komen volgende week al. Dus dat betekent dat we samen Kerstmis kunnen vieren.'

'Dat is wel een beetje plotseling.'

'Blijkbaar stond het al geruime tijd op de planning.'

'Waarom hebben ze dan niks gezegd?'

'Je weet hoe Australiërs zijn. Impulsief. Spontaan.'

'Dat is allemaal leuk en aardig, maar ik voel me er nogal door overvallen.'

'Kom kom, het lijkt me leuk om in elk geval een van de kinderen in de buurt te hebben.'

Een van de kínderen, ja, dacht Flappy, en ze wenste dat Jasper zijn vrouw in Australië zou laten. Maar ze was wel zo verstandig om dat niet hardop te zeggen. Want als ze érgens aan hechtte, dan was het aan goede manieren. 'Ja, dat is ook zo. Verrukkelijk, dat is het!' zei ze stralend, want als Flappy íéts tot in de perfectie beheerste, dan was het een vrolijk gezicht opzetten wanneer dat van haar werd verwacht. 'Kom, we gaan lunchen. Dan vertel ik je over de nieuwe bewoners van Hollyberry House. Ik heb net ontdekt wie dat zijn.'

'Iemand die golf speelt?' vroeg Kenneth hoopvol terwijl hij haar naar de keuken volgde.

'Dat lijkt me niet, lieverd. Zo te zien voelt hij zich meer thuis in een chique bar in Soho, met een droge martini, dan met een iron op de derde hole. Dus ik ben bang dat Badley Compton voor hem op een enorme teleurstelling gaat uitlopen. Zo werelds zijn we hier niet,' zei ze misprijzend. 'En Jim en Molly Price duidelijk wél.'

Na de lunch kwam Persephone, Flappy's PA, terug van haar middagpauze die ze in de tuin had doorgebracht, waar ze op een van de bankjes had genoten van het herfstzonnetje en de vogels die zongen. Flappy had haar eind augustus van dat jaar in dienst genomen om althans een deel van de werklast van haar over te nemen. Want om het iedereen naar de zin te maken, dat was zelfs voor Flappy ondoenlijk, ook al ging multitasken haar moeiteloos af.

De jonge vrouw van achtentwintig was een innemende verschijning; ze had donker haar en donkere ogen, en haar neus en wangen waren bestrooid met kleine sproetjes. Ze was lief en zachtmoedig, eerlijk en efficiënt, en ze was discreet. Dat laatste vond Flappy het allerbelangrijkste. Want als Flappy érgens een hekel aan had, dan was het aan geroddel; tenminste, wanneer het over háár ging. Een héél klein beetje roddelen over andere mensen, dat mocht, maar alleen als het onvermijdelijk was. Persephone roddelde nóóit, en dat was een van de redenen waarom Flappy haar zo graag mocht. Wat haar PA ook zag, wat ze ook hoorde, Flappy kon erop vertrouwen dat het binnen de muren van Darnley Manor bleef. Bij Persephone was ze veilig. Dat had ze recentelijk nog bewezen, toen ze Flappy in de armen van Charles Harvey-Smith had betrapt, op het feestje waarmee Hedda en hij de zomer hadden uitgeluid. Dus Flappy wist dat Persephone een geheim kon bewaren.

'We moeten dringend aan het werk!' Ze kwam voortvarend de bibliotheek binnenlopen, waar ze voor haar PA een bureau voor het raam had laten zetten.

Persephone glimlachte. 'Je gaat me toch niet vertellen dat je er wéér een verplichting bij hebt genomen?' Nadat haar PA haar op het zomerfeest in een compromitterende situatie had aangetroffen, had Flappy alle formaliteiten overboord gegooid en erop gestaan dat Persephone haar tutoyeerde. Toen haar PA haar van het feest naar huis bracht, had Flappy haar verteld dat ze een verhouding had met Charles en door haar biecht Persephone tot de status van vertrouweling verheven. In dat opzicht had ze niets aan haar dochters, die ver weg zaten, de ene in Canada, de andere in Australië, dus ze was dankbaar dat ze in Persephone een schouder had gevonden om op uit te huilen.

'Ja, ik heb weer een plannetje bedacht. Maar maak je geen zorgen. Jij en ik hebben voor hetere vuren gestaan. Samen kunnen we alles aan. Ik geef een bal! Op oudejaarsavond.'

'Echt waar? Wat een geweldig idee!'

Flappy was blij dat Persephone haar enthousiasme deelde, maar het verbaasde haar niet. Want net als Flappy zelf beschikte haar PA over een verfrissende daadkracht. Een bewonderenswaardige eigenschap en een van de redenen waarom Flappy haar had aangenomen. 'Het moet spectaculair worden. Betoverend. Het soort bal waar mensen nog jaren over praten. Een magische avond waarover ze later aan hun kleinkinderen vertellen wanneer die naar de mooiste momenten in hun leven vragen.'

'Het klinkt enig! Wat spannend!'

Flappy vernauwde peinzend haar ogen tot spleetjes. 'Om te beginnen moeten we een thema bedenken.'

'De jaarwisseling ís toch al een thema op zich?'

'Nee, ik wil iets originelers. De jaarwisseling, die viert iedereen toch wel. Ik wil er een extra dimensie aan geven. Iets unieks.' Zoals altijd wanneer ze zich moest concentreren, zorgde Flappy voor verstilling in haar bezige geest, en ook nu weer duurde het niet lang of er kwam een briljant idee bij haar op. 'Een gemaskerd bal!' zei ze triomfantelijk. 'Venetië! Vermommingen! Schitterende gewaden!' Ze zag zichzelf al in een luisterrijke creatie, geïnspireerd op de grote Venetiaanse renaissanceschilders, en glimlachte voldaan. 'Ja, dat doen we! *Un ballo in maschera*,' zei ze in het Italiaans, want naast haar talloze andere talenten bezat Flappy ook een talenknobbel. '*Che meraviglia!*'

Persephone deelde haar opwinding en keek ernaar uit om zich prachtig aan te kleden. 'Dan moet de tent worden ingericht en gedecoreerd in Italiaanse sferen.'

'Precies! Het moet lijken alsof we in Venetië zijn.' Flappy

werd steeds enthousiaster. 'Compleet met kanalen en bruggen. Zou dat te realiseren zijn, denk je?'

'Vast wel. Het zal niet goedkoop zijn, maar ik weet zeker dat we iemand kunnen vinden die de klus kan klaren.'

'Geweldig. En zoiets verrukkelijks is het geld dubbel en dwars waard.' Flappy vertrouwde erop dat Kenneth akkoord zou gaan. Als er íémand van een feestje hield, dan was hij het.

'Laat het vinden van de juiste mensen maar aan míj over.' Persephone sloeg haar notitieboek open en schreef met grote letters FLAPPY'S BALLO IN MASCHERA bovenaan een nieuwe bladzijde. 'Jij moet de gastenlijst samenstellen.'

Flappy's ogen begonnen te glanzen terwijl ze zich de ambiance voorstelde. 'We moeten de Venetiaanse sfeer tot in de kleinste details zien te realiseren. Ik wil geen gewone glazen, maar gouden bokalen... en flonkerende sterren op het dak van de tent... en gondels op het water. Misschien kunnen we wel een paar Italiaanse *gondolieri* inhuren, in zo'n gestreept shirt en met een rood lint om hun hoed. *Molto chic, no?*'

Persephone, die vloeiend Italiaans, Spaans en Frans sprak, glimlachte. Alleen zij wist hoe pover Flappy's kennis van het Italiaans was, want er was verder niemand die dat merkte. Flappy's vriendinnen waren diep onder de indruk; in hun oren klonk het zo melodieus als het Italiaans van Dante. 'Zoiets is hier in het dorp nog nooit vertoond. Iedereen zal zijn ogen uitkijken.'

'*Tal quale*. Precies!' zei Flappy.

*

Om klokslag vier uur, want Flappy was altijd uiterst punctueel, reed ze in haar glanzend groene Range Rover de hekken binnen van Compton Court; uit de cd-speler schalde 'Koningin van de nacht', van Mozart, voor het geval dat iemand het kon horen. Aan het eind van de lange, gewelfde oprijlaan kwam de voorname zeventiende-eeuwse villa van Charles en Hedda in zicht. Het huis was schitterend, dat kon Flappy niet ontkennen. Om niet jaloers te worden, want jaloezie zou volstrekt ongepast zijn voor iemand die materieel zo gezegend was, hield Flappy zichzelf voor dat Compton Court geen zwembad had. Het zwembad op Darnley Manor was ronduit schitterend, mede dankzij het feit dat een van de wanden volledig uit glas bestond, waardoor het met één druk op de knop in een buitenbad kon worden omgetoverd. Wanneer de glazen wand was opengeschoven, hadden de zon en de frisse lucht vrij spel. Met het beeld van haar prachtige zwembad voor ogen parkeerde Flappy de Range Rover voor de indrukwekkende, klassieke gevel.

Johnson de butler deed open en ging haar voor naar de salon. 'Ik zal Mrs. Harvey-Smith zeggen dat u er bent.' Met die woorden liet hij haar alleen in het fraaie vertrek, waarvan de muren volhingen met kunst. Op kleine tafeltjes verspreid door de ruimte stonden talloze foto's in zilveren lijstjes. Flappy was extreem netjes en ordelijk, anders dan Hedda. Er heerste in de kamer een aangename, ontspannen sfeer. Op de lage tafel slingerden tijdschriften, en behalve foto's stonden er ook overal prullaria en snuisterijen. De banken en fauteuils lagen bezaaid met een rijke verzameling kussens waarin geen enkel kleurenschema viel te ontdekken.

De salon ademde een Engelse sfeer, dacht Flappy, met een onmiskenbaar aristocratische uitstraling. Hedda was tenslotte de nicht van een markies. Denkend aan de stamboom van haar nieuwe vriendin voelde Flappy elke rivaliteit wegebben. Met de aristocratie kon ze niet concurreren, ook al moest ze tegelijkertijd bekennen dat die diepe indruk op haar maakte. Een adellijke titel had iets wat haar merkwaardig onderdanig stemde. En dat gevoel ervoer ze als een opluchting, want als Flappy érgens een hekel aan had, dan was het aan het spel om de ander voortdurend te moeten overtroeven. Het was zó vermoeiend om maatschappelijk aan de top te staan en die positie voortdurend te moeten consolideren en verdedigen.

Ze wilde net gaan zitten toen het gezicht van Charles achter het glas van de openslaande deuren naar het terras verscheen. Flappy's adem stokte in haar keel. Wat was hij toch knap, met dat dikke grijze haar! Met die lange rechte neus, die zinnelijke mond, en met de meest verbijsterende zeegroene ogen die ze ooit had gezien. Ze waren echt absurd groen. Als jade. Haar eerste reactie was opwinding. Wat had ze genoten van die verrukkelijke middagen in de cottage, helemaal aan het eind van de tuin van Darnley Manor.

'Beauty!' Charles kwam met grote stappen de kamer binnen en leek voornemens haar te omhelzen. En o, wat verlangde ze ernaar om die sterke armen om zich heen te voelen! Om te worden gekust door die volle, zachte lippen!

Maar ze deinsde achteruit als een opgeschrikte hinde. 'Dag Charles,' zei ze zedig, terwijl ze met de grootste moeite het beest diep vanbinnen geketend hield; het beest dat nog maar enkele weken eerder vurig en in alle vrijheid zijn gang had kunnen gaan.

'Wat zie je er verrukkelijk uit!'

'Dank je.' Ze ging achter de bank staan toen hij nog een stap in haar richting zette.

'Krijg ik geen kus, Beauty?' vroeg hij fronsend. 'Waarom doe je ineens zo preuts?' Hij dempte zijn stem. 'Toe, één kusje maar.'

'Nee, Charles. Het is voorbij,' fluisterde ze nijdig. Ondertussen keek ze nerveus naar de deur, want Hedda kon elk moment binnenkomen.

Charles schonk haar de ondeugende grijns die haar vroeger in vervoering had gebracht, maar die haar nu met angst vervulde. 'Het zal nooit voorbij zijn, Beauty. Je bent voorgoed onder mijn huid gekropen. Er is geen moment dat ik niet aan je denk. Liefde is niet iets wat je, als een kraan, aan en uit kunt zetten.'

'Het was geen liefde, Charles. Dat weet je net zo goed als ik.'

Zijn grijns werd wellustig terwijl hij haar verslond met zijn ogen. 'Je hebt gelijk. Het was ook lust. Verrukkelijke, gevaarlijke lust. En wat heb ik je telkens weer verrukkelijk en gevaarlijk verwend. Denk je daar nog wel eens aan, Beauty?'

Nou en of Flappy daar nog wel eens aan dacht! Ze werd vuurrood.

'Je kon er geen genoeg van krijgen. Doe maar niet alsof je dat bent vergeten. En alsof je je niet dolgraag opnieuw door me wilt laten verwennen.'

Flappy hoorde voetstappen in de hal en stak haar kin naar voren. 'Nee, Charles,' zei ze zo streng als ze kon. 'Het is voorbij. Dus gedraag je. Hedda is mijn vriendin. Ik heb haar iets beloofd, en daar hou ik me aan!'

Ze had het nog niet gezegd, of Hedda kwam binnen en schonk Charles een afkeurende blik, alsof ze een stout kind een standje ging geven. 'Ben je weer vervelend, Charles?' Ze keerde zich naar haar vriendin. 'Sorry, Flappy.'

'Dan laat ik jullie maar alleen,' zei Charles opgewekt, zonder een zweem van berouw. 'Leuk om je weer even gezien te hebben, Flappy. Als ik niet beter wist, zou ik denken dat het lente was.'

Flappy slaakte een zucht van verlichting toen hij de kamer uit liep. 'Hedda!' Ze omhelsde haar vriendin.

'Flappy! Ga zitten. We hebben heel wat te bespreken. Ben je er inmiddels achter wie dat waren? Die mensen die zondag op jullie plaatsen gingen zitten? Ik ben razend nieuwsgierig.'

2

'En dus? Wat gaan we eraan doen?' Hedda pakte een brownie van de schaal.

Het gebak zag er verrukkelijk uit, maar Flappy hield zich in. 'Ik vind het natuurlijk niet erg als ze af en toe op onze plek gaan zitten,' jokte ze. 'Maar élke zondag, dat wil ik niet.' Ze nipte van haar thee, geserveerd in het duurste porselein. Vast en zeker een erfstuk, dacht ze goedkeurend.

'Iemand moet het ze vertellen,' zei Hedda resoluut. 'Ze wonen hier net! En dan gaan ze in de kerk meteen op de voorste rij zitten? Wat denken ze wel? Ze zouden wel wat meer respect kunnen tonen jegens Kenneth en jou. Jullie wonen hier al jaren!'

'Blijkbaar vinden ze zichzelf erg belangrijk.'

Hedda likte peinzend de chocolade van haar vingers. 'Ja, blijkbaar.'

'Toch vind ik dat we ze het voordeel van de twijfel moeten geven,' verklaarde Flappy met grote stelligheid. 'Ze konden tenslotte niet weten dat het onze plaatsen waren. Misschien dachten ze dat ze overal mochten gaan zitten.'

'Misschien wel, ja. En dan schamen ze zich dood als ze ontdekken hoe ongepast het was wat ze hebben gedaan.'

'Vast en zeker.' Flappy genoot ervan om zich ruimhartig op te stellen. Ze wilde niemand veroordelen. Want als ze érgens een hekel aan had, dan was het aan mensen die meteen met hun oordeel klaarstonden. 'Ze komen uit de stad. En stadsmensen hebben geen idee hoe het er hier aan toegaat.'

'Dat zullen we ze dan eens haarfijn duidelijk maken. Heel geduldig. Heel hoffelijk. Maar in niet mis te verstane bewoordingen.'

'Voor hun eigen bestwil,' viel Flappy haar bij.

'Ik denk aan een etentje. Hier op Compton Court. Jim en Molly Price, Kenneth en jij, Charles en ik.'

'En Graham,' stelde Flappy voor. Bij dit soort gelegenheden was het altijd nuttig om de dominee erbij te hebben. Zijn aanwezigheid droeg bij aan het serieuze karakter van het samenzijn.

'Goed idee. Ook al vind ik zijn vrouw – hoe heet ze ook alweer – wel verschrikkelijk saai.'

'Joan. Tja, ze is misschien wat zouteloos,' zei Flappy, 'ook al is het niet mijn gewoonte om kwaad te spreken.'

'Terwijl ik hem toch het zout van Badley Compton zou willen noemen.' Hedda glimlachte om haar beeldspraak.

‘Zijn vrouw zou zonder hem niets voorstellen. Maar samen zijn ze een goed team. Goed, dat is dan afgesproken. Een etentje om het echtpaar Price in de gemeenschap te verwelkomen. Iedereen was zo aardig toen wij hier kwamen wonen. Dat is het bijzondere van dit dorp. Het is zo’n hechte gemeenschap. Dat zie je tegenwoordig nog maar zelden. En ik twijfel er niet aan of we zullen Jim en Molly weten duidelijk te maken hoe ze zich binnen die gemeenschap horen te gedragen.’

‘Natuurlijk. Dat zal vast wel lukken.’ Flappy was blij dat ze een bondgenoot had. Een buitengewoon machtige bondgenoot! Niemand minder dan de nicht van een markies. ‘We zullen hun ongepastheid door de vingers zien en hen hartelijk in ons midden verwelkomen.’

Hedda pakte nog een brownie. ‘Weet je zeker dat je er geen wilt? Ze zijn heerlijk.’

‘Ze zien er inderdaad verrukkelijk uit. Maar ik moet aan mijn lijn denken. En ik heb een ijzeren discipline. Als ik nu voor de verleiding bezwijk, dan is het hek van de dam. En dan vliegen de kilo’s eraan. Daar word ik doodongelukkig van. Bovendien passen mijn kleren me dan niet meer.’ En Flappy hád zulke mooie kleren!

Hedda lachte schor. ‘Daar maak ik me allang niet meer druk om.’ Ze beet genietend in haar brownie. ‘Ik ben te oud om nog aan de lijn te denken. Als mijn kleren te klein worden, koop ik gewoon nieuwe. Ik let al jaren niet meer op mijn gewicht, en ik ben nog nooit zo gelukkig geweest.’

Flappy nam haar vriendin keurend op – haar volslanke figuur, haar weinig elegante, ruimvallende kleding, de uitgroei in haar donkere haar – en moest toegeven dat ze inderdaad een innig gelukkige aanblik bood. Hedda was wars van kouwe drukte, van pretentieus gedoe. Net als zij. Vandaar dat Flappy haar zo graag mocht. Want met uitzondering van hun figuur en hun stijlgevoel – iets waaraan het Hedda volledig ontbrak – leken ze als twee druppels water op elkaar.

'Neem een brownie mee voor Persephone,' opperde Hedda. 'Ik zal Johnson vragen om er een in een zakje te doen. Wat zijn ze leuk, hè, George en zij?'

'Ach ja, zo'n prille liefde.' Flappy slaakte een zucht van weemoed en keek – tegen beter weten in – verlangend naar de deur. O, wat miste ze die bedwelmende, gepassioneerde middagen met Charles!

'Tja, een prille liefde. Ik vind dat ze perfect bij elkaar passen. Dat was erg slim van je, om die twee aan elkaar te koppelen.'

'Nou, het was puur een kwestie van geluk. Als jij haar niet voor je feest had uitgenodigd, dan hadden ze elkaar nooit meer gezien.'

'Hoe dan ook, Persephone is de perfecte vrouw voor mijn zoon.'

'Dat ben ik helemaal met je eens.'

Hedda belde om Johnson. 'Ik ga Jim en Molly ergens in de komende week uitnodigen. Welke avond komt jou het beste uit?'

Flappy's agenda was zo goed als leeg, maar ze trok een bedenkelijk gezicht, alsof ze het razend druk had. 'Ik heb zo veel afspraken staan,' verzuchtte ze. 'Maar het zou moeten lukken om me een avond vrij te maken. Ik zeg nóóit iets af, maar dit is belangrijk. Hoe eerder we dit varkentje hebben gewassen, hoe beter.'

'Precies, want voor je het weet beschouwen ze jullie plekken als de hunne, en krijg ze dan nog maar eens weg!'

Gekweld door dat vreselijke vooruitzicht stapte Flappy even later in de auto. Ze was amper het hek uit, of ze zette de auto aan de kant van de weg, want ze werd plotseling zo nerveus van de gedachte dat ze hun plaatsen voorgoed zouden kwijtraken dat ze de brownie uit het zakje haalde en in haar mond propte.

*

De volgende morgen belde Hedda om te zeggen dat ze het echtpaar Price en de dominee en zijn vrouw voor woensdag had uitgenodigd. Flappy tikte met haar nagel op de bladzijde van de komende week in haar agenda, waar op die avond nog geen afspraak stond. 'Hm... als ik die bespreking naar de volgende dag verzet... en dat etentje schrap... dan zou het moeten lukken,' mompelde ze peinzend. 'Ja hoor, Hedda! Geen probleem. Wat fijn dat je het zo snel hebt kunnen regelen.' *Diner, Compton Court*, schreef ze met vulpen in haar agenda.

De rest van de week werden haar gevoelens jegens de Prices geleidelijk aan steeds welwillender. Niet alleen hadden ze Hedda's uitnodiging aangenomen, ze hadden volgens Mabel ook een aanzienlijke fooi achtergelaten bij Big Mary, waar Jim niet één, maar zelfs twéé plakken citroenroomcake had besteld. Dus blijkbaar hadden ze het hart op de goede plaats, concludeerde Flappy tijdens een zeldzaam moment van rust tussen haar drukke bezigheden.

Maar die zondagochtend liet ze niets aan het toeval over. 'Lieverd, maak je een beetje voort?' riep ze langs de trap omhoog. 'We moeten zorgen dat we vroeg in de kerk zijn.'

Kenneth stond boven voor de spiegel en trok zijn das recht. Hij was er erg mee in zijn nopjes. Flappy had de officiële das van de Scott-Booth Golf Club speciaal voor de leden ontworpen: pioenroze en smaragdgroene banen op een marineblauwe achtergrond. Chic en flamboyant, net als Flappy zelf. Kenneth stak zijn kin naar voren, streek over het weinige haar dat hij nog had, en liep de trap af.

'Als je je zorgen maakt over onze plaatsen... Dat die mensen... Hoe heten ze ook alweer? Dat die mensen daar gaan zitten...'

'Jim en Molly Price.'

'Maak je geen zorgen. Ik weet zeker dat Graham ze ergens anders heen stuurt, naar een plek helemaal achter in de kerk.'

'Daar zou ik maar niet op rekenen. Graham is een man van God, en voor God zijn alle mensen gelijk.'

Flappy liep naar buiten, naar de Jaguar van Kenneth. 'Dus ik ga het niet van Graham laten afhangen.' Ze deed het portier van de auto open. 'In dit soort zaken vertrouw ik alleen op mezelf.'

Kenneth ging naast haar zitten en stak de sleutel in het contactslot. De motor van de Jaguar kwam zacht brommend en grommend tot leven. Onderweg naar de kerk kon Flappy niet zoals anders genieten van het warme herfstlicht, van de verkleurende bladeren; ze werd te zeer in beslag genomen door de angst dat ze hun plaatsen vóór in de kerk zouden kwijtraken.

Ze waren een kwartier te vroeg, en Flappy slaakte een zucht van verlichting toen er alleen nog maar wat oudjes te zien waren die naar de kerkdeuren liepen. Stadse types als het echtpaar Price kwamen nooit te vroeg. Hun plaatsen waren veilig, dacht ze voldaan.

Alsnog genietend van de goudgele bladeren van de paardenkastanjes en van het warme, amberkleurige zonlicht liep Flappy op haar gemak het pad af. Ze hield zo van de herfst! Van de weemoedigheid, de zoete melancholie, de verrukkelijke sfeer van verandering die er in de lucht hing wanneer de zomer zich eindelijk – aarzelend en met tegenzin – gewonnen gaf voor het seizoen van mist en malse overvloed. Ach Keats, peinsde ze. Wat wist hij de herfst meesterlijk te verwoorden. *Naaste hartsvriend van de rijpende zon.*

Toen ze de kerk binnenkwam, zag ze tot haar opluchting dat de aanwezige gemeenteleden allemaal op hun vaste plek zaten. Haar bank, de bank van Kenneth en haar, wachtte op hen. Ze was nog nooit zo dankbaar geweest bij het zien van hun lege plaatsen. Zonder dralen liep ze naar voren. Kenneth maakte een praatje met de oude Mr. Bartley, die zorgde dat het kerkhof er altijd netjes bij lag, maar Flappy ging vast zitten.

'Wat ben je vroeg,' zei Graham toen hij in toga de consistoriekamer uit kwam om zijn parochianen te begroeten.

'Ik had behoefte aan een moment voor mezelf, een moment om in alle rust te genieten van onze prachtige kerk en die verrukkelijke bloemen.' Flappy gebaarde met haar hoofd naar het nogal treurige bloemstuk dat Esther Tennant in de muurnis achter het altaar had gezet. Ondertussen nam ze zich voor Esther erop aan te spreken. Als voorzitter van het kerkcomité had ze ook de eindverantwoordelijkheid voor de bloemen tijdens de dienst. Die werden volgens een vast rooster telkens door iemand anders verzorgd, met de afspraak dat ze aan bepaalde eisen moesten voldoen. En wat dat laatste betrof was Esther schromelijk in gebreke gebleven.

Het duurde niet lang of de kerk begon vol te stromen. Tegen de tijd dat Flappy tien keer van iemand te horen had gekregen dat hij – of zij – verbaasd was haar al zo vroeg in de kerk te zien, begon het haar te irriteren. Maar gelukkig bezat ze een bijna eindeloze voorraad geduld, dus ze glimlachte vriendelijk en antwoordde vroom: 'Wat extra tijd in Gods huis, desnoods maar een paar minuten, dat is zo goed voor de ziel, weet ik uit ervaring.' Waarop de vrijpostige parochianen haastig hun plaats opzochten, vervuld van bewondering en ontzag voor Flappy's goede voorbeeld.

Net voordat de dienst begon, en ruimschoots nadat Kenneth naast zijn vrouw had plaatsgenomen, ging de grote deur opnieuw open en klonk er gefluister, waarvan het geluid als door een onwelkome wind naar voren werd geblazen. Flappy keek om, nieuwsgierig naar wie er nog zo laat binnenkwam, maar ook om blijk te geven van haar afkeuring. Te laat komen voor de dienst, dat dééd je niet.

'Het spijt me zo. Neemt u ons alstublieft niet kwalijk,' fluisterde Molly Price, maar ze zag er helemaal niet uit alsof het haar speet. Met een van haar kinderen bij de hand marcheerde ze het middenpad door, rechtstreeks naar de voorste rij. Flappy glimlachte tevreden. Kenneth en zij zaten op hun vaste plaatsen, en ze twijfelde er niet aan of Graham zou het echtpaar Price met hun kinderen terugsturen naar het achterste gedeelte van de kerk, waar nog genoeg plaats was.

Maar Graham was, zoals Flappy terecht had opgemerkt, een man van God, en voor God waren alle mensen gelijk. Terwijl het gezin luidruchtig naar voren liep – Molly Price droeg nota bene hoge hakken! – dirigeerde Graham de laatkomers met een warme glimlach naar de bank van Flappy en Kenneth. 'Jullie vinden het vast niet erg om iets in te schikken,' aldus de dominee.

'Nee, natuurlijk niet,' zei Kenneth met de hartelijkheid waarmee hij iedereen onmiddellijk voor zich wist in te nemen. Flappy aarzelde daarentegen. Dit was niet het moment om innemend te zijn. Zag Graham dan niet dat hun bank korter was dan de andere doordat hij naast een steunbeer stond? Er was simpelweg geen ruimte voor nog vier mensen. Maar daar had Graham blijkbaar al rekening mee gehouden, want hij legde voortvarend twee knielkussens op de grond voor de kinderen terwijl Molly en Jim naast Flappy aanschoven.

Die was daar bepaald niet gelukkig mee. Om niet te zeggen dat ze razend was! Dit waren al dertig jaar hún vaste plaatsen, en ze hadden hun bank nog nooit met iemand hoeven delen, omdat iedereen kon zien dat er eigenlijk maar ruimte was voor twee personen. Maar nu werden ze gedwongen om zo veel mogelijk in te schikken. En voor wie? Voor een stelletje parvenu's uit de grote stad! Maar als Flappy érgens goed in was, dan was het in het verbergen van haar woede. Dus ze glimlachte liefjes, zoals alleen zij dat kon, en schoof zo ver mogelijk op, zodat Kenneth en zij, als een stel tortelduiven, dicht naast elkaar kwamen te zitten. Molly zei weliswaar dank je wel, maar Flappy hoorde geen enkele dankbaarheid in haar stem. Integendeel. Molly klonk alsof ze vond dat ze het volste recht had om met haar gezin op de voorste rij te zitten in de kerk. Jim schoof naast haar in de bank, zonder zich te verontschuldigen voor de overlast. Sterker nog, hij keurde Flappy en Kenneth zelfs geen blik waardig!

De kinderen stortten zich op de knielkussens en – tot Flappy's afschuw – op de iPads die hun moeder hun in de hand drukte. Flappy boog zich onopvallend naar voren en wierp een blik naar de andere kant van het middenpad, naar Hedda, die met Charles ook op de voorste rij zat. Haar gezicht verried dat ze net zo geschokt was als zij.

Ze waren duidelijk veel te mild geweest in hun oordeel over het echtpaar Price.

Voor Flappy was de dienst grondig bedorven. Afgezien van het feit dat ze het onprettig vond om zo dicht op elkaar te zitten – en dan ook nog naast Molly! – ergerde ze zich wild aan de twee kinderen die volledig opgingen in hun 'hersenloze vertier' terwijl ze naar de dominee zouden moeten luisteren. Er waren nog meer kinderen in de kerk, en die gedroegen zich voorbeeldig. Stadskinderen, dacht Flappy minachtend. Verwend en materialistisch, dat waren ze. En hoe kwam dat? Doordat hun ouders het veel te druk hadden met hun werk, hun ambitie om langs de maatschappelijke ladder omhoog te klimmen. Nee, dan plattelandskinderen! Die waren meestal gehoorzaam en allesbehalve verwend. Flappy ademde in door haar neus en uit door haar mond, zoals ze dat van Murli, haar Indiase goeroe, had geleerd. *Adem vrede en kalmte in, adem spanning en negativiteit uit.* Het was een uitdaging, en ze wist niet of ze die wel aankon. Er was te veel spanning, te veel negativiteit die het haar onmogelijk maakte zich open te stellen voor een gevoel van vrede en kalmte.

Tegen de tijd dat de dienst was afgelopen, kon ze zich niet langer inhouden. Ze schonk Molly een glimlach, maar haar ogen spraken een andere taal. 'Wat jammer dat uw kinderen niets van de dienst hebben meegekregen,' zei ze misprijzend terwijl ze opstond. 'Wij wonen hier al dertig jaar, en we zijn trots op onze kerk en onze dominee. Wanneer u eenmaal op orde bent, zult u wel merken hoeveel wijsheid hij in zijn preken weet te verwerken. En juist kinderen hebben er zo veel baat bij wanneer het zaadje van de wijsheid al vroeg in hun ontvankelijke jonge geest wordt geplant.' *Zo*, dacht Flappy triomfantelijk. *Daar heb je niet van terug!*

Molly beantwoordde Flappy's glimlach, duidelijk niet onder de indruk. 'Niet om het een of ander, maar als mijn kinderen hun iPad niet hadden mogen gebruiken, dan hadden wij als volwassenen geen woord van al die wijsheid kunnen verstaan.' Na die woorden schoof ze de bank uit en liep ze de kerk uit, gevolgd door haar kinderen en haar man; die laatste slenterde ongehaast achter haar aan, verdiept in zijn telefoon.

Flappy was met stomheid geslagen. En dat gebeurde niet vaak! 'Heb je dat gehoord, Kenneth?'

'Ja, ik heb het gehoord.'

'Hoe durft ze!' Flappy beefde van woede.

Maar Kenneth grinnikte, onbekommerd als altijd. Behalve een hond die er met zijn golfbal vandoor ging, was er niet veel wat hem uit zijn evenwicht kon brengen. 'Wees blij dat ze die dingen hadden. Ik had Grahams preek niet graag willen missen. Dat zou pas écht een reden tot chagrijn zijn geweest.'

'O, Kenneth!' Flappy beende driftig naar Hedda om haar gelijk te halen.

En dat kreeg ze. Hedda was net zo hevig verontwaardigd als zij. 'Ik heb nu al spijt van dat etentje.'

'De strijd is begonnen, Hedda!' verklaarde Flappy vurig, popelend van ongeduld om revanche te nemen op Molly Price. 'Dit waren de inleidende beschietingen.' Ze vernauwde haar ogen tot spleetjes. 'Jij en ik zijn een machtsblok waar niemand omheen kan. Mensen zoals het echtpaar Price zijn in dit dorp niet welkom. Mensen die met niemand rekening houden en die schaamteloos over iedereen heen walsen. Dat mogen we niet laten gebeuren. En dat zúllen we niet laten gebeuren! Het ligt niet in mijn aard om te oordelen of te veroordelen, maar in dit geval kan ik niet anders dan constateren dat er een grens is overschreden.'

'En dus? Wat gaan we eraan doen?'

'We beginnen met een liefdevolle belegering. En als dat niet werkt, zullen we de artillerie moeten inzetten.'

'Wat moet ik me daarbij voorstellen?'

'De artillerie, lieve Hedda, dat zijn de brave burgers van Badley Compton.'

'Natuurlijk!' Hedda voelde zich meteen al iets beter. Dat was het heerlijke van zo'n kleine, hechte gemeenschap. Je kon op elkaar rekenen. 'Afijn, ik kan maar beter naar ze toe gaan om me voor te stellen.'

'Zet 'm op, Hedda,' zei Flappy. *Je bent de nicht van een markies!* Maar dat laatste zei ze niet hardop. Ze keek Hedda na terwijl die met grote stappen de kerk uit liep, de zon tegemoet.

'Flappy!'

Ze zou die stem, fluweelzacht als gesmolten chocolade, uit duizenden herkennen. 'Charles.' Met zijn zeegroene ogen, helder en peilloos als een lagune, leek hij dwars door haar heen te kijken, net als bij hun talrijke geheime ontmoetingen in de cottage. Flappy hield haar adem in en probeerde wanhopig haar gevoelens in bedwang te houden. 'Wat een prachtige dienst, hè?'

'Je ziet er stralend uit, Beauty,' zei hij op gedempte toon, waarbij hij zijn blik strelend over haar gezicht liet gaan.

'Sst. Dat mag je niet meer zeggen.'

'Als iets niet mag, dan doe ik het juist!' Er speelde een ondeugende grijns om zijn mond.

Flappy merkte dat haar verzet begon te wankelen. Ze keek om zich heen, bang dat er iemand meeluisterde. 'Dat weet ik,

Charles. Ik ken je. Maar nogmaals, het is voorbij. Dus wat je ook zegt, mijn besluit staat vast. En daar blijf ik bij.'

'Maar je zit nog steeds in mijn hart, Beauty. En dat zal nooit veranderen. Je houdt mijn hart, als een klein weerloos vogeltje, in je handen.'

'O, Charles.'

'En ik geloof er niets van dat je niks meer voor me voelt.'

'Wat ik ook voor je heb gevoeld, het is voorbij. En het was nooit genoeg om te rechtvaardigen dat ik mijn huwelijk ervoor op het spel heb gezet. En mijn vriendschap met Hedda. Dus het spijt me, maar nee is nee.'

'En toch geef ik niet op.'

Flappy zei niets meer, maar terwijl ze zich naar de deur haastte, kon ze niet ontkennen dat haar hart zwol bij zijn woorden. Er had zo veel vastberadenheid in doorgeklonken, zo'n vurig verlangen. *En toch geef ik niet op*. Trots was een zonde waaraan Flappy zich niet schuldig maakte. Daar ging ze prat op. Maar als ze eerlijk was, moest ze toegeven dat ze er trots op was en ervan genoot om op haar leeftijd nog door een man als Charles te worden begeerd.

*

De volgende morgen had Flappy met Mabel voor een kop koffie bij Big Mary afgesproken. Dat gebeurde eigenlijk nooit. Flappy kwam alleen in Café Délice als ze Big Mary ergens voor nodig had, bijvoorbeeld om een high tea te cateren. En soms – heel soms – om Big Mary subtiel en onopvallend uit te horen. Het café, met uitzicht op de haven, was het kloppende hart van het dorp, waar iedereen die ook maar iets voorstelde elkaar tegenkwam en waar de laatste nieuwtjes en roddels werden uitgewisseld. Dus Big Mary wist alles. Wat zij niet wist, was de moeite van het weten niet waard.

Behalve Flappy en Mabel waren ook Esther Tennant, Madge Armitage en Sally Hancock van de partij, de kern van Flappy's hofhouding. Maar Flappy had haar vriendinnen niet alleen voor de gezelligheid opgetrommeld; ze moest iets kwijt, en het duurde niet lang of ze kwam ter zake. 'Ik ben de eerste om nieuwkomers in ons dorp te verwelkomen.' Ze nipte aan haar espresso en negeerde de schaal gebak, waarvan de anderen zich naar hartenlust bedienden. 'Maar de ondankbaarheid die de Prices aan de dag leggen, tart elke beschrijving. En dan heb ik het nog niet eens over hun vrijpostigheid om meteen vooraan in de kerk te gaan zitten. Het zou erg onaardig van me zijn om anderen een plek op de voorste rij te misgunnen.' Ze keek glimlachend de kring rond om haar woorden te onderstrepen. 'Nee, ik heb het over de arrogantie die ze tentoonspreiden. Hoe durven ze hun kinderen met hun iPad te laten spelen terwijl Graham zo'n inspirerende preek houdt? Het is ronduit schaamteloos!'

De anderen waren het roerend met haar eens. Precies zoals Flappy het graag zag.

'Ik kon mijn ogen niet geloven toen ik zag dat ze helemaal naar voren liepen!' Sally schudde haar rode krullen. 'Achterin was meer dan genoeg plaats.'

'Ik vond hun gedrag buitengewoon kwetsend voor die

arme Graham.' Madge zette genietend haar tanden in haar tweede plak citroenroomcake.

'Ach, hij is altijd zo geduldig. Ik weet zeker dat hij zich er niet aan heeft gestoord,' zei Esther. 'Maar het blijft onvergeeflijk om een dominee zo weinig respect te tonen,' voegde ze er bij het zien van Flappy's strenge blik haastig aan toe. 'En dan die hoge hakken! Dat is echt een faux pas. Ze maakte zo'n herrie toen ze de kerk in kwam! Ik dacht dat er een paard was losgebroken.'

Flappy knikte. Als ze érgens een hekel aan had, dan waren het hoge hakken. En niet alleen in de kerk. Hoge hakken waren zo gewoontjes, om niet te zeggen ordinair.

'En nu? Wat ga je eraan doen?' vroeg Mabel, in de wetenschap dat Flappy niet zou rusten voordat ze het onrecht ongedaan had gemaakt.

'Daar wil ik het met jullie over hebben.' Flappy keek hen een voor een aan. 'Jullie zijn de artillerie. En misschien zullen we een beroep op jullie moeten doen.'

'We?' herhaalde Madge.

'Hedda en ik. Jim en Molly Price komen woensdag bij Hedda eten. Kenneth en ik zijn ook uitgenodigd. We zullen hen welkom heten in het dorp en hun het gevoel geven dat ze erbij horen. In de hoop dat ze dan uit zichzelf gaan inzien hoe het er hier aan toegaat. Het is eigenlijk zo simpel. Als je mensen buitensluit, als je nieuwkomers links laat liggen, dan gaan ze rare dingen doen.'

'En dan heb je er geen greep op,' verklaarde Esther met grote stelligheid.

'Precies,' viel Flappy haar bij. 'Als we tolereren dat ze in de kerk al meteen op de voorste rij gaan zitten, wat halen ze zich dan nog meer in hun hoofd?'

'Als we ze hun gang laten gaan, nemen ze uiteindelijk alles over.' Mabel huiverde.

'Dat kunnen we niet laten gebeuren!' zei Madge verontwaardigd, terwijl ze de slagroom van haar vingers likte.

'Denk je dat echt?' vroeg Esther weifelend; ze was duidelijk niet overtuigd door Flappy's betoog.

'Je geeft sommige mensen een vinger, en dan nemen ze je hele hand,' zei die. 'Molly Price deinst nergens voor terug. Dat zie ik aan haar blik. Als we daar geen stokje voor steken, maakt ze met Kerstmis overal de dienst uit. Als we Molly Price haar gang laten gaan, dan heeft ze tegen die tijd het hele dorp ingepalmd, en dan is het voortaan háár leesclub, dan zijn het háár feestjes, háár fêtes waar jullie naartoe gaan.' Flappy vernauwde haar ogen tot spleetjes. 'Ik ken dat type. Stadsvrouwen die precies weten wat ze willen en die overal de lakens uitdelen.'

Maar Badley Compton hád al een ongekroonde koningin, en Flappy was niet van plan zich van haar troon te laten stoten.

Bij de gedachte dat Molly Price het op haar positie had voorzien, keek ze nerveus naar de schaal met gebak. Ze kon de verleiding niet langer weerstaan en nam een dikke plak romige chocoladecake. De smaak was zo verrukkelijk, en de ervaring zo intens dat haar angst wegebde. Zou ze erg gretig lijken als ze de hele plak opat? Want als ze érgens een hekel aan had, dan was het aan gretigheid. Die vond ze bijna net zo verfoeilijk als onbeleefdheid.

Toch nam ze nog een hapje. En toen nog een. En nog een. Net zolang totdat de hele plak in haar maag was verdwenen. Terwijl ze haar mond afveegde met haar servet, keek ze enigszins onthutst naar haar lege bordje. Maar ze had geen andere keus gehad. Het zou onbeleefd zijn geweest een stuk van haar cake te laten liggen.

3

Sinds Flappy een einde had gemaakt aan haar kortstondige affaire met Charles en berouwvol was gaan beseffen hoe gelukkig ze zich mocht prijzen met haar echtgenoot, sliep Kenneth weer bij haar in bed. Na acht jaar verbannen te zijn geweest naar zijn kleedkamer, had die geen idee waaraan hij dat te danken had. Noch waarom ze hem ineens weer 'Mop' was gaan noemen, het koosnaampje dat al heel lang geleden in onbruik was geraakt, net als seks, romantiek en wat er nog meer bij een prille liefde hoorde. Maar een gegeven paard keek je nu eenmaal niet in de bek, dus dat deed hij dan ook niet. Flappy had hem uitgenodigd om weer bij haar in bed te komen slapen. Meer hoefde hij niet te weten.

Haar slippertje met Charles had Flappy de ogen geopend.

In de vele jaren van haar huwelijk mocht de magie dan zijn verjaagd door sleur en vertrouwdheid, dat deed geen afbreuk aan de liefde. Die was er nog steeds. Ze koesterde nog altijd een oprechte, diepgewortelde liefde voor Kenneth. Ondanks het feit dat hij oorverdovend snurkte. Want dat deed er niet toe. Hoewel, dat was niet helemaal waar. Ze was niet gelukkig met zijn gesnurk, maar ze verdróég het. Zijn grommen en kreunen, hijgen en reutelen, ze tolereerde het allemaal met liefdevolle toegeeflijkheid, en ondertussen concentreerde ze zich op andere dingen, zoals haar nieuwjaarsbal.

Maar seks, dat was een ander verhaal. Hoeveel ze ook van Kenneth hield, bij seks trok ze de grens. Althans, seks met haar man. Tegelijkertijd besefte ze dat ze niet van Kenneth kon verwachten dat hij zich op zijn zij draaide en ging slapen nu ze hem weer in haar bed had uitgenodigd. Golf mocht dan zijn grote passie zijn, Kenneth was een man van vlees en bloed. En Flappy mocht golfen dan saai en traag vinden, het kwam haar goed uit dat Kenneth er afleiding in vond en dat hij na een lange dag op de baan 's avonds te moe was voor seks en er geen moeite mee had om in zijn kleedkamer te slapen. Maar nu hij weer bij haar in bed lag, was de verleiding sterker dan de uitputting en vond Kenneth zijn echtgenote onweerstaanbaar. Ze was knap en slank, en ze rook verrukkelijk. Ze was zijn vrouw en hij was haar Mop! Verlangend legde hij een hand op haar heup, en Flappy was te beleefd om hem weg te duwen.

Met Charles was de seks ongelooflijk geweest. Zelfs haar Mop zou in hun beste tijden, toen ze nog smoorverliefd waren, niet tegen een perfecte minnaar als Beastie op hebben gekund. Met zijn tedere liefkozingen, zijn lome manier van beminnen, zijn zinnelijke, vurige kussen had Beastie haar telkens weer tot adembenemende hoogtepunten van genot weten te brengen; hoogtepunten waarvan ze bij Mop zelfs niet had kunnen dromen. Niet dat het ook maar iets afdeed aan haar liefde voor hem. Seks was een hoofdstuk apart; ze hoefde niet van een man te houden om ervan te kunnen genieten. Daar kon ze sinds haar affaire met Charles van getuigen. En hoe!

Bovendien was ze dankzij Charles pas goed gaan beseffen hoezeer Kenneth als minnaar tekortschoot. Maar tot Flappy's vele talenten behoorde ook vindingrijkheid, en ze had ontdekt dat ze ondanks alles van de seks met Kenneth kon genieten door haar ogen dicht te doen en zich te verbeelden dat ze met Charles in bed lag. Dat lukte niet altijd, want de liefkozingen van Kenneth waren nogal ruw en onbeholpen, en hij miste ten enenmale die verrukkelijke loomheid van Charles. Maar soms, heel soms, wanneer ze zuchtte en kreunde, wanneer ze hijgend haar rug hol trok, voelde ze dat haar wangen begonnen te gloeien en dat er een verrukkelijke warmte, als een golf van vloeibare honing, door haar lichaam trok. Op zijn beurt was Kenneth bijna verbaasd, maar vooral gelukkig en trots dat hij, haar Mop, zijn vrouw tot zulke grote hoogten wist te brengen; iets wat hem zelfs in de prille dagen van hun huwelijk nooit was gelukt.

Het gevolg was dat Kenneth een zwieriger tred ontwikkelde; hij liep met zijn rug kaarsrecht, trots op de herontdekking van zijn seksualiteit, waarbij bovendien was gebleken dat hij over onvermoede talenten beschikte. Zijn golfspel werd beter, zijn slag vloeiender, zijn bewegingen soepeler. Hij had een betere balans, zijn zelfvertrouwen groeide, en de kleine witte bal rolde keer op keer de hole in. Kenneth geloofde oprecht dat hij, als door een wonder, een goede minnaar was geworden. Van Mop naar meester in het minnespel. Wie had dat ooit kunnen denken?

Zolang Flappy zich schuldig voelde, was hij welkom in haar bed en zou ze zijn gesnurk blijven verdragen. Ze had tenslotte gezondigd, dus ze beschouwde het als haar welverdiende straf om af en toe seks te hebben met haar man. Maar ze zou zich natuurlijk niet eeuwig schuldig blíjven voelen. Misschien tot Kerstmis. En tegen die tijd zou ze proberen Kenneth met zachte hand weer in de richting van zijn kleedkamer te dirigeren. Ze keek er nu al naar uit om het bed weer voor zich alleen te hebben.

De nacht voor het etentje bij Hedda lagen Kenneth en zij naast elkaar in bed. Flappy had Kenneth aangemoedigd om niet zuinig te zijn met de rode wijn; het was een tactiek om te zorgen dat hij te slaperig was voor het maken van avances. En de tactiek had succes. Kenneth zat te knikkebollen boven zijn *Golf Monthly*. Flappy hoefde niet bang te zijn dat hij die avond een hand op haar heup zou leggen.

Zelf was ze verdiept in het laatste boek van Charity Chance, haar favoriete romantische auteur. Achter het pseudoniem ging een vriendin van haar schuil: Sally Hancock. Dat ze haar boeken las, hield ze zorgvuldig geheim. Niemand wist het, zelfs Kenneth niet, die niet in de gaten had dat ze Charity Chance had gecamoufleerd met het stofomslag van *De god van kleine dingen*, door Arundhati Roy. Ze begon net een ietsepietsje opgewonden te raken terwijl de held de benen van de heldin spreidde en met zijn tong de binnenkant van haar dij liefkoosde, toen de telefoon ging.

Ze keek op de wekker die op haar nachtkastje stond. Het was al over tienen. Wie was er in 's hemelsnaam zo onbeleefd om op dit late uur nog te bellen? Ze nam op. 'Darnley Manor, u spreekt met Flappy Scott-Booth,' zei ze geërgerd.

Kenneth schoot met een ruk overeind, bang dat er iets met een van hun vier kinderen was.

'Jasper! Maar lieverd! Weet je wel hoe laat het is? Kan het niet tot morgen wachten?'

'Hier ís het al morgen.'

Flappy zuchtte. 'We liggen in bed.'

Jasper begon te lachen. 'En wij stappen vandaag in het vliegtuig naar Londen.'

Flappy keerde zich geschokt naar Kenneth. 'Vandáág? Wanneer ben je dan hier?' Het was een lange vlucht van Australië naar Londen, maar als het aan haar lag had de vlucht nog veel langer mogen duren.

'Vrijdag. Ik heb al een busje geregeld om ons naar Devon te brengen.'

'Een busje. Met z'n hoevelen zijn jullie?'

'Alleen wij en de jongens, maar Briony heeft erg veel bagage.'

Flappy's gezicht verstrakte. 'Ja, dat wil ik wel geloven,' zei ze vilein.

'We kijken er zo naar uit om jullie te zien.'

'Wij ook.' Flappy wist drommels goed dat hij het zei om

haar te paaien. Dat had ze altijd meteen door. Niet alleen bij haar kinderen, bij iedereen.

'Kan ik pa even spreken?'

'Die heeft het druk,' wimpelde ze hem af. Ze wist waarom hij belde, en ze stelde zich met enige wrok de talrijke koffers van Briony voor, gevuld met kleding die Kenneth had betaald.

'En je zei net dat jullie in bed liggen?'

'Dat is ook zo. Je vader slaapt al.'

'Ik hoef hem maar heel even te spreken, ma. Dat vindt hij vast niet erg, en het is belangrijk.'

Kenneth stak zijn hand uit. Flappy legde de telefoon erin.

'Jasper! Hallo. Zeg het maar. Hoeveel heb je nodig?'

Na dat telefoontje kon Flappy de slaap niet meer vatten. Het was iets wat maar zelden gebeurde. Tot haar vele talenten behoorde ook de gave om van een gezonde nachtrust te kunnen genieten. Maar haar bloed kookte omdat Jasper voor de zoveelste keer om geld had gevraagd. Waarom zorgde hij niet dat hij zelf genoeg verdiende? Zijn vader was amper vijfentwintig geweest toen hij zijn eigen bedrijf had opgezet, dat hij vervolgens met keihard werken had weten uit te bouwen tot een imperium van fastfoodrestaurants, verspreid over het hele land. Het lag voor de hand om te denken dat Jasper die ambitie miste omdat hij, anders dan zijn vader, nooit honger had gekend. Kenneth was opgegroeid in een huis met een lekkend dak, in een arme wijk aan de noordkant van Londen. Jasper daarentegen had zijn jeugd doorgebracht in een villa in een welvarend dorp in Devon.

Maar Daniel, zijn jongere broer, woonde in Californië, waar hij een goedbetaalde baan had bij een sportmanagementbureau. Jaspers gebrek aan ambitie was simpelweg aangeboren, een karaktertrek. En zolang Kenneth hem financieel bleef steunen, zou Jasper er de noodzaak niet van inzien om ook maar iets aan zichzelf te veranderen. Bovendien zou hij zijn gebrek aan ambitie hevig verontwaardigd ontkennen. Hij noemde zich 'entrepreneur', maar de enige onderneming die hij had opgezet was een bedrijf in relatiegeschenken, en de hemel mocht weten wat daarvan was geworden. Wat dacht hij in Badley Compton te gaan doen, vroeg Flappy zich bezorgd af. Terwijl ze lag te woelen en te draaien veranderde haar bezorgdheid in pure angst – wat zouden de mensen immers wel niet denken? – met als gevolg dat ze helemaal niet meer in slaap kon komen. Uiteindelijk liet ze zich uit bed glijden en ging ze naar beneden om de koelkast te plunderen. Het was iets wat ze nooit, maar dan ook nooit deed! Alleen in extreme gevallen. En dit was zo'n geval. Ze deed een boterham in de broodrooster en pakte de pindakaas.

Ondanks het feit dat ze knallende hoofdpijn had en haar ogen amper open kon houden, stond ze zoals altijd om vijf uur weer naast haar bed om naar beneden te gaan, naar het zwembad en de fitnessruimte. Meestal maakte ze geen gebruik van het zwembad. Ze genoot weliswaar van het gevoel van het water dat langs haar huid streek, maar ze had er een hekel aan om zelf haar haar te moeten doen. Vandaar dat ze twee keer in de week naar de kapper ging om het te laten wassen en föhnen. Als het nat werd bij het zwemmen moest ze dat zelf doen. Bovendien had ze zulk dik, glanzend haar – al haar vriendinnen waren er jaloers op – dat föhnen erg veel tijd en moeite kostte.

Maar vandaag was ze te rusteloos voor haar yogaoefeningen. Elke positie die ze innam, zou worden bedorven door haar nervositeit. En zelfs de diepste ademhaling zou die nervositeit niet kunnen verdrijven.

Jasper was een volwassen kerel met jonge kinderen. Hij moest iets doen! Hij kon niet vrijblijvend rondlummelen en zichzelf een entrepreneur noemen. Al was het maar omdat de hardwerkende inwoners van Badley Compton ongetwijfeld hooggespannen verwachtingen hadden van de zoon van Kenneth Scott-Booth.

Terwijl haar bezige geest dreigde dol te draaien, liet ze de kamerjas van haar schouders glijden en dook ze in het water.

Nadat ze had gezwommen las ze de *Daily Mail*, die ze voor Kenneth verstopte door hem bij het oud papier te doen voordat hij beneden kwam, en ging ze met een espresso en een bakje fruit aan het kookeiland zitten. Afwezig liet ze haar blik over de voorpagina van *The Times* gaan, zonder dat er ook maar iets van wat ze las tot haar doordrong.

Maar als Flappy érgens goed in was, dan was het in het omzetten van negatieve energie in positieve actie. Ze zou zich níét door haar ongerustheid, haar angst, laten meeslepen. Ze zou zich níét klein laten krijgen. En ze zou het níét laten gebeuren dat haar reputatie werd besmeurd door de gemakzucht van haar zoon. Plotseling enthousiast wist ze wat er zou moeten gebeuren. En ze wist ook wíé ervoor zou moeten zorgen dát het gebeurde. Het was aan háár om een baan voor Jasper te vinden.

Kenneth kwam om negen uur beneden, in een roze met groene Par-gyle broek met een bijpassend groen golfshirt.

Flappy nam haar echtgenoot verbijsterd op. 'Lieve hemel, waar heb je die vandaan?' vroeg ze, vervuld van afschuw door de opzichtige broek.

'Die verkopen ze sinds kort in de winkel.' Hij nam de houding aan van een etalagepop, duidelijk erg in zijn nopjes met zijn aankoop. 'Het heeft wel wat, vind je niet?'

Flappy wist meteen welke winkel hij bedoelde, want het was de enige waar hij ooit kwam: de winkel op de golfbaan. Als ze daar tegenwoordig dit soort kleding verkochten, dan werd het tijd om de inkoper te ontslaan. Maar ze wilde Kenneth niet kwetsen.

'Ja, het heeft wel wat,' zei ze droogjes. 'Het heeft iets van een harlekijn.'

'Ik vind het een deksels vlotte broek.' Hij trok een stoel naar achteren en ging zitten. Zoals altijd had Flappy al voor hem gedekt. 'En een harlekijn is een vrolijke snuiter.'

'Misschien is dat shirt nét een tikje té,' vervolgde Flappy tactvol. 'Met een wit shirt is het iets minder opzichtig. Iets subtieler.'

'Subtiel' kwam in Kenneths woordenboek niet voor, en tijdens het golfen droeg hij bij voorkeur felle, stralende kleuren. 'Ik heb gewoon hetzelfde gekocht als wat de etalagepop aanhad,' zei hij ter verklaring. 'In de veronderstelling dat het dan wel goed zat.'

Flappy snoof misprijzend, maar dit was een strijd die ze niet aanging. Ze had belangrijker dingen aan haar hoofd. 'Jasper moet meteen op zoek naar een baan wanneer hij hier komt,' zei ze, terwijl ze Kenneths koffie voor hem neerzette. 'Hij moet iets doen. Het kan niet zo zijn dat hij op de zak van zijn ouders teert en maar wat rondlummelt.'

Kenneth nam een slok koffie en bromde iets onverstaanbaars.

'Het is allemaal leuk en aardig om gul te zijn. En dat ben je, lieverd. Ontzettend gul. Maar als je de prikkel wegneemt om geld te verdienen, gaat Jasper nooit voor zichzelf zorgen. Dan blijft hij rondlummelen, en dat kan echt niet, bij een man van zijn leeftijd.'

'Daar heb je gelijk in.' Kenneth knikte. 'Maar hij heeft vast en zeker al iets in gedachten.'

'Denk je dat echt?' Ze keek hem verrast aan. 'Ik ben bang dat ik je optimisme niet deel.'

'Je onderschat hem, lieverd. Laten we hem nou eerst maar eens de tijd geven om op orde te komen. En ik kan altijd een baan voor hem regelen op de golfclub.'

'Op de golfclub?' herhaalde Flappy verontwaardigd. 'Als wat? Caddy? Of moet hij harlekijnbroeken gaan verkopen in de winkel? Of in de bediening in het restaurant? Want hij kan daar natuurlijk niet zomaar binnenlopen en de boel overnemen. Wat zouden de mensen wel niet denken? Daar hoef je tegenwoordig niet meer mee aan te komen. De tijd van het nepotisme is definitief voorbij.' Ze bracht Kenneth twee sneetjes toast en ging zitten. 'Nee, hij moet echt op zoek naar werk. Het wordt onderhand tijd. En dan heb ik het niet over een bedrijfje in cupcakes. Of relatiegeschenken. Of een koffietent. Die schieten de laatste tijd als paddenstoelen uit de grond. Nee, ik heb het over een echte baan.'

'Ik zie ernaar uit om met hem te gaan golfen. En ik ben benieuwd naar zijn handicap,' zei Kenneth peinzend, terwijl hij boter op zijn toast smeerde en daaroverheen een dikke laag aardbeienjam.

Flappy zuchtte. Het was hopeloos. 'Ik ga mijn haar doen.' Ze stond op en liep naar de deur.

Kenneth wijdde zich aan *The Times*. 'Jasper heeft altijd een goeie slag gehad,' mompelde hij.

*

Terwijl Flappy haar haar föhnde voor de spiegel van haar kaptafel, gingen haar gedachten naar het echtpaar Price. Na hun aanvaring in de kerk was ze teruggekomen op haar voornemen om een van haar tuinmannen te sturen die kon helpen met het planten van een ramblerroos onder de appelboom. Ze was oprecht van plan geweest een royaal gebaar te maken, maar de lust was haar vergaan. Het was niets voor haar om negatief te oordelen over anderen, maar na wat Molly Price had gedaan, kon Flappy haar onmogelijk het voordeel van de twijfel blijven gunnen.

Die avond gaf Hedda haar etentje. Hoe kwamen ze de tijd in 's hemelsnaam door? Oprecht en authentiek als ze was, vond Flappy het moeilijk om een schijn van wellevendheid op te houden. Maar het zou toch moeten, want ze vond het beneden haar waardigheid om onaardig of onbeleefd te doen. Als de ongekroonde koningin van het dorp was ze zich bewust van haar voorbeeldfunctie. Iedereen verwachtte dat ze zich hoffelijk en waardig opstelde, ook wanneer ze werd geconfronteerd met vijandigheid; dat ze onder alle omstandigheden innemend bleef, dus ook wanneer ze grof werd bejegend. Maar het voornaamste was dat ze duidelijk maakte hoe ver ze boven elke vorm van kleinzielige rivaliteit stond.

Toen ze klaar was, kon ze niet anders dan concluderen dat ze er bijna net zo goed uitzag als wanneer ze naar de kapper was geweest. En dan werd het nu tijd om na te denken over de vraag wat ze die avond zou aantrekken. Het moest iets zijn wat een zekere elegante nonchalance uitstraalde. Iets wat haar figuur goed tot zijn recht deed komen en verried dat ze smaak had, maar wat bovendien de indruk wekte dat ze er niet over had nagedacht, dat ze het op het laatste moment uit de kast had gehaald.

'Persephone!' riep ze naar beneden. Het duurde niet lang of haar PA kwam de trap op rennen. Flappy deed nooit tevergeefs een beroep op haar en was vol lof over het enthousiasme waarmee Persephone haar onveranderlijk met raad en daad terzijde stond. 'Ik heb je advies nodig. Ik heb drie opties gekozen voor vanavond, en jij moet zeggen welke je het meest geschikt vindt.'

Persephone legde haar notitieboek op het bed en liep naar de grote kast waar de drie combinaties op een kleerhanger aan een van de deuren hingen. Ze bekeek ze zorgvuldig, en Flappy kon aan haar gezicht zien dat ze ondertussen goed nadacht. Dat waardeerde ze, want dit was een beslissing die niet luchthartig mocht worden genomen. Bij een dinertje met het echtpaar Price was het van het grootste belang de juiste indruk te maken.

'Die ketting met aquamarijn doet de kleur van je ogen nog beter tot zijn recht komen,' zei Persephone nadenkend. 'De broek is chic maar nonchalant, het Chanel-jasje zorgt voor een geraffineerd accent. Het bewijst dat je een vrouw van de wereld bent, dat je in Devon woont maar je ook volmaakt thuis voelt in Londen, Parijs en Milaan. En dan de pastelblauwe jurk. Die is vrouwelijk, maar hij heeft ook een soort vanzelfsprekende glamour. Een beetje zoals die jurk van Julia Roberts in *Pretty Woman*, maar die was bruin. En de temperatuur is nog heel aangenaam. Dus een zomerse jurk kan heel goed, zeker als je die combineert met dat charmante kasjmier vest. De boodschap die je hiermee afgeeft, is dat je je onder alle omstandigheden stijlvol weet te kleden zonder dat je daar moeite voor hoeft te doen. En ten slotte die lange rok met de blouse. Beeldig, maar wat mij betreft niet zo geschikt voor een diner bij vrienden thuis. Ik vind de combinatie een beetje ouwelijk, een beetje te bezadigd. Ik hoop dat je het niet erg vindt dat ik dat zeg. Maar dat is niet de indruk die je wilt geven bij een etentje met Jim en Molly Price.'

'Of bij welke gelegenheid dan ook!' verklaarde Flappy hartstochtelijk.

Persephone glimlachte. 'Ik denk dat je het wel kunt hebben. Want "bezadigd" is iets wat ik me bij jou niet kan voorstellen. Maar op de hanger lijkt het wat ouwelijk.'

'Dan wordt het de jurk,' zei Flappy. 'Dank je wel!'

'Graag gedaan.'

'Hoe is het met die man van je?' vroeg Flappy, doelend op George, de zoon van Hedda en Charles.

'Geweldig!' antwoordde Persephone stralend. 'Ik ben zo blij met hem! We zijn in het weekend altijd samen. Hij komt hierheen of ik ga naar Londen. En we maken plannen voor een weekendje Parijs.'

'O, wat romantisch!'

'Misschien in oktober.'

'Ik ben gewoon jaloers op je. Romantische stedentripjes, vakanties in de Cariben...' Eindeloze liefdesnachten, voegde ze er in gedachten aan toe. 'Die eerste paar jaar van een relatie zijn zo kostbaar. Denk erom dat je ervan geniet.'

'Dat doe ik. Reken maar.'

'Die jaren gaan zo snel voorbij. Voordat je het weet zit je alleen thuis, met je man op de golfbaan. In een afzichtelijke harlekijnbroek en met een stel saaie oude mannen die over niets anders kunnen praten dan hun slag en hun handicap.' Flappy glimlachte berustend. 'Maar jouw toekomst gaat er anders uitzien. Dat weet ik zeker. George lijkt me niet het type dat dagen op de golfbaan zou slijten en jou alleen thuis zou laten.'

'Ach, dat weet je niet. Het is allemaal nog zo pril.'

'Dat is zo. Maar zodra hij over de golfbaan begint, moet je het onmiddellijk de kop indrukken! Dat was mijn fout. Ik ben veel te gemakkelijk geweest, veel te toegeeflijk toen we net getrouwd waren. Ik had veeleisender moeten zijn, meer op mijn poot moeten spelen, maar dat ligt niet in mijn aard. En Kenneth is nu eenmaal bezeten van golfen.' Flappy haalde haar schouders op. 'Ach, de ideale man bestaat niet; iemand die scoort op alle punten. Het gaat erom dat hij op de belangrijkste punten scoort. En in dat opzicht heb ik niets te klagen.'

'Precies. Als golf zijn enige tekortkoming is, dan heb je met Kenneth geen slechte keuze gemaakt, Flappy.'

Flappy vernauwde haar ogen tot spleetjes. 'Nou, het is niet zijn énige tekortkoming. Kenneth is verre van perfect. Maar wie ben ik om dat te zeggen?'

'Nou, volgens mij kom jij een eind in de buurt.'

Flappy grijnsde. 'En precies dáárom heb ik jou in dienst genomen!'

*

Ook al wist ze dat ze er goed uitzag, stijlvol en met de juiste dosis vanzelfsprekende glamour, en ook al had ze nog snel een slok rum genomen vlak voordat ze van huis ging, toch voelde ze zich slecht op haar gemak toen Kenneth om klokslag acht uur de Jaguar op het voorplein van Compton Court parkeerde. Tot haar opluchting was het echtpaar Price nog niet gearriveerd, want ze zag verder alleen Hedda's marineblauwe Mini Cooper en de Bentley van Charles. Dus voordat ze de confrontatie met Molly zou moeten aangaan, was er nog tijd voor een glas wijn en een praatje met Hedda. Kenneth – rode chino, blauw overhemd met open boord en daaroverheen een kakikleurig colbert dat Flappy bij Hackett in Londen had gekocht – schonk haar een bemoedigende glimlach terwijl ze de treden naar de voordeur beklommen. Hij wist hoe ze dacht over het echtpaar Price, en in het belang van het jonge stel hoopte hij vurig dat Molly zijn vrouw niet nog meer tegen zich in het harnas zou jagen. Hoezeer ze ook prat ging op haar talent om te huichelen en onder alle omstandigheden beleefd te blijven, Flappy was iemand met wie je geen ruzie wilde krijgen. Wanneer ze haar masker liet vallen, dan kwam er een heel andere Flappy tevoorschijn, wist Kenneth uit ervaring. Een vileine Flappy, venijnig als een gifslang. En dat wenste hij niemand toe, zelfs het echtpaar Price niet, ook al hadden Jim en Molly dan 'een grens overschreden', zoals Flappy het noemde.

Ze hadden amper geklopt of Johnson deed de deur open. In zijn zwarte jacquet met een grijs vest en een zwarte das zag hij eruit alsof hij rechtstreeks van de International Butler Academy kwam. Flappy was te nerveus om te wensen dat ze op Darnley Manor ook zo'n voorname butler had. Ze volgde hem zwijgend naar de salon, waar ze tot haar verrassing het echtpaar Price aantrof, in geanimeerd gesprek gewikkeld met Hedda en Charles. 'Ik dacht dat we de eersten waren.' Ze was zo verbouwereerd dat ze vergat te groeten.

Molly glimlachte argeloos, zich duidelijk niet bewust van de faux pas die ze had begaan. 'Als het maar even kan komen we lopend. We houden van een goed glas wijn, en bovendien moesten we de kinderen boven in bed stoppen.' Ze hief haar glas omhoog. 'Heerlijk! Gavi is mijn lievelingswijn.'

'*Che bello*,' zei Flappy. '*Anch'io mi piace*.'

Bij het zien van Molly's verraste blik vanwege haar perfecte Italiaans voelde Flappy zich op slag een ietsepietsje minder slecht op haar gemak.

4

Molly en Jim hadden zich niet verkleed voor het etentje. En voor zover Flappy dat kon zien, hadden ze geen van beiden ook maar enig werk van hun uiterlijk gemaakt. Molly hield blijkbaar van bohemienachtige kleding; ze droeg een lange gebloemde jurk, leren enkellaarsjes en een vest van veelkleurige, aan elkaar genaaide vierkanten. Jim zag er in Flappy's ogen saai uit, ook al was de combinatie zwarte spijkerbroek, grijs overhemd, v-halstrui, bril, kaal hoofd en stoppelbaard duidelijk trendy bedoeld. En dat gold ook voor Molly's uitmonstering. Flappy snoof misprijzend, maar ze schudde de Prices hoffelijk de hand alsof ze het enig vond hen weer te zien.

Ze ogen hier volstrekt misplaatst, in de smaakvolle, voor-

name salon van Hedda en Charles.

Ondertussen hoopte ze vurig dat niemand in de gaten had dat Charles haar langer kuste dan de beleefdheid voorschreef. Maar terwijl zijn lippen haar huid streelden, terwijl zijn adem kriebelend langs haar hals streek en terwijl zijn geur haar meevoerde naar die zwoele middagen in de cottage, leek het alsof alles om haar heen naar de achtergrond verdween, alsof ze alleen op de wereld waren. Haar adem stokte in haar keel. Was het maar waar! Wáren ze maar alleen op de wereld! Kon ze hem haar lippen maar aanbieden voor een hartstochtelijke kus! 'Je ziet er verrukkelijk uit,' fluisterde hij.

Flappy glimlachte besmuikt, maar deed haastig een stap naar achteren in het besef dat ze zich op een afschuwelijke manier zou blameren als ze toestond dat hij zijn hand nog langer op haar middel liet rusten, zelfs al was het maar één seconde.

Johnson kwam de kamer binnen met een glas wijn voor Flappy en Kenneth op een zilveren blad. Flappy nam haastig een slok. De Gavi was inderdaad verrukkelijk, en ze nam gretig nog een slok. Koel en verfrissend; precies wat ze nodig had om de avond door te komen. Want het kon niet anders of het etentje werd een beproeving. Niet alleen maakte Charles haar onzeker, maar bovendien zorgden Jim en Molly ervoor dat het zelfs voor haar een uitdaging was om het gezellig te houden.

Johnson verdween weer, maar kwam even later terug met Graham en Joan Willis. Iedereen stond op om de dominee en zijn vrouw te begroeten, en dankzij Grahams innemende kalmte en dankzij zijn aura van vroomheid was het ijs op slag gebroken. Flappy deed op haar beurt ook haar best vroomheid uit te stralen, om indruk te maken op de dominee en in diens verlengde op God, tegenover wie ze sinds haar affaire met Charles nog altijd iets goed te maken had. Ze sprak doelbewust zachter, ze luisterde aandachtiger; kortom, ze gedroeg zich alsof ze in de kerk zat. Want als íémand in staat was Flappy tot bezinning te brengen, dan was het de dominee. Joan, zijn vrouw, was aanzienlijk minder charismatisch en viel weg tegen de bekleding zodra ze op de bank zat.

'En vertel eens...' Flappy keerde zich naar Molly en deed haar uiterste best enthousiast te klinken. 'Hoe gaat het in jullie nieuwe huis? Hollyberry House heeft zo veel potentie. Er is echt iets moois van te maken.'

'De meeste spullen zijn uitgepakt, maar aan het huis zijn we nog niet toegekomen. En dat is ook beter, vind ik altijd. Om het eerst even aan te kijken, voordat je begint met opknappen en verbouwen.'

'Inderdaad. Heel verstandig,' zei Graham met zijn domineesstem, waardoor zijn woorden extra gewicht kregen.

'Wij wonen hier ook nog niet zo lang.' Hedda keek naar Charles, die het met Kenneth over golfen had. 'Het is het beste besluit dat we ooit hebben genomen. Om te vertrekken uit Londen.'

Molly's ogen begonnen te glanzen. Ze hadden een erg ongebruikelijke kleur groen, besefte Flappy. De kleur van door de zon beschenen salie. En ze werden omlijst door dichte zwarte wimpers. Molly Price was misschien niet beeldschoon, maar wel buitengewoon aantrekkelijk, moest Flappy toegeven.

'Dat geldt voor mij net zo,' viel Molly hun gastvrouw bij. 'Jim was minder enthousiast, hè schat? Hij is echt een stadsmens. Maar mij leek het ook voor de kinderen beter om naar het platteland te verhuizen. En Badley Compton is echt een gezellig dorp. Ik denk dat we het hier heel erg naar onze zin zullen hebben.'

Flappy keerde zich naar Jim, zich afvragend of hij ook kon praten. 'Hadden jullie in Londen ook een tuin?'

Opnieuw was het Molly die antwoord gaf. 'Een kleintje maar. Hier is de tuin echt enorm.'

Dat was sterk overdreven, zeker vergeleken met de tuinen van Darnley Manor, maar Flappy besloot er niets van te zeggen. 'En beeldig. Echt een heerlijke tuin.' Ze dacht aan wat ze door haar verrekijker had gezien. 'Wat zijn jullie met die dode appelboom van plan?'

Molly toonde zich niet verbaasd; ze vroeg zich blijkbaar niet af hoe Flappy wist van hun dode appelboom. 'Tja, wat moeten we daarmee? Ik denk omhakken.'

'Als ik jullie was, en ik weet het een en ander van tuinieren, zou ik er een ramblerroos tegenop laten klimmen. Op Darnley hebben we er ook een, en het effect is spectaculair.'

Molly zette grote ogen op. 'Wat een geweldig idee!'

Flappy was zo aangenaam verrast door haar reactie dat ze alsnog besloot haar royale aanbod te doen. 'Ik zal een van mijn tuinmannen naar jullie toe sturen. Ze hebben het erg druk op het moment, maar een paar uurtjes kan ik er wel een missen. Het kan nooit kwaad om de mening van een vakman te vragen.'

En deze keer las Flappy alleen maar oprechte dankbaarheid in Molly's glimlach. Dus misschien berustte de aanvaring in de kerk op een misverstand.

'Dank je wel, Flappy. Wat aardig van je. Dat zou ik heel fijn vinden. We hebben op dit moment geen geld voor een tuinman, en ik weet niets van tuinieren.'

Flappy hief haar hand – perfect verzorgd, met perfect gelakte nagels – om Molly's dank af te wimpelen. 'Geen dank. Dat is wel het minste wat ik kan doen om jullie welkom te heten in Badley Compton.'

'Precies,' viel Hedda haar bij. 'Vandaar ook dit etentje. Om jullie in ons dorp te verwelkomen. Toen wij hier kwamen wonen, was iedereen zo aardig voor ons. En dat geldt met name voor Flappy en Kenneth. Badley Compton is wat dat betreft echt een bijzonder dorp. Een beetje ouderwets, maar dan in de goede zin van het woord. Je zou het zelfs provinciaals kunnen noemen, ook al zou je het dorp daarmee tekortdoen.'

'Dat is precies wat we zoeken. Geen werelds gedoe, maar de rust van het platteland.' Molly dronk haar glas leeg.

Het ontging Flappy niet dat er een schaduw van vermoeidheid over haar gezicht gleed. En toen Johnson attent toeschoot om haar bij te schenken, trilde de hand waarin ze haar glas hield.

'Wat doe je voor werk, Molly?' vroeg Joan.

Flappy en Hedda keerden zich verrast naar de bank.

'Ik was columniste bij *The Times*.' Molly sloeg haar ogen

neer. 'Maar inmiddels ben ik met iets anders begonnen. Iets nieuws. Het is nog een probeersel.'

Joan trok haar wenkbrauwen op, zichtbaar onder de indruk. 'En jij, Jim?' De drie vrouwen keerden zich naar hem toe.

Molly stond al op het punt om in zijn plaats te antwoorden, maar Flappy was haar voor. 'Ik hoor dat je tot de briljante mensensoort behoort die met computers werkt.'

'Dat klopt. Ik ben grafisch ontwerper,' zei Jim, bijna zonder een spier van zijn gezicht te vertrekken.

Flappy probeerde zich belangstellend te tonen, maar dat viel niet mee. Hoe creatief ze ook gebruikt konden worden, computers waren in haar ogen nog saaier dan golf.

'Boeiend,' zei ze met een geïnteresseerde blik, om duidelijk te maken hoe buitengewoon boeiend ze het vond.

'Het fijne is dat we allebei thuis kunnen werken.' Molly klonk gejaagd, een beetje nerveus. En het viel Flappy op dat haar glas al weer leeg was. Er kwam een vermoeden bij haar op. Want tot Flappy's vele talenten behoorde de gave om tussen de regels door te kunnen lezen. En die gave vertelde haar dat Molly het eigenlijk maar niets vond dat Jim thuis werkte; dat Jim niet uit Londen weg had gewild; dat Molly zeer waarschijnlijk door *The Times* was ontslagen, en dat ze bovendien hard op weg was alcoholist te worden.

Het gevolg was dat Flappy, voor het eerst sinds hun kennismaking, met Molly te doen had.

Tijdens het diner in Hedda's voorname eetkamer, die met zijn dieprode muren en vergulde schilderijlijsten een verrukkelijk aristocratische sfeer ademde, zat Flappy links van Charles, met Molly aan zijn rechterhand. De dominee zat aan Flappy's andere kant, met naast zich Jim Price. De arme Hedda moest alle zeilen bijzetten in haar rol als gastvrouw. Flappy zag hoe ze met haar gebruikelijke enthousiasme haar best deed om het gesprek gaande te houden, terwijl Jim zwijgend en met een verveeld gezicht naar zijn bord staarde. Wat buitengewoon onbeleefd, dacht Flappy verontwaardigd. Om niet te zeggen onbeschoft.

Het diner was amper begonnen of Flappy voelde de voet van Charles tegen de hare. Het begon met een zacht aanstoten dat onbedoeld had kunnen zijn, maar geleidelijk aan werden zijn bewegingen nadrukkelijker, en toen ze voelde dat hij zijn voet langs haar been op en neer liet glijden, was er geen twijfel meer mogelijk: hun gastheer bezondigde zich aan voetjevrijen. Ze trok haar been weg en luisterde nog aandachtiger naar wat de dominee te vertellen had. Haar laatste ervaring met voetjevrijen was jaren geleden, en Flappy kon niet ontkennen dat ze ervan genoot, zij het met de nodige terughoudendheid, want Kenneth zat maar drie stoelen bij haar vandaan. Wat Charles deed, was ondeugend. Het was verboden. Maar ook gedurfd.

Ze nam een grote slok water – ze dronk nooit meer dan één glas wijn, want ze vond het ver beneden haar waardigheid om aangeschoten te raken – en rechtte haar rug. Het was een gevaarlijk spel dat Charles speelde, en dat kon ze niet toestaan. Dat móćht ze niet toestaan. Ze keek naar Hedda, haar díérbare vriendin Hedda, die zo grootmoedig en ruimdenkend had gereageerd op haar bekentenis dat ze een kortstondige affaire met Charles had gehad, en ze besefte dat ze haar vriendin voor geen goud zou teleurstellen. Nee, besloot ze resoluut, ze zou niet toestaan dat de verleidingen des vlezes haar oordeel vertroebelden. Ze had in haar leven talrijke momenten gekend waarop ze ál haar reserves aan wijsheid en zelfbeheersing had moeten aanspreken om tot de juiste keuze te komen. Dit was ook weer zo'n moment. 'Ach, Graham, vertel nog eens over de diepere betekenis van het verhaal van de verloren zoon,' zei ze vroom.

Aan het eind van de maaltijd stelde Hedda voor dat de vrouwen met haar meegingen naar de salon om daar hun koffie te drinken.

'Wat ouderwets.' Molly giechelde.

Ze heeft duidelijk te veel gedronken, dacht Flappy.

'Charles rookt na het eten graag een sigaar,' zei Hedda. 'Dus wat mij betreft laten we de mannen alleen met hun port en hun sigarenrook.'

Als Flappy érgens dol op was, dan waren het ouderwetse, aristocratische tradities. 'Ik ben het roerend met je eens, Hedda. En bovendien vind ik het te waarderen en buitengewoon gepast dat de oude tradities worden gerespecteerd,' zei ze goedkeurend.

Molly keek haar verbijsterd aan. 'Hoezo is het gepast dat de vrouwen de eetkamer verlaten zodat de mannen over politiek kunnen praten? Of over welke zaken die niet voor onze gevoelige vrouwelijke oren bestemd zijn dan ook?' Haar gezicht verried hoe belachelijk zij dat vond.

Lieve hemel, dacht Flappy vol afschuw. Ze is zo'n militante feministe waarover je wel eens in de krant leest!

Hedda's glimlach haperde geen moment. 'We mogen hier

in het dorp dan misschien ouderwets lijken in de ogen van moderne jonge mensen zoals jullie, maar het zijn de tradities die het cement vormen van onze gemeenschap. Neem bijvoorbeeld de kerk.' Ze zweeg even, en Flappy's ogen werden groter. Waar stuurde Hedda op aan? Ging ze het over hun vaste plaatsen in de kerk hebben? Zo ja, dan nam Flappy diep haar hoed af voor haar vriendin. 'Daar hebben we allemaal onze vaste plaats,' vervolgde die. 'Zo weet iedereen waar hij aan toe is. Kenneth en Flappy zitten bijvoorbeeld al dertig jaar op de voorste bank.'

'En hier op Compton Court woonden Sir Algernon en Lady Micklethwaite. Totdat ze naar Spanje verhuisden,' viel Flappy haar vriendin behulpzaam bij. 'Zij zaten ook altijd op de voorste rij, maar dan aan de andere kant van het middenpad. Dus toen Hedda en Charles hun huis kochten, gingen die plaatsen op hen over. Zo gaat het al jaren, en dat zorgt voor orde en structuur binnen de gemeenschap. Ik wilde er niets van zeggen, omdat ik het jullie gunde om bij de eerste kennismaking helemaal vooraan te zitten. Het zou wel erg kleinzielig zijn geweest om mijn eigen plaats op te eisen.' Ze grinnikte toegeeflijk. 'Maar het zijn en blijven ónze plaatsen. Voor nieuwkomers is meer dan genoeg plek achter in de kerk.'

Charles en Kenneth hadden ondertussen al een sigaar opgestoken en schonken zichzelf een glas port in. Graham, die niet rookte, leunde voldaan naar achteren. Jim had zijn telefoon erbij gepakt en scrolde door zijn berichten. Maar Molly keek Flappy beduusd aan. 'O, wat spijt me dat!' stamelde ze geschokt, en het was haar aan te zien dat ze meende wat ze zei. 'Dat wist ik niet. Ik had geen idee van het bestaan van een...' Ze zocht naar het juiste woord.

Flappy schoot haar te hulp. 'Hiërarchie?'

'Ja, precies. Dat wist ik niet.' Ze legde een hand op haar hart. 'Het spijt me echt heel erg.'

Flappy's bedenkingen verdwenen als sneeuw voor de zon dankzij Molly's oprechte verontschuldigingen. Ze glimlachte bemoedigend. Nu ze de strijd had gewonnen, kon ze het zich veroorloven ruimhartig te zijn. 'Trek het je niet aan,' zei ze met een blik op de dominee, in de hoop dat die het hoorde. 'Hoe had je dat ook kunnen weten? Het was een misverstand.'

Hedda ging de vrouwen voor naar de salon. Behalve triomf voelde Flappy ook compassie. Want hoe graag ze ook de dienst uitmaakte, dat mocht niet ten koste van anderen gaan. En zeker niet ten koste van iemand als Molly Price, want ze had inmiddels allang door dat Molly niet gelukkig was. Zelf behoorde ze tot de gelukkigen die het aan niets ontbrak, en daarom zag ze het als haar plicht om degenen die het minder goed hadden een beetje onder haar hoede te nemen.

'Kindje...' Ze legde in een welwillend gebaar een hand op Molly's arm. 'Ik stuur morgenochtend mijn meest ervaren tuinman naar je toe. Dan kan hij je vertellen wat je het beste met je tuin kunt doen. En trouwens...' Ze zweeg even voor het dramatische effect. 'Je bent altijd welkom op Darnley. Dan kun je zien hoe prachtig een tuin kan worden als die op de juiste manier wordt onderhouden.'

Nadat de andere gasten waren vertrokken, kostte het Hedda weinig moeite om Flappy en Kenneth over te halen nog even te blijven om de avond te evalueren.

'Volgens mij is het allemaal prima gegaan.' Anders dan zijn vrouw was Kenneth niet in staat om tussen de regels door te lezen en had hij geen speciale antenne voor subtiele gevoeligheden.

'Het spijt me, lieverd, maar dat ben ik niet met je eens,' zei Flappy. 'Ik vond Jim buitengewoon onbeleefd.'

'Ik ook,' viel Hedda haar bij. 'Er was nauwelijks een woord uit hem te krijgen. Ik heb er echt alles aan gedaan. Uiteindelijk hóórde ik mezelf maar doorratelen als een... als een op hol geslagen locomotief. Maar hij deed geen enkele moeite om een beetje sociaal te zijn.'

'Maar zíj is leuk. Bruisend. Aantrekkelijk,' zei Charles, die net zo doof en blind was voor subtiliteiten als Kenneth. 'Een intelligente vrouw. En ze heeft verstand van kunst.'

Flappy's jaloezie was op slag gewekt. 'Ze mag dan verstand hebben van kunst,' zei ze sceptisch, want ze beschouwde zichzelf als redelijk goed ingevoerd in de impressionisten en de Italiaanse renaissanceschilders. 'Maar volgens mij is ze niet gelukkig. Het is wel duidelijk dat zij hem hierheen heeft gesleept. Dat hij veel liever in Bloomsbury was gebleven.'

'Hij golft niet.' Kenneth keerde zich naar Charles en trok een wenkbrauw op. 'Ik heb het hem gevraagd.'

Hedda schoot in de lach. 'O Kenneth, je bent onverbeterlijk! Die man ziet eruit alsof hij zijn hele leven binnen zit, achter een beeldscherm. En dan vraag jij hem of hij golft!'

Flappy grinnikte, blij om met Hedda te kunnen lachen.

'Tja, ik ben bang dat ze niet echt deugen voor het platteland.'

'Hij wil een fitnessruimte laten bouwen,' vertelde Charles. 'Want hij doet aan gewichtheffen, zei hij.'

'Echt waar?' Daar keek Flappy van op. Jim zag er niet uit alsof hij meer kon tillen dan een mes en een vork. Maar dat zei ze niet hardop. Want als ze érgens een hekel aan had, dan was het aan kritiek leveren op andermans uiterlijk. De arme Jim kon er tenslotte niets aan doen dat hij weinig gespierd gebouwd was. 'Ach, een gezonde geest in een gezond lichaam,' zei ze dan ook. 'Maar ze moeten meer naar buiten, de tuin in! Of lange wandelingen maken langs het strand. Lekker met de wind in hun haar.'

'Dat heeft hij niet!' Hedda schoot opnieuw in de lach. 'O, sorry!' Ze sloeg een hand voor haar mond, maar het was tevergeefs. 'Ik ben zo blij dat ze weg zijn,' zei ze hikkend van het lachen. 'Want laten we eerlijk zijn, het was een vreselijke avond. Maar Molly weet nu in elk geval waar ze aan toe is, waar ze hoort te zitten in de kerk. En daar ging het om.'

'Dat was erg moedig van je,' verklaarde Flappy. 'Dank je wel!'

'En jullie bedankt voor jullie komst. Anders was de avond helemaal niet om door te komen geweest. Wat zouden we zonder jullie moeten beginnen?'

En Flappy was blij dat ze het compliment in alle oprechtheid kon retourneren. 'We mogen ons zó gelukkig prijzen met vrienden zoals jullie,' zei ze, waarbij ze met gevoel voor drama even haar ogen sloot.

Toen ze even later, op weg naar huis, met Kenneth naast zich achter het stuur, haar tasje opendeed om haar lipgloss te pakken, ontdekte ze een keurig opgevouwen briefje in het binnenvak. Haar hart sloeg op hol. Ze keek opzij, maar Kenneth hield zijn ogen strak op de weg gericht. Toch kon ze het briefje niet lezen waar hij bij was.

Zodra ze thuiskwamen ging ze meteen naar haar slaapkamer en vouwde het briefje open. De blos op haar wangen verspreidde zich over haar hals en haar borsten. *Dit is wat ik allemaal met je wil doen...* stond er op het briefje, met daaronder een opsomming van alle verrukkelijke dingen die Charles in gedachten had. Het voelde alsof haar hele lichaam in brand stond. Ze huiverde van opwinding terwijl ze zich voorstelde hoe hij het briefje in haar tas had gestopt. *Wat gedurfd!* Met een zucht van spijt, van verlangen, liet ze zich op het bed vallen. En terwijl ze dromerig voor zich uit staarde, gaf ze zich over aan de herinneringen aan die verrukkelijke middagen waarop Charles de liefde met haar had bedreven. Had ze Hedda maar niet beloofd... Maar dat had ze wél gedaan. En als Flappy iets beloofde, dan deed ze dat.

Met een laatste diepe zucht zette ze Charles uit haar hoofd en scheurde ze het briefje in snippers.

*

De volgende morgen deed Flappy, zoals altijd, wat ze had beloofd en stuurde ze Andy Pritchett, haar eerste tuinman, naar Hollyberry House. Voldaan over de waardering die ze daarmee zou oogsten, en opnieuw vol compassie met die arme ongelukkige Molly, ging ze aan de slag met alle Belangrijke Dingen die ze op donderdagochtend te doen had.

Persephone was ook al druk aan het werk, voornamelijk met telefoneren om offertes op te vragen in verband met Flappy's ballo in maschera.

Kenneth was al naar de golfclub.

Flappy liep naar haar werkkamer, ingericht met zachte tinten groen en roze; een charmante ruimte met uitzicht op een van de diverse gazons die Darnley Manor rijk was. Ze zette haar leesbril op. Behalve dat ze haar post moest doornemen, had ze een lange lijst van zaken te regelen voor het naderende Oogstfestival, dat al snel werd gevolgd door de halloweenparty met de optocht van verklede kinderen. Het waren allemaal evenementen die door haar werden georganiseerd en die op Darnley Manor werden gehouden. Net als de vergaderingen van de diverse comités en commissies waarvan ze voorzitter was, en de bijeenkomsten van de leesclub. Ze zuchtte in het besef van de vele verantwoordelijkheden die op haar schouders rustten, maar als Flappy érgens in uitblonk, dan was het in het plaatsen van haar burgerplicht boven haar pleziertjes. Ze zou tenslotte geen knip voor de neus waard zijn als ze alleen maar genoot van haar schitterende huis, haar prachtige tuinen, zonder zich ook maar iets gelegen te laten liggen aan de noden van mensen die het minder goed hadden.

Toen ze na een lange dag eindelijk achterover kon leunen – niet letterlijk, want als Flappy érgens een hekel aan had, dan was het aan mensen die onderuitgezakt in hun stoel hingen, soms zelfs met hun schoenen op tafel! – werd er op de deur van de salon geklopt. Het was Andy Pritchett, zichtbaar slecht op zijn gemak omdat hij haar moest lastigvallen.

'Hallo, Andy.' Flappy zette haar theekopje neer.

De tuinman nam zijn pet af. 'Neemt u me niet kwalijk dat ik stoor, Mrs. Scott-Booth.' Andy Pritchett was een robuuste vijftiger met grijzend haar en een breed, aantrekkelijk gezicht, verweerd en gebruind door jaren in de buitenlucht te hebben doorgebracht. 'Mrs. Price vraagt of ze me morgen misschien ook nog zou mogen lenen.'

Flappy fronste haar wenkbrauwen. Ze had hem met plezier een dagje uitgeleend. Maar nog een dag, dat gaf haar het gevoel dat er misbruik van haar goedheid werd gemaakt. 'O?'

'Ze was erg te spreken over het idee om een ramblerroos tegen de appelboom te laten klimmen. Dus ze vroeg of ik die misschien zou kunnen planten.'

'Dat soort rozen hebben ze bij het tuincentrum niet op voorraad, neem ik aan?'

'Nee, die zou ik moeten bestellen.'

'Juist, ja. En dan moet je opnieuw naar Hollyberry House om hem in de grond te zetten.'

'Ja.'

Terwijl Flappy haar kopje pakte om tijd te rekken, moest ze toegeven dat het geen kwaad kon om Andy nog een dagje aan Molly uit te lenen. Tenslotte beschikte zij over een legertje tuinmannen en had die arme Molly alle hulp nodig die ze kon krijgen. 'De tuin is vreselijk verwaarloosd, hè?'

'Ja, daar moet een hoop aan gedaan worden.'

'Precies. Nou ja, de tuinen hier op Darnley redden het

nog wel een dagje zonder jou, neem ik aan.'

'Dank u wel. Daar zal Mrs. Price erg blij mee zijn. Volgens mij is het allemaal een beetje te veel voor haar.'

'Laten we maar hopen dat het gewaardeerd wordt.' Flappy slaakte een zucht. 'Heb je de indruk dat ze verder al een beetje op orde zijn?'

'Ik heb Mr. Price niet gezien, alleen Mrs. Price. Ze leek me eerlijk gezegd nogal gespannen.'

'Ja, die indruk kreeg ik ook al,' zei Flappy peinzend. 'Gisteravond tijdens ons etentje. Maar uiteindelijk zullen ze hun draai wel vinden. Het valt ook niet mee, de overgang van de grote stad naar een dorp. Ik ben een beetje bang dat ze het hier misschien wel erg stil zullen vinden.'

'Volgens Mrs. Price waren ze daar juist naar op zoek. Naar rust en stilte.'

Flappy trok een wenkbrauw op. 'Nou, laten we dan maar hopen dat ze die hier vinden.'

*

Later die avond slenterde Flappy over het gazon naar de charmante, rietgedekte cottage helemaal aan het eind van de tuin, in de beschutting van een paardenkastanje. Ooit had ze het huisje als schildersatelier gebruikt. Maar toen ze zo veel *grands oeuvres* op haar naam had staan dat ze bij alle vooraanstaande inwoners van Badley Compton aan de muur hing, was ze tot de conclusie gekomen dat het haar simpelweg ontbrak aan de tijd om uren achter haar schildersezel door te brengen. Dat ze de cottage beter kon laten herinrichten tot stilteruimte, een plek waar ze zich kon terugtrekken en 's avonds een uurtje kon mediteren voor haar boeddha-altaar.

Eén keer in de week kwamen haar vriendinnen – Mabel, Madge, Esther en Sally – voor een gezamenlijke yogasessie en om te mediteren onder leiding van Murli, Flappy's goeroe. Murli was een echte goeroe, afkomstig uit Rajasthan; een verlichte geest die door het universum op haar pad was gebracht om haar te helpen zelf ook verlicht te raken.

Helaas bleven de vriendinnen een ietsepietsje bij haar achter, maar grootmoedig als ze was, beschouwde Flappy het als haar plicht om hen mee te nemen op haar pad. Bovendien gaf dat haar de kans om te laten zien hoe soepel en lenig ze was, hoe diep ze kon gaan wanneer ze tijdens het mediteren met haar Hogere Zelf communiceerde. Het universum was zo gul geweest om haar een goeroe te sturen; het minste wat ze kon doen, was anderen daarvan te laten meeprofiteren.

Maar vanavond was ze alleen. Toen ze de cottage binnenkwam, ademde ze genietend de geur van wierook in; het was dezelfde wierook die ook in boeddhistische tempels werd gebruikt. Haar blik ging naar de boeddha van jade, die Gerald, haar binnenhuisarchitect, helemaal uit Vietnam had laten komen. Of eigenlijk had hij hem gekocht in een winkel in Chestminster, maar de boeddha kwam oorspronkelijk uit Vietnam, wat hem authentiek maakte. Waarom moeilijk doen als het ook makkelijk kon, luidde Flappy's filosofie.

Terwijl haar blik verder dwaalde en bleef rusten op de trap, werd ze door weemoed overvallen. Ach, wat verlangde ze terug naar die middagen met Charles in het grote bed onder de dakbalken! Wat had ze daarvan genoten! Wat waren die middagen verrukkelijk geweest!

En slecht!

Maar die tijd was voorbij. En ze verbood zichzelf te blijven treuren om iets wat tot het verleden behoorde. In plaats daarvan installeerde ze zich in kleermakerszit voor het altaar. Ze sloot haar ogen en begon te chanten – 'A-oemmmm' – en toen het gezicht van Charles voor haar geestesoog verscheen – verrukkelijke, aantrekkelijke Charles aan wie ze niet meer mocht denken – verdrong ze zijn beeltenis en dacht ze uit alle macht aan Jasper en Briony, die op datzelfde moment naar Badley Compton onderweg waren. In plaats van hun gezichten visualiseerde ze wolken, maar die waren zo groot, zo donker en dreigend, dat ze ook dat beeld probeerde te verdringen. Tevergeefs. De wolken lieten zich niet verdrijven en waren gevuld met stress, met spanning, hoezeer ze ook haar best deed om haar geest af te stemmen op de vibraties van het universum.

5

Op vrijdagochtend kreeg Flappy een sms'je: *Geland*. Dat was alles. Ze tuitte misprijzend haar lippen. Typisch Jasper om het zo kort te houden, dacht ze een ietsepietsje geïrriteerd. Als hij geld nodig had, rolden er fraaie volzinnen uit. Dus hij kón het wel! Ze zette haar telefoon uit, stapte in haar auto en reed naar het dorp. Uit de autoradio klonk de stem van Olly Murs met 'Please Don't Let Me Go'. Ze vond het belangrijk om op de hoogte te blijven van de muziek waar de jeugd naar luisterde. In de hoofdstraat parkeerde ze de auto langs de stoep voor Café Délice. Daar zaten haar vriendinnen al op haar te wachten, aan hun vaste tafel bij het raam. Zodra ze Flappy zagen binnenkomen, zoals altijd behangen met goud en om door een ringetje te halen in een chique broek en een jasje met een perfecte snit, rechtten de vier vrouwen hun rug. Flappy was stipt op tijd; de anderen waren een kwartier te vroeg gekomen.

Terwijl ze ging zitten schoof Flappy haar enorme zonnebril omhoog. 'Wat gezellig vind ik dit! Om hier af te spreken!' zei ze stralend. 'Ik kom hier anders nooit. Maar ik zie nu dat ik een hoop heb gemist. Wat eten jullie?' vroeg ze met een blik op hun bordjes. Maar daar lagen alleen nog maar kruimels op. *Wat aten jullie* zou gepaster zijn geweest.

'Zal ik een kop koffie voor je halen?' Mabel stond al naast haar stoel.

'O, als je dat wilt doen, heel graag. Dank je wel.'

'Je wilt er niets bij, neem ik aan? Geen plak cake of een koffiebroodje? Of misschien een croissant?' Ze wist dat Flappy dweepte met alles wat uit Frankrijk kwam.

'Nou, vooruit dan. Omdat je zo aandringt. Doe maar een plak chocoladecake.' Flappy keek glimlachend de kring rond. 'Het zou onbeleefd zijn om mijn lijn boven de gezelligheid te laten gaan.' En dat niet alleen, gezien de omstandigheden hunkerde ze naar zoetigheid.

'Vandaag is de grote dag.' Sally schonk haar een voldane grijns.

'Hoe bedoel je?' vroeg Flappy, ook al wist ze maar al te goed waar Sally het over had.

'Vandaag arriveert Jasper in het dorp.'

'Wat zul je ernaar uitkijken om hem weer te zien!' dweepte Madge.

'Reken maar! Ik verheug me er zo op!' Flappy deed haar best om overtuigend te klinken.

'Ik hoorde dat ze dat leuke huis naast de pub hebben gehuurd,' vertelde Esther.

Flappy wist van niets, maar haar glimlach haperde geen moment. Het enige wat Jasper had gezegd, was dat ze naar het dorp kwamen. Dus ze vroeg zich af hoe Esther aan die informatie kwam.

'Wat enig!' dweepte Madge opnieuw. 'Dat vind ik zo'n charmant huis!'

'Het is van Gus Trent, en die komt twee keer in de week bij me paardrijden. Vandaar dat ik het weet,' zei Esther.

'Kijk eens aan! Het roddelcircuit draait weer op volle toeren.' Flappy grinnikte, maar het stak haar dat Esther beter op de hoogte was dan zij. 'Ja, Jasper en Briony trekken voorlopig in dat charmante huis naast de pub. Dan hoeft hij in elk geval niet ver te lopen als hij trek heeft in een borrel.'

Mabel kwam terug naar hun tafeltje met koffie en gebak voor Flappy. 'Wat opwindend dat Jasper terugkomt!' jubelde ze. 'Helemaal uit Australië! Wanneer landt hij? Ik heb hem zo lang niet gezien. Dus ik ben razend benieuwd! Ook naar zijn vrouw en zijn kinderen. De laatste keer dat ik hem zag, was toen hij naar de andere kant van de wereld vertrok. Meteen na zijn afstuderen in Cambridge. Is hij nog net zo knap als vroeger, Flappy? Jasper was echt een kind van zijn moeder. Wat heerlijk toch dat je je goede genen aan je kinderen hebt doorgegeven. Stel je voor dat het anders was gelopen. Wat zou dat zonde zijn geweest.'

Flappy nam een hap chocoladecake. Dankzij de suiker, die onmiddellijk werd opgenomen in haar bloed, voelde ze zich op slag een stuk beter. 'Ik schep niet graag op over mijn kinderen. Dat weten jullie,' zei ze toen ze de cake had doorgeslikt – het was erg onbeleefd om met volle mond te praten. 'Dus of hij knap is, dat moet iedereen zelf maar beoordelen. Ik ben zijn moeder, en dus bevooroordeeld. Ach ja, ik weet het nog zo goed, de dag dat hij vertrok. De wereld lag aan zijn voeten. Hij ging een stralende toekomst tegemoet.' Ze zuchtte weemoedig, zonder te verraden dat die toekomst helemaal niet zo stralend was gebleken. 'Ik mag me zó gelukkig prijzen dat hij en zijn charmante vrouw Briony voor Badley Compton hebben gekozen. Ze hadden tenslotte overal kunnen gaan wonen. Maar dat ze hierheen komen, bij Kenneth en mij in de buurt, voelt als een enorm compliment. Niet dat ik dat verdien. Ik weet heel goed dat ik als oma ernstig tekort ben geschoten. Mijn kleinkinderen kennen me amper. En andersom is het net zo.'

'Daar komt dan nu verandering in. Jullie hebben straks alle kans om elkaar te leren kennen,' zei Sally.

'Volgens mij komen ze hier wonen vanwege de gratis oppas.' Esther grinnikte.

Geen denken aan, dacht Flappy. Oppassen, dat ging ze echt niet doen. Alleen al het vooruitzicht van vieze vette kindervingers op haar bekleding, van eten dat op haar onberispelijke vloerbedekking werd gemorst, vervulde haar met afschuw. 'Ja hoor, ze kunnen op me rekenen,' zei ze stralend. 'Het lijkt me enig om me nuttig te maken en als een echte oma op mijn kleinkinderen te passen.' Ze stopte de rest van haar cake in haar mond, in de hoop dat de verrukkelijk zoete chocolade de bittere smaak van de angst zou verdrijven.

*

Tijdens de rit naar huis werd ze heen en weer geslingerd tussen haar moederinstinct en haar trots. Het voelde erg ongemakkelijk, want ze was diep teleurgesteld dat ze zich als zijn moeder niet kon koesteren in Jaspers glorie, die ook op haar zou afstralen. Jasper en glorie, dat was een onwaarschijnlijke combinatie. Hij mocht dan razend aantrekkelijk zijn en gezegend met een charmante zorgeloosheid – en dat was ook niet zo moeilijk als je vader alle rekeningen betaalde – maar dat hij maar wat aanrommelde, zonder ooit genoeg te verdienen om zelf zijn gezin te kunnen onderhouden, kon echt niet. Waarom was hij niet gewoon in Australië gebleven? En van zijn vrouw verwachtte ze ook niet veel goeds; Briony was een en al dikdoenerij en pretenties. Nee, Flappy keek bepaald niet uit naar hun komst. Want als ze érgens een hekel aan had, dan was het aan dikdoenerij en pretenties.

Het was dan ook met enige tegenzin dat ze Jasper en zijn gezin te eten had gevraagd, zodat ze daar op hun eerste avond in Badley Compton geen omkijken naar hadden. Anders dan zij keek Kenneth verlangend uit naar hun komst, en dat begreep ze. Hij hield zielsveel van zijn zoon en was dol op Briony. Zelfs als hij wist dat Flappy niet bepaald enthousiast was over hun schoondochter, liet hij dat nooit merken. De wereld van Kenneth was als een dag op de golfbaan: blijmoedig en harmonieus.

Flappy had er alles aan gedaan om het huis zo gezellig – en indrukwekkend – mogelijk te maken. Ze had Persephone naar de bloemist gestuurd om een grote bos lelies te kopen voor op de tafel in de hal. Karen, die regelmatig voor haar kookte, had een verrukkelijk diner klaargemaakt, de geurkaarsen in de salon en de eetkamer brandden. Bovendien had ze Kenneth gevraagd wat aangenaam rustige muziek op te zetten, en om er zelf ook op haar best uit te zien – ze wilde niet onderdoen voor haar schoondochter – had ze haar haar laten föhnen en haar nagels beschaafd lichtroze laten lakken. Om half zeven hoorde ze het grind knarsen onder de banden van een auto. Zwierig daalde ze de trap af; in haar lange plissérok met daarop een mouwloze zwarte top kon ze zo zijn weggelopen van een modeshow van Ralph Lauren.

Toen ze opendeed, zag ze tot haar verbazing alleen Jasper en Briony op de stoep staan, zónder de kinderen. 'Lieverd! Wat heerlijk dat je er bent!' Ze omhelsde haar zoon. Nu hij in levenden lijve voor haar stond, met zijn innemende glimlach en een twinkeling in zijn ogen die humor en warmte verried, verdwenen haar zorgen als vanzelf naar de achtergrond. Hij was inderdaad deksels knap! Dat was tenminste íéts om trots op te zijn. 'En Briony! Je moet wel doodmoe zijn van die lange reis, maar het is je niet aan te zien. Je lijkt zo fris als een hoentje.'

Haar schoondochter zag er inderdaad fantastisch uit in haar indigoblauwe jeans met daarop een getailleerd zwart jasje. Haar blonde haar viel licht golvend tot op haar schouders. Allemaal buitengewoon stijlvol. En duur. Die laatste gedachte dreigde Flappy's goede humeur te bederven, maar dat liet ze niet merken. Twee prominent gebeeldhouwde jukbeenderen kwamen hardhandig in botsing toen ze Briony op haar ijzige wang kuste. 'Waar zijn de kinderen?'

'Thuis.' Briony keerde zich met een glimlach naar Jasper. 'Wat klinkt dat heerlijk. Thuis.' Ze keerde zich weer naar Flappy. 'Met de au pair.'

'Hebben jullie een au pair?' vroeg Flappy verrast.

'Ja, die hebben we meegenomen.' Jasper liep de hal binnen om zijn vader te omhelzen.

Vandaar dat hij belde, dacht Flappy. *Hij had geld nodig voor een extra ticket!*

Kenneth en Jasper omhelsden elkaar zoals mannen dat doen en klopten elkaar op de schouder. Vervolgens sloeg Kenneth zijn armen ook om Briony heen, maar zonder schoudergeklop. Briony verstijfde. Kenneth had niets in de gaten en drukte zijn omvangrijke taille enthousiast tegen haar platte buik. 'Jullie zijn vast en zeker aan een borrel toe,' verklaarde hij opgewekt. 'Kom, dan gaan we naar de salon.'

Kenneth nam de leiding, samen met Jasper; Briony volgde met Flappy. 'Wat heb je een prachtig huis!' Haar blik bleef rusten op de portretten van haar schoonouders, die de hal domineerden. 'Heeft Jonathan Yeo die geschilderd?'

Flappy glimlachte, aangenaam getroffen door het feit dat haar schoondochter de portretten had opgemerkt. Ze waren dan ook prachtig, vooral dat van haar. *Een meesterwerk*, had Charles ze genoemd. 'Ja, dat klopt. Ze zijn niet onaardig, hè?'

'Ze zijn geweldig!'

Flappy probeerde zich niet te ergeren aan Briony's Australische accent. Ze hoopte dat ze het snel zou kwijtraken en beschaafd Engels zou leren spreken.

'Tegen de tijd dat we een eigen huis hebben, laten wij ons misschien ook wel portretteren,' zei Briony.

Flappy deed er het zwijgen toe. Jasper had geen geld om een huis te kopen, en over haar lijk dat Kenneth iets voor hen kocht! Maar in plaats van dat te zeggen vroeg ze hoe de reis was geweest. 'Ach, in de businessclass is het nog net vol te houden,' antwoordde Briony zonder een greintje dankbaarheid. 'Daar kan je ten minste languit liggen en slapen. Maar volgens mij hebben de kids het grootste deel van de reis zitten gamen en films gekeken.'

Als Flappy érgens een hekel aan had, dan was het aan het woord 'kids'. Ze vond het afschuwelijk, om niet te zeggen ordinair. Dus legde ze een hand op Briony's arm en gaf haar een moederlijk klopje. 'Op Darnley zeggen we geen "kids".' Ze trok haar neus op, maar wel met een glimlach, om duidelijk te maken dat ze het goed bedoelde. 'Hier zeggen we "kinderen". "Kids" klinkt bijna onverschillig. Het haalt ze naar beneden. Vind je ook niet?'

Briony schudde haar golvende blonde manen naar achteren en lachte haar stralend witte tanden bloot. 'O, Flappy! Je bent echt uniek. Kostelijk gewoon!'

Die keek haar niet-begrijpend aan. 'Ik zeg alleen dat taal belangrijk is. Het kiezen van de juiste woorden.'

Briony pakte een glas wijn aan van Kenneth. 'Maar prima. Dan zeg ik voortaan "kinderen". En mochten er nog meer woorden zijn waaraan je je stoort, dan zeg je het maar. Ik zou het niet graag verkeerd doen.'

Flappy wist niet wat ze van haar reactie moest denken. Was die oprecht, of dreef haar schoondochter de spot met haar? Het bezorgde haar een ongemakkelijk gevoel. En als Flappy érgens een hekel aan had, dan was dat het: als iemand haar in een ongemakkelijke positie bracht. Ze had graag in elke situatie alles onder controle. 'Zullen we gaan zitten?' Terwijl ze op de bank ging zitten had ze het merkwaardige gevoel dat ze in haar eigen huis op visite was.

Briony liet zich naast Jasper neerploffen, op de bank tegenover haar. Het ontging Flappy niet dat ze een hand op zijn knie legde, alsof ze er geen misverstand over wilde laten bestaan dat hij van háár was.

'Wat heerlijk om hier te zijn!' verklaarde ze enthousiast. 'Het is zo opwindend om ergens helemaal opnieuw te beginnen.'

Flappy moest aan Molly Price denken, die zich ook zo enthousiast had uitgelaten over de verhuizing naar Badley Compton.

'Is het huis naar jullie zin?' vroeg Kenneth. Hij zat op het bankje rondom de haard, met zijn benen wijd om zijn buik de ruimte te geven.

'Het is perfect,' antwoordde Jasper, die de positieve levenshouding van zijn vader had geërfd.

Maar Briony dacht er anders over. 'Het is nauwelijks een huis te noemen. Meer een cottage. En het is aan de kleine kant.' Ze trok haar neus op, net zoals Flappy dat deed wanneer ze weliswaar kritiek had, maar die een beetje wilde afzwakken. 'Het is prima, hoor. Ik klaag niet. Maar voor jonge kids... eh... kinderen... De jongens zijn zo wild, en er is niet echt ruimte om lekker te dollen en te stoeien.'

'Maar ze kunnen toch naar buiten?' zei Flappy. 'Het bos

in? Of de tuin? Jullie hebben een tuin, toch?'

'Nou en of. Een heerlijke tuin,' antwoordde Jasper.

'Nou, die is ook aan de kleine kant. Maar nogmaals, het is prima. We doen het ermee totdat...'

Flappy wilde niet dat Briony over een eigen huis begon waar Kenneth bij was. 'Jullie kunnen hier het zwembad gebruiken,' kapte ze haar af. 'Dat is leuk voor de kinderen, en als ze willen dollen en stoeien kunnen ze dat natuurlijk hier ook in de tuin doen.' Ze had er meteen spijt van. Terwijl ze zich voorstelde hoe haar kleinkinderen door de borders renden en de planten vertrapten, kreeg ze van pure paniek kramp in haar maag. Terugdenkend aan toen ze vorig jaar met Kerstmis in de Cariben waren, berekende ze dat Tom en Jack nu vijf en zeven moesten zijn. En ze herinnerde zich dat ze inderdaad erg wild waren. Ze zou de tuinmannen waarschuwen en zeggen dat ze de kinderen in de gaten moesten houden. Dat stelde haar een beetje gerust.

'Wat heerlijk dat we gebruik kunnen maken van het zwembad!' verklaarde Briony opgetogen. 'Ik ben een echte waterrat, en de jongens ook.'

'Mooi zo,' zei Kenneth. 'En ik neem ze mee naar de driving range. Golf jij nog, Jasper?'

'Jazeker. En niet onverdienstelijk, zoals dat heet.'

'Heb je zin om morgen een paar holes te doen?'

'Hebben jullie het dan niet druk met uitpakken?' vroeg Flappy.

'De meeste spullen liggen in de opslag,' antwoordde Jasper. 'En Briony is dol op uitpakken en alles netjes wegbergen.' Hij wierp een liefhebbende blik op zijn vrouw. 'Waar of niet, schat? Ze is alleen maar blij als ik haar niet voor de voeten loop.'

'Ja, dat is echt zo. Ik ben in dat opzicht nogal dwangmatig. Ik doe het graag op mijn manier, precies zoals ik het wil. En je moet me het dorp laten zien, Flappy. Ik wil weten waar ik bloemen kan kopen. En is er ook een traiteur? Een delicatessenzaak? Dat vind ik belangrijk. Ik eet bij voorkeur biologisch. En natuurlijk uitsluitend de beste kwaliteit.'

'Ben je nog steeds vegetariër?' Flappy hoopte van niet, want Karen had een tajine met lamsvlees gemaakt.

'Nee, sinds kort niet meer. Ik las een artikel waarin stond dat het slecht voor je is om helemaal geen vlees te eten. We zijn tenslotte alleseters.'

'Het was een bevlieging.' Jasper schudde lachend zijn hoofd. 'En dit ook weer. Ze gaat van bevlieging naar bevlieging.'

'Nou, dat is niet aardig, Jasper. En ook niet eerlijk. Je hebt mensen die de wereld verkennen, en ik verken mijn innerlijke wereld.'

'Net als Flappy,' zei Kenneth. 'Als je aan mediteren doet, dan zou je haar stilteruimte eens moeten zien. In de cottage.'

'Een stilteruimte?' Briony's ogen lichtten geïnteresseerd op.

'O, daar moet je je niet te veel bij voorstellen.' Flappy wuifde nonchalant met haar lichtroze gelakte nagels. Ze wilde haar twee kleinzoons voor geen goud in haar stilteruimte hebben. En trouwens, Briony ook niet.

'Ze heeft zelfs een boeddha-altaar,' vertelde Kenneth.

'Ik gebruik de ruimte om even tot rust te komen. Om

even alleen te zijn. Met de boeddha. Het leven is zo hectisch, dan vind ik het belangrijk om af en toe even pas op de plaats te maken en me terug te trekken.'

'Precies. Om af te dalen in jezelf.' Briony schonk Jasper een veelbetekenende blik. 'Ik heb geprobeerd hem ook aan het mediteren te krijgen. Maar hij vertikt het.'

'Ik kan het gewoon niet. Niks doen met mijn ogen dicht. Dan val ik in slaap. Of ik verveel me.'

'Mag ik je stilteruimte zien?' vroeg Briony aan Flappy. 'Ik zou het heerlijk vinden om me terug te trekken en te mediteren. Ergens waar ik geen last heb van het lawaai van de jongens. Even weg van alle drukte.'

Flappy's glimlach haperde geen moment, maar inwendig was ze ziedend dat Kenneth over haar stilteruimte was begonnen. Dat was wel het laatste waar ze op zat te wachten: dat Briony zich de stilteruimte toe-eigende. En het zwembad. En de tuinen. Opnieuw deed paniek haar maag verkrampen. 'Natuurlijk,' antwoordde ze haar schoondochter, maar ze zon koortsachtig op een excuus om daaronderuit te komen.

Halverwege de maaltijd stelde Flappy eindelijk de vraag waar ze al mee rondliep sinds Jaspers telefoontje. 'Wat denk je hier te gaan doen?' Ze keek haar zoon aan. 'Heb je al plannen? Ideeën? Vertel! Je vader en ik zijn razend benieuwd.'

Jasper grijnsde naar zijn vader. Het was de innemende grijns die hem in het verleden al zo veel vette cheques had opgeleverd, en die er ook in de toekomst voor ging zorgen dat het hem nooit aan geld zou ontbreken. 'Pa is altijd zo gul geweest.' Zijn topaasblauwe ogen, die hij van zijn moeder had geërfd, werden vochtig. 'Ik heb jullie hulp enorm gewaardeerd. Dat weten jullie. Het zat niet altijd mee. Ik heb soms wat pech gehad.'

Flappy moest zich beheersen om niet te zeggen dat een mens zijn eigen geluk in de hand had, maar ze wilde hem niet onderbreken terwijl hij zulke aardige dingen zei. Ook al vermoedde ze dat hij het een ietsepietsje cynisch bedoelde.

'Ik wil eerst de tijd nemen om een beetje op orde te komen. We zijn in elk geval van plan om hier voorgoed te blijven. Ik ben hier opgegroeid.' Hij keerde zich naar zijn moeder, nog altijd met vochtige ogen en met een blik waarvan Flappy wist dat hij haar daarmee hoopte te paaien. 'Dit is mijn thuis. Ik wil dat mijn eigen kinderen dit ook als hun thuis gaan zien. En wat mijn werk betreft, ik heb wel wat ideeën, maar nog niks concreets. Zodra ik meer weet, zijn jullie de eersten die het horen.'

'Ik wacht het vol spanning af. Met ingehouden adem,' zei Flappy droog.

Kenneth veegde zijn mond af met zijn servet. 'Het was heerlijk, Flappy.'

'Dat was het zeker, mam. Je bent een geweldige kok.'

'Ach, het is maar een eenvoudige tajine.' Flappy peinsde er niet over om toe te geven dat ze die niet zelf had gemaakt.

Kenneth keek zijn zoon glimlachend aan. Flappy kende die glimlach. Zo keek hij ook naar haar wanneer ze om iets erg duurs vroeg: een nieuwe auto, een villa in de Algarve of een extravagant Venetiaans gemaskerd bal. Kenneth zei nooit nee. 'We hebben het er later nog wel over. Mannen onder elkaar.' Hij knipoogde. 'Nu wil ik een dronk uitbrengen op jullie aankomst in Badley Compton. Je weet niet half hoe heerlijk je moeder en ik het vinden dat je weer thuis bent. We zijn er voor jullie als jullie ons nodig hebben.'

Jaspers ogen werden nog vochtiger. Ze tikten hun glazen tegen elkaar. 'Bedankt, pa. Bedankt, mam. Ik had me geen betere ouders kunnen wensen.'

En daar kon Flappy niets tegen inbrengen.

*

De volgende ochtend om negen uur, net toen Flappy bij Kenneth ging zitten om hem gezelschap te houden tijdens zijn ontbijt, werd er gebeld. Wie kon dat zijn, al zo vroeg op de zaterdagochtend, vroeg ze zich fronsend af. Ze zette haar theekop neer en liep naar de hal. Tot haar verrassing stond er een onbekende jonge vrouw op de stoep. Ze had twee kleine kinderen bij zich die Flappy wel onmiddellijk herkende. Het waren haar kleinzoons, Tom en Jack. 'Ach, u bent natuurlijk de au pair!' Ineens begreep ze het. Ze kwamen voor het zwembad.

'Ja, ik ben Kim,' stelde de jonge vrouw zich voor. 'Mrs. Scott-Booth zei dat ik hier met de kinderen mocht komen zwemmen.'

Het verbaasde Flappy dat Briony haar al zo snel aan haar woord hield. Maar de verwachtingsvolle gezichten van haar kleinkinderen, die met een mengeling van angst en verlegenheid naar haar opkeken, stemden haar milder. 'Dag Tom. Hallo Jack,' zei ze met haar liefste oma-stem. 'Wat fijn om jullie weer te zien. Kom binnen! Dan laat ik jullie het zwembad zien.'

Het drietal volgde haar de hal in. Ze wees hun waar de keuken was, voor het geval dat ze iets te eten of te drinken wilden pakken, en gebaarde nadrukkelijk naar de gootsteen, waar ze hun handen konden wassen. Want ze wilde geen jam aan haar stoelen. Kenneth schudde Kim de hand, woelde de jongens door hun haar en constateerde verbaasd dat ze erg gegroeid waren sinds hij hen voor het laatst had gezien. Vervolgens troonde Flappy hen mee naar het zwembad, in het deel van het huis dat ze hadden laten aanbouwen toen ze er kwamen wonen. Het zwembad had een grote glazen schuifpui met daarachter een breed terras en een rozentuin. Flappy was erg trots op het fraai aangelegde bad in smaakvolle tinten blauw en grijs. Haar blik gleed vluchtig naar de kleedkamers waar Charles haar in een vlaag van onbedwingbare hartstocht voor het eerst had genomen, en ze voelde een steek van verlangen. Maar ze riep zichzelf streng tot de orde. Dit was niet het moment voor gepassioneerde herinneringen. Ze richtte haar aandacht weer op haar kleinzoons.

Bij het zien van het zwembad, en van het nijlpaard dat hen in de vorm van een mozaïek vanaf de bodem van het ondiepe gedeelte aankeek, begonnen de jongens te stralen. Ze wezen lachend naar het beest en zetten het op een rennen. Net als hun moeder hadden ze een sterk Australisch accent, maar Flappy hoopte dat ze dat op een Engelse school snel zouden afleren. 'In de kleedkamers liggen handdoeken,' zei ze tegen Kim. 'Verder wijst het zich vanzelf, denk ik. Mocht je toch nog iets nodig hebben, dan roep je maar.'

De au pair bedankte haar beleefd. 'De kids zullen zich prima vermaken. Dat weet ik zeker.'

'Dat denk ik ook.' Flappy zei maar niets van dat 'kids'. Kim was de au pair. En dus was 'kids' een woord dat je bij haar zou verwachten.

Toen ze haar huis weer in liep, was Kenneth al naar de golfbaan vertrokken. Ze had eigenlijk naar het dorp gewild, maar ze vond het niet prettig om Kim met haar kleinzoons alleen te laten, met het risico dat ze het hele huis ondersteboven haalden. Ook al moest ze toegeven dat Kim een verantwoordelijke, welgemanierde indruk maakte.

Ze maakte net een kop koffie toen de telefoon ging. Zoals altijd liet ze hem acht keer overgaan voordat ze opnam. 'Darnley Manor, u spreekt met Flappy Scott-Booth.'

'Flappy! Je spreekt met Mabel.'

'Mabel! Hallo.'

'Heb je het druk?'

'Wanneer heb ik het níét druk? Mijn kleinzoons zijn er. Ze vermaken zich kostelijk in het zwembad. Het is echt enig om hen zo vrolijk te zien rondspetteren.'

'Ach ja, wat heerlijk dat ze er zijn!' jubelde Mabel.

'Zeg dat wel. Ik mag me zó gelukkig prijzen dat Jasper en Briony hier zijn komen wonen, nota bene op een steenworp van Darnley! Jasper heeft gisteravond tijdens het eten zo ontroerend gesproken. Het is altijd zijn diepste wens geweest om uiteindelijk weer naar huis te komen, vertelde hij. Nou ja, het is ook nergens zo heerlijk als hier op Darnley.'

'Precies,' viel Mabel haar bij. 'Daar bel ik voor. Om te vragen hoe het is gegaan. Ik loop al de hele ochtend aan je te denken. Zijn ze blij met het huis?'

'Ja, enorm. Het is ook zo'n charmant huis. Een van de leukste in het dorp.'

'En naast de pub,' zei Mabel lachend. 'Daar is Jasper vast heel blij mee.'

Flappy schoot ook in de lach. 'Ja, hij hoeft zich nooit in te houden omdat hij nog moet rijden. Het wordt hem wel erg gemakkelijk gemaakt. Bijna te.'

'Wat gaat hij doen? Qua werk, bedoel ik?'

Die vraag had Flappy verwacht. En gevreesd. 'O, hij is met iets heel spannends bezig,' zei ze prompt. 'Maar hij wil er niets over kwijt. Het is allemaal nog geheim, zegt hij.'

'O wat enig! Ik ben dol op geheimen. Het is vast iets geweldigs. De appel valt tenslotte niet ver van de boom.'

'Precies. Maar wat hij ook gaat doen, ik kan me niet voorstellen dat het iets met eten te maken heeft.'

'Nee, dat denk ik ook niet. Hij zal iets anders willen doen dan zijn vader. Ik ben zó benieuwd! Maar nogmaals, ik weet zeker dat het iets bijzonders is. Die zoon van je is zo ondernemend.'

De moed zonk Flappy in de schoenen. 'Nou en of,' jokte ze. Want als Flappy érgens goed in was, dan was het in het verdoezelen van de tekortkomingen van haar kinderen.

'O, trouwens. Nog één ding.'

'Vertel!'

'Ik heb een kleinste jager gezien,' vertelde Mabel trots. 'Toen jij het daar vorige week over had, heb ik hem opgezocht in mijn vogelgids. En toen ben ik er met de verrekijker op uit gegaan.'

'O ja?' Flappy had nog altijd geen idee hoe een kleinste jager eruitzag.

'Ja, en het is echt heel bijzonder dat jij hem hebt weten te spotten. Bij mij was het puur een kwestie van geluk, denk ik. Dus als je weer eens op stap gaat met je verrekijker, dan wil ik graag met je mee.'

'Natuurlijk. Prima,' beloofde Flappy, die niet van plan was haar verrekijker weer uit de la te halen. Tenzij de noodzaak om het echtpaar Price te bespioneren zich opnieuw voordeed.

6

De volgende ochtend gingen Flappy en Kenneth naar de kerk. Ook al hoefde ze niet langer bang te zijn dat Jim en Molly Price op hun plaatsen zouden gaan zitten, Flappy voelde zich toch een ietsepietsje ongemakkelijk doordat ze niet zeker wist wat Jasper en Briony zouden doen. Vanwege hun jetlag hadden ze eigenlijk niet willen gaan, maar Flappy had erop gestaan dat ze hun gezicht lieten zien. Ze maakten tenslotte deel uit van de 'royals' van het dorp, als je de familie Scott-Booth zo mocht noemen. En volgens Flappy mocht dat. Het was dan ook van het grootste belang dat Jasper en Briony van meet af aan voldeden aan de verwachtingen, en daar hoorde bij dat ze op zondag de eredienst bezochten. Strikt genomen hadden ze recht op plaatsen op de voorste rij, naast Kenneth en haar. Maar zoals een week eerder al was gebleken, bood de bank niet voldoende ruimte voor meer mensen vanwege de steunbeer. Er was vast wel iemand anders bij wie ze konden aanschuiven, stelde Flappy zichzelf gerust.

Toen ze een paar minuten voor het begin van de dienst de kerk binnenkwam, ontdekte ze tot haar verrassing Jasper en Briony met de twee jongens op de achterste rij, samen met Molly en Jim en hun kinderen. Jasper glimlachte naar zijn ouders, Briony wuifde discreet, en niemand leek zich eraan te storen dat ze geen prominentere plaatsen hadden. Integendeel, ze leken volmaakt tevreden op de achterste rij. In het voorbijgaan zag Flappy vanuit haar ooghoeken dat Molly en Briony samen zaten te fluisteren. Ze zou niet hebben kunnen zeggen waarom, maar de vertrouwelijkheid tussen de twee jonge vrouwen bezorgde haar een merkwaardig onaangenaam gevoel. Een gevoel alsof er onheil dreigde.

Terwijl Kenneth en zij hun vaste plaatsen op de voorste rij innamen, kruiste Flappy's blik die van Charles, die aan de andere kant van het middenpad zat. Zijn knipoog herinnerde haar aan alle verrukkelijk slechte dingen die hij met haar had gedaan in de cottage. Ze bloosde, en toen Hedda glimlachend haar kant uit keek glimlachte ze opgelucht terug. Zolang haar vriendin tussen hen in stond, had ze niets te vrezen; niet van Charles, en ook niet van zichzelf. Ze richtte haar aandacht op de dominee en vroeg God haar de kracht te geven niet opnieuw van het rechte pad af te dwalen.

Maar toen ze samen met de gemeente knielde om te bidden, vroeg ze zich af hoe het zou voelen als Charles niet langer naar haar knipoogde. Als hij in plaats daarvan naar Molly zou knipogen. Als hij niet meer zei hoe mooi hij haar vond, hoe verliefd hij op haar was; als hij haar zou behandelen zoals hij iedereen behandelde. Hoe zou ze zich dan voelen? Als ze eerlijk was – en uitgerekend tijdens het knielen in de kerk kon ze niet anders dan eerlijk zijn – moest ze toegeven dat ze dat heel erg zou vinden. Ze vond zichzelf niet ijdel; hoogmoed was haar vreemd. Maar toch moest ze bekennen dat ze door Charles tot het begaan van die beide zonden was verleid. Want ze was er wel degelijk trots op dat ze op haar leeftijd nog een aantrekkelijke man als Charles wist te bekoren. Als een instrument van de duivel wist hij haar moeiteloos te verleiden tot het overtreden van Gods tien geboden.

Na afloop van de dienst en nadat Kenneth een knisperend bankbiljet in de collectezak had gedaan, liep Flappy welbewust met Hedda naar buiten. Charles en Kenneth volgden, en ze voelde de ogen van Charles als laserstralen in haar rug branden. Buiten viel haar oog meteen op het groepje jonge mensen aan het eind van het pad dat tussen de verregende grauwe zerken op het kerkhof naar het hek leidde. Jasper en Briony waren niet alleen in gesprek met Jim en Molly Price, maar tot Flappy's verrassing ook met George en Persephone. En zo te zien konden ze het allemaal uitstekend met elkaar vinden. Briony schudde haar blonde haar naar achteren, Jasper voerde charmant en onderhoudend als altijd het woord, en George en Persephone lachten om iets wat hij zei. Flappy zag tot haar verbazing zelfs een glimlach om de mond van Jim Price verschijnen. Zo opgewekt en sociaal had ze hem nog nooit gezien.

'Kijk nou eens!' zei ze tegen Hedda. 'Jim Price kruipt eindelijk uit zijn schulp.'

'Jonge mensen onder elkaar. Het kon niet anders of ze zouden elkaar vinden.' Hedda's uitdrukking verzachtte. 'Het is zo heerlijk om George in het weekend thuis te hebben. En Persephone is werkelijk allerliefst. Ik besef dat het allemaal nog erg pril is, maar volgens mij zit het wel goed tussen die twee.'

'Volgens mij ook,' viel Flappy haar bij. 'Maar ik hoop niet dat het Londen wordt als ze uiteindelijk gaan samenwonen. Want dan ben ik Persephone kwijt. Ze mag dan mijn PA zijn, maar ik beschouw haar als een dochter. Maar dan nog beter. Want tussen mijn dochters en mij zijn er nog wel eens wat spanningen. Dat durf ik tegen jou wel te zeggen.'

'En dat is ook niet zo vreemd. Je vrienden kies je, maar je familie niet. Dus dan is het logisch dat de ego's soms botsen.'

'Ach Hedda, wat ben je toch wijs.'

'Nu we toch zo vertrouwelijk zijn...' Hedda boog zich naar Flappy toe en dempte haar stem. 'George is niet echt gelukkig met zijn werk.'

Flappy zette grote ogen op. 'O nee?'

'Nee, hij vindt er geen bevrediging in.'

'Ach, wat jammer. Dat lijkt me inderdaad afschuwelijk. En wat gaat hij daaraan doen?'

'Dat weet ik niet, maar ik hoop stilletjes dat hij een baan vindt, hier dichter in de buurt.'

'Er is in Chestminster vast wel een architectenbureau waar hij terechtkan.'

'Ik weet eigenlijk niet of hij dat nog wil. Door de relatie met Persephone is hij heel anders in het leven komen te staan.'

'Denk je dat hij erover denkt om hierheen te verhuizen?' Flappy hield haar adem in.

'Dat heeft hij niet gezegd, maar dat zou ik natuurlijk heerlijk vinden. Dan heb ik mijn zoon terug, en hoef jij niet bang te zijn dat je Persephone kwijtraakt.'

'O Hedda! Als dat eens waar zou zijn!'

'Denk erom dat je het tegen niemand zegt.'

'Nee, maak je geen zorgen. Ik weet wanneer ik mijn mond moet houden.' En dat was ook zo. Want als Flappy érgens in uitblonk, dan was het in discretie.

*

In de daaropvolgende week had Flappy het razend druk. Persephone slaagde erin een grote paviljoentent te vinden met een Italiaanse sfeer, perfect voor Flappy's ballo in maschera. Bovendien contracteerde ze een cateringbedrijf dat een Italiaans banket zou verzorgen, en in Chestminster had ze een theaterdecorbedrijf gevonden dat het inwendige van de tent zou omtoveren in een klein Venetië, compleet met bruggen en gondels. Flappy was met alle voorbereidingen dolgelukkig.

Persephone had daarnaast een uitnodiging ontworpen en een kalligraaf geboekt voor het adresseren van de enveloppen. Zelf besteedde Flappy haar tijd voornamelijk aan het samenstellen van de gastenlijst. Anders dan Hedda, die bij haar zomerfeest het hele dorp had uitgenodigd, ging Flappy selectiever – en onbarmhartiger – te werk.

Tom en Jack kwamen elke dag na schooltijd zwemmen, onder toezicht van Kim. Flappy wees de au pair de zijingang, zodat ze zichzelf konden binnenlaten en haar niet hoefden lastig te vallen. Briony maakte behalve van het zwembad ook gebruik van de fitnessruimte, en vrijpostig als ze was, drong ze er bij Flappy op aan dat die haar de cottage liet zien.

'Natuurlijk, dat zal ik doen,' beloofde die. 'Als ik het even wat minder druk heb. Deze week is nogal hectisch. Ik heb amper een moment voor mezelf.' Dat was niet helemaal waar, maar Flappy greep elk excuus aan om te voorkomen dat Briony ook nog bezit nam van haar stilteruimte.

Tegen het eind van de week waren Jasper en Briony op orde in hun nieuwe huis en hadden ze bovendien een hond aangeschaft. Flappy moest niets van honden hebben, maar voordat ze wist wat haar overkwam stormde Buster, een retriever uit het asiel, door de schitterende tuinen van Darnley. Met Tom en Jack achter zich aan ploegde het beest door de fraai onderhouden borders en bloemperken. Het mocht dan herfst zijn, en de tuinmannen mochten het dan vooral druk hebben met snoeien en bladeren harken, Flappy wilde niet dat de hond en de kinderen hun voor de voeten liepen. Maar toen ze probeerde hen weg te lokken bij haar kostbare border met vaste planten, stak een van de tuinmannen zijn hoofd om een viburnum en zei dat hij absoluut geen last van ze had. Integendeel, hij genoot van het vrolijke drietal.

'Ik dacht dat ze jullie misschien in de weg liepen,' zei Flappy verontschuldigend, want ze wilde niet als een onaardige oma worden gezien. 'Maar als dat niet zo is, mogen ze van mij hun gang gaan. Ik mag me zó gelukkig prijzen met mijn heerlijke tuinen. Het zou niet eerlijk zijn om anderen daar niet van te laten meegenieten.'

Dus dat deed ze. En niet alleen van de tuinen.

Jasper ging met Kenneth naar de golfbaan, en 's avonds tenniste hij met Charles, die behalve een uitstekende golfer ook een geweldige tennisser was. Ondertussen vroeg Flappy zich af hoe haar zoon zijn toekomst zag. Zou hij op enig moment op zoek gaan naar een baan? Of had hij besloten van het leven te genieten en zijn dagen te slijten op de golfclub en de tennisbanen van Compton Court en Darnley Manor? Ze had het Kenneth niet gevraagd, maar ze vermoedde dat die tijdens hun gesprek als mannen onder elkaar een royale cheque had uitgeschreven.

Jasper en Briony en de jongens mochten zich dan nauwelijks dankbaar tonen voor het feit dat Flappy haar tuinen en haar zwembad zo gul voor hen openstelde, Kenneth deed dat wel. Hij was zich terdege bewust van alles wat zijn vrouw voor anderen deed. 'Je hebt zo'n groot, warm hart, lieverd,' zei hij toen ze op een avond samen in het grote bed lagen. 'Dat is een van de dingen die ik het meest in je waardeer. Dat je altijd aan anderen denkt en nooit aan jezelf.'

'Wat lief dat je dat zegt, Mop.' Zijn waarderende woorden deden Flappy opnieuw beseffen hoeveel ze van hem hield.

'Je doet ook altijd zo veel voor mij. En daarom wil ík iets voor jóú doen.'

‘Maar ik hoef niets, lieverd. Ik heb alles wat mijn hartje begeert.’

‘Dat is weer echt iets voor jou. Om zo bescheiden te zijn.’

‘Maar je geeft me al zo veel. Je bent zelfs akkoord gegaan met mijn nieuwjaarsbal.’ Want dat haar ballo in maschera hem een fortuin ging kosten, daar was ze zich maar al te zeer van bewust.

‘Dat bal is óók weer een voorbeeld van je gulheid.’ Zijn kleine oogjes glinsterden van dankbaarheid. ‘Je weet hoe dol ik op feestjes ben.’

‘Ja, dat is zo.’

‘Je krijgt dit jaar een heel bijzonder kerstcadeau van me. Een verrassing. Want ik weet hoe heerlijk je het vindt om verrast te worden. We zijn dit jaar met Kerstmis gewoon thuis. Dus dan kan ik iets groots voor je kopen.’

‘Het gaat om de gedachte, lieverd. Niet om hoe groot of hoe duur het is.’

‘Laat dat nou maar aan mij over. Zowel de gedachte als het cadeau. Je zult ervan opkijken.’ Na die woorden legde hij zijn tijdschrift op het nachtkastje en knipte het licht uit.

*

Flappy had niet meer aan Jim en Molly Price gedacht sinds die zondag, toen ze met Jasper en Briony op de achterste rij in de kerk bleken te zitten. Maar ze rook meteen lont toen Andy Pritchett op dinsdag kwam vragen of Mrs. Price hem nog een dagje kon lenen. Het verzoek trof haar als onaangenaam. Ze had een gul gebaar gemaakt door Andy gratis en voor niets een dagje uit te lenen, en dat Molly vervolgens om nog een dag had gevraagd, was tot daaraan toe. Maar drie dagen? Dat ging wel erg ver. Of zat er meer achter? Ging het Molly niet om de ramblerroos maar om Andy zelf? Flappy probeerde haar tuinman door Molly's ogen te zien. Andy was een aantrekkelijke man. Ruig, verweerd; een stoere kerel. Dus het was niet ondenkbaar dat Molly van hem gecharmeerd was geraakt. Als een hedendaagse Lady Chatterley; de lady en de tuinman. Flappy kon het haar niet kwalijk nemen. Tenslotte was Jim niet bepaald het zonnetje in huis. Dus in plaats van te zeggen dat ze Andy zelf nodig had om haar tuin – haar tuinen, want ze had er zó veel! – winterklaar te maken, zei ze dat het goed was. Dat Molly hem nog een dagje mocht lenen.

Flappy was er de vrouw niet naar om haar neus in andermans zaken te steken. Dat was iets wat ze nooit, maar dan ook nóóit zou doen. Maar Andy Pritchett werkte al meer dan tien jaar voor haar. En hij was getrouwd! Ze kon het niet laten gebeuren dat die arme Molly – hoewel... arm; Flappy vond haar ineens een stuk minder zielig – hem verleidde tot iets waar alleen maar problemen van konden komen. Wijs en ervaren als ze was, voelde Flappy zich geroepen om poolshoogte te gaan nemen.

Opnieuw zette ze haar auto bij The Bell and Dragon en liep ze de laan uit naar de oude muur met daarachter de tuin van Hollyberry House. De muur ging na enkele tientallen meters over in gaas en bomen die de afscheiding vormden tussen de tuin en de laan. Flappy keek om zich heen, en toen ze niemand zag klom ze over het gaas. Het kostte haar geen enkele moeite, lenig als ze was dankzij haar uurtje yoga elke ochtend. Soepel als een hinde werkte ze zich tussen de struiken door, totdat ze goed zicht had op het huis en de tuin.

Flappy had zich zorgvuldig voor de gelegenheid gekleed, voor het geval dat ze werd betrapt. Ze wilde geen enkel risico nemen. Dus ze had zich in een van de modieuze maar onopvallende ensembles gestoken die ze een paar jaar geleden had aangeschaft voor een reis naar Zuid-Afrika, waarbij ze diep de bush in waren getrokken – alleen onwetende toeristen hadden het over een 'safari'. Op haar kaki broek en bijpassende blouse droeg ze een mouwloos jasje met een heleboel zakken voor nuttige dingen als een verrekijker, lippenbalsem, zonnebrandlotion en muggenspray. Erg handig, en het jasje kwam ook nu weer van pas, dacht ze voldaan terwijl ze haar hals royaal met muggenspray bewerkte. Het was vochtig tussen de struiken, dus het wemelde er van de muggen.

Het duurde niet lang of ze kreeg Andy in de gaten. Hij kwam om de hoek van het huis aanlopen met een kruiwagen. In de kruiwagen ontdekte Flappy de door haar geadviseerde ramblerroos en een spade. Andy stopte bij de appelboom en begon aan de voet van de stam een gat te graven. Flappy twijfelde er niet aan of Molly zou zich ook laten zien. En inderdaad, een paar minuten later kwam ze de tuin in lopen, met een sjaal om haar hals en zoals altijd in een gebloemde jurk. Ze had haar donkere haar in een hoge paardenstaart gebonden. Flappy stelde de verrekijker scherp, en toen ze Molly's gezicht duidelijker in beeld kreeg zag ze de blos op haar wangen, de glinstering in haar ogen en de flirterige glimlach die om haar lippen speelde. Flappy's wantrouwen groeide.

Andy richtte zich op, en terwijl hij op zijn schep leunde, maakten ze een praatje. Flappy wenste dat ze kon liplezen. Ze zou er heel wat voor over hebben gehad om te weten wat ze zeiden. Het gesprek ging vast niet over de ramblerroos en werd af en toe onderbroken door gelach. Sterker nog, er werd heel wat afgelachen. Flappy kon zich niet voorstellen dat Molly met Jim ook zo veel plezier had. Ze vroeg zich zelfs af of Jim wel kón lachen. Ze had hem destijds bij de kerk op een glimlach betrapt. Maar echt lachen? Terwijl dat juist dé manier was om het hart van een vrouw te veroveren. Er waren ook andere manieren – daar kon Flappy van getuigen – maar de lach was een machtig instrument in het spel tussen de seksen. En er werd door Molly en Andy uitbundig gelachen!

Flappy stond al op het punt om stilletjes te verdwijnen toen ze een bekende stem hoorde. Ze haalde de verrekijker weer tevoorschijn en tuurde de tuin af. Tot haar verrassing zag ze Jasper met grote stappen over het gazon komen aanlopen. Molly wuifde en ging op haar tenen staan om hem op zijn wang te kussen. Flappy wist niet hoe ze het had! Wat deed Jasper hier? En waar was Jim? Andy en Jasper hoefden niet aan elkaar te worden voorgesteld, en er volgde een ontspannen gesprekje tussen Molly en de twee mannen.

Plotseling verscheen Buster om de hoek van het huis. Hij tilde zijn poot op naast een helleborus en stormde het grasveld op in de richting van de struiken waar Flappy zich verborgen hield. Jasper sloeg geen acht op de hond en praatte door met Molly en Andy. Tot Flappy's afschuw kwam Buster recht op haar af. Ze verstijfde. Als ze doodstil stond had hij haar misschien niet in de gaten. Maar Buster had een scherpe reuk; druk kwispelend en met zijn neus tegen het gras gedrukt zigzagde hij in de richting van de struiken. Daar bleef hij staan, en hij begon te blaffen tegen de struik waar Flappy roerloos als een standbeeld achter stond. Jasper, Molly en Andy keerden zich naar de hond. Molly zei iets, de twee mannen begonnen te lachen en Andy reageerde. Flappy veronderstelde dat hij zei dat er misschien een konijn in de struiken zat. Jasper riep de hond bij zich, maar Buster bleef waar hij was. Met zijn scherpe hondenogen had hij Flappy in het vizier gekregen – waarschijnlijk rook hij haar ook – en hij vroeg zich ongetwijfeld af wat ze daar deed, als een dief verscholen tussen de hazelaars en de laurierstruiken. 'Ksst!' siste ze, maar het hielp niet. Integendeel, hij begon nog harder te blaffen, door het dolle heen.

Jasper liep met grote stappen naar hem toe. 'Kom op, Buster. Wegwezen. Laat dat arme konijn met rust.' Op zijn beurt tuurde hij ingespannen naar de struiken. 'Wat zit daar? Wat zie je?'

Flappy hield haar adem in. Ze mocht met haar kleinste jager Mabel dan voor de gek hebben kunnen houden, dat zou haar bij Jasper niet lukken.

'Kom op, Buster, we moeten aan het werk.'

Aan het werk? Flappy spitste haar oren.

Terwijl Jasper terugliep naar Molly en Andy, eindelijk gevolgd door de gehoorzame Buster, werkte Flappy zich tussen bomen en struiken door zo snel als ze kon terug naar het gaas. Met bonzend hart klom ze eroverheen, en ze haastte zich met knikkende knieën terug naar de auto. Zodra ze achter het stuur zat sloot ze met een diepe zucht haar ogen.

Even later – ze was net van de eerste schrik bekomen – werd er op haar raampje getikt. Ze deed haar ogen open en keek recht in de lachende gezichten van Mabel, Esther, Sally en Madge.

Verbijsterd draaide ze het raampje open. 'Wat doen jullie hier?'

'Vogels kijken,' antwoordde Mabel trots.

'Bij de pub?'

Esther lachte schor. 'Nee, we hadden hier afgesproken. We gaan naar de oude vuurtoren. Blijkbaar zitten daar de zeldzaamste vogels.'

Mabels blik ging naar Flappy's verrekijker; ze was zichtbaar teleurgesteld dat haar vriendin toch weer zonder haar op pad was geweest. 'Heb je zin om mee te gaan?'

Flappy kon moeilijk zeggen dat ze het druk had. Ze aarzelde en probeerde een excuus te bedenken, maar toen haar niets te binnen schoot had ze geen andere keus dan met de stroom mee te zwemmen. Tegen de stroom in zwemmen veroorzaakte alleen maar frictie, had ze van Murli, haar goeroe, geleerd. 'Ja, leuk! Weet je wat? Stappen jullie maar bij mij in. Dan rijd ik erheen.'

'Nee, we gaan lopen. Want we hopen dat we onderweg een kleinste jager zien,' zei Mabel. 'Die had jij hier toch gespot?'

'Ja, dat klopt.' Flappy wenste dat ze nooit over die snertvogel was begonnen. Met tegenzin stapte ze uit. Maar als ze vogels ging kijken, dan kon ze dat maar beter met hetzelfde enthousiasme doen als waarmee ze alles deed. 'Kom op, dames. Daar gaan we. Op naar de kleinste jager. Wie weet zien we er een.' Maar terwijl ze de laan uit liep en het voortouw nam, besefte ze niet voor het eerst dat vogels kijken nooit, maar dan ook nóóit haar hobby zou worden.

7

Toen ze tegen de lunch thuiskwam, hadden ze bij de oude vuurtoren alleen maar zeemeeuwen gezien; geen bijzondere, laat staan zeldzame vogels. En zelfs al wáren die er geweest, dan zou ze die niet hebben herkend. Want ze bezat vele talenten, maar het spotten van zeldzame vogels hoorde daar niet bij. Als Mabel van tevoren had gevraagd of ze meeging, dan zou ze misschien een vogelboek hebben doorgebladerd zodat ze wist hoe de exotische soorten die aan de kust van Devon voorkwamen, eruitzagen. Maar zo was het niet gegaan, en dus had Flappy zich niet als deskundige kunnen opwerpen. Wat de hele expeditie zinloos maakte. Zodra ze haar kans schoon zag, gaf ze er de brui aan. En tegen de tijd dat ze haar Range Rover op het grind voor Darnley Manor parkeerde, was ze in gedachten al weer druk met iets anders. Iets wat veel belangrijker was dan vogels: Molly Price en haar tuin.

Wat ze daar had gezien had haar in verwarring gebracht. Molly had zichtbaar genoten van het gezelschap van Andy Pritchett, die duidelijk meer oog voor háár had dan voor de roos die hij moest planten. De komst van Jasper had Flappy vervolgens volledig van haar stuk gebracht. Wat deed hij daar? En wat bedoelde hij toen hij tegen Buster zei dat ze aan het werk moesten? Allemaal raadsels, maar Flappy was vastbesloten ze op te lossen. En ze beschikte in dat opzicht over een rijke ervaring. Want als Flappy érgens van genoot, dan was het van een mysterie; hoe raadselachtiger, hoe beter.

Ze besloot om Briony uit te horen. Heel subtiel, natuurlijk.

Dus toen haar schoondochter de volgende ochtend aan de deur stond om gebruik te maken van het zwembad en de fitnessruimte, nodigde Flappy haar uit om daarna een kopje koffie te komen drinken. 'Prima!' zei Briony enthousiast. 'Dan kun je me meteen de stilteruimte laten zien. Ik heb al zo lang niet kunnen mediteren. Daar ben ik onderhand echt aan toe.'

Daar had Flappy niet op gerekend, en hoewel ze doorgaans niet om uitvluchten verlegen zat, kon ze nu niets bedenken. 'Natuurlijk,' zei ze dan ook. 'Met alle plezier.'

En zo kwam het dat ze Briony, na het zwemmen en haar work-out, voorging door de tuinen, over het pad naar de cottage. Met lood in haar schoenen, want zodra Briony haar altaar had gezien, zou ze onmiddellijk in lotushouding willen chanten. Daar was Flappy van overtuigd. En dan was de stilteruimte niet langer exclusief haar domein. Er was niets aan te doen, want ze wilde geen ruzie met haar schoondochter.

Briony was inderdaad diep onder de indruk. 'Wat verrukkelijk! Een stukje paradijs op aarde.' Ze trok haar schoenen uit bij de deur en liep naar de boeddha. 'Prachtig! Hij is van jade, hè?'

'Ja, dat klopt.' *Niet aankomen!*

Maar Briony volgde argeloos met haar vingertoppen de vloeiende lijnen van de boeddha. 'Wat een energie straalt hij uit. Je voelt het gewoon.'

Niet doen. Niet aankomen, dacht Flappy opnieuw.

'Wat doe je als je hier bent? Brand je wierook? Met van die kringelende rook? En chanten, doe je dat ook?'

'Iedereen mediteert op zijn eigen manier. En ik vind het inderdaad prettig om te chanten. Omdat ik dan heel diep in mezelf kan afdalen. De meeste mensen hebben jaren nodig om zo ver te komen. Ze blijven verstrikt in alledaagse gedachten en beslommeringen. Dat moet erg frustrerend zijn. Maar als je de kunst van het concentreren eenmaal beheerst, is het buitengewoon vredig en helend.'

'O, mediteren kan ik wel. Dat is geen probleem. Ik vind het heerlijk om me los te maken van alle blokkades in mijn hoofd.' Met haar handen op haar heupen liet Briony haar blik door de ruimte gaan. 'Het is echt geweldig. Een verborgen liefdesnest. Een plek om in het diepste geheim je minnaar te ontmoeten.'

Flappy lachte een beetje schamper. 'Je hebt een levendige fantasie.'

'Ja, dat weet ik. Ik zou een boek moeten schrijven.'

'Waarom niet? Wat houdt je tegen?'

'Ik heb geen doorzettingsvermogen. Het eerste hoofdstuk zou nog wel gaan. Maar daarna zou ik al snel mijn belangstelling verliezen.'

'Ik heb een vriendin die boeken schrijft. Met veel succes. Als je wilt, zou ik je aan haar kunnen voorstellen. Ze kan je vast en zeker een beetje op weg helpen.'

'Echt waar? Hoe heet ze?'

'Ze schrijft onder het pseudoniem Charity Chance.'

'O, dat zijn die erotische romannetjes, toch? Ik heb er ooit een op het strand gelezen. Smullen!'

Flappy snoof. 'Ik zou het niet weten.'

Briony reageerde verrast. 'Ze is een vriendin van je, maar je hebt nog nooit een boek van haar gelezen?'

'Nee, ik hou niet van dat soort boeken.'

'Hoe weet je dat nou als je er nog nooit een hebt gelezen?'

Flappy vond het niet prettig dat ze voor het blok werd gezet. 'Ach, ik heb wel eens zo'n boekje doorgebladerd,' antwoordde ze zuinigjes.

Briony grijnsde. 'Ik wil wedden dat je er stiekem van hebt genoten.'

'Als dat zo was, dan zou ik de eerste zijn om dat toe te geven.'

'Ik vind dat je het een kans moet geven. Ze is je vriendin. Bovendien weet ik zeker dat je ervan zou genieten. Een mens kan niet altijd Dostojevski lezen.'

Flappy had nog nooit iets van Dostojevski gelezen, maar dat zou ze voor geen goud toegeven. Ze koesterde haar imago als kenner van de wereldliteratuur. En daarbij hoorden natuurlijk ook de grote Russische schrijvers.

'Trouwens...' Ze besloot over iets anders te beginnen. Over Molly Price. Daar was het haar tenslotte om te doen. '... ik zag dat jullie Jim en Molly Price hebben ontmoet,' zei ze terwijl ze luchtig, bijna verstrooid over de vensterbank streek op zoek naar denkbeeldige stofdeeltjes.

'Ja, dat klopt. Zij is een schatje, en hij... Tja, hoe zal ik het zeggen? Ik vind hem nogal... mysterieus. Misschien is dat het juiste woord.'

'Hoe dat zo?' Flappy had niets mysterieus aan Jim kunnen ontdekken, alleen een gebrek aan humor en daadkracht.

Briony grijnsde. 'Hij is geheimzinnig.'

'Ik vond hem een beetje kil. Maar Jasper zal hem wel weten te ontdooien. Hij heeft zo'n aanstekelijk gevoel voor humor, hè?'

Briony schoot in de lach. 'Ja, iedereen is altijd dol op Jasper.'

'Hoe dan ook, het is leuk dat jullie hier al wat jonge mensen hebben leren kennen. Zijn hun kinderen niet van dezelfde leeftijd als Tom en Jack?'

'Ja. En nogmaals, Molly is een schat. Misschien vraag ik wel of ze ook zin heeft om te komen zwemmen.'

Flappy hapte naar adem. Het beeld van Molly en Briony in lycra in haar fitnessruimte denderde als een kudde olifanten langs haar geestesoog. 'Ze lijkt me meer een yogameisje.'

'O, dat vind ik ook best. En het lijkt me leuk om het samen te doen.'

Flappy slikte. Ze had het gevoel dat ze de controle volledig kwijt was. 'Er wordt vast wel een yogacursus gegeven in het dorp. Dat is veel leuker, met een stel jonge mensen. Ik zal het aan Persephone vragen. Die weet het wel. Persephone weet alles.'

'En ze is bovendien erg aardig. Trouwens, George ook,' zei Briony.

Flappy dacht al dat het gevaar was geweken en haalde opgelucht adem.

'Misschien wil zij ook wel meedoen. Dan zijn we met z'n drieën. Dat vind je toch niet erg? Dat we je fitnessruimte gebruiken? Kenneth zei dat jij er alleen 's ochtends bent. Al om vijf uur! Lieve hemel, je lijkt wel gek! Ik zou nooit zo vroeg uit bed kunnen komen. Zelfs toen de kinderen nog klein waren, kon ik het niet. Jasper deed alles.'

'Jasper is geweldig,' verklaarde Flappy. Hoe beter ze Briony leerde kennen, hoe meer ze tot het besef kwam dat Jasper geweldig was.

'We gaan via de zijdeur naar binnen. Dan heb je geen last van ons.'

Flappy voelde zich licht in het hoofd; ze had het gevoel dat ze onstuitbaar van een glibberige helling naar beneden gleed. Er was geen houden meer aan. Tot haar ontzetting had Briony geen enkel ontzag voor haar en besefte ze niet welke positie ze in de plaatselijke gemeenschap bekleedde. Eén blik van haar was genoeg om iedereen in het dorp te doen sidderen. Niet dat ze daar vaak gebruik van maakte.

Je ving met stroop meer vliegen dan met azijn; dat wist Flappy maar al te goed. Helaas liet Briony zich volstrekt niet intimideren. Integendeel. Flappy had sterk de indruk dat haar schoondochter haar niet helemaal serieus nam. In amper een week had ze bezit genomen van het zwembad, de fitnessruimte, de tuinen en de stilteruimte, en ze deinsde er zelfs niet voor terug om Molly aan haar op te dringen.

Terwijl ze even later terugliepen naar het huis en Briony de herfstkleuren bewonderde, probeerde Flappy uit alle macht haar gezag te herstellen. 'Ik heb Molly een van mijn tuinmannen geleend,' zei ze minzaam. 'Mijn beste kracht. Andy Pritchett. Volgens mij is Molly's tuin verschrikkelijk verwaarloosd en moet er een hoop aan gebeuren.'

'Dat is lief van je. Volgens Molly zijn ze onder andere hier komen wonen omdat het leven in een dorp minder duur is dan in de stad. Dat heeft ze me zelf verteld.'

'O ja? Je zou denken dat ze dan voor iets kleiners zouden hebben gekozen.'

'Tja, misschien. Hollyberry House is een echt huis. Dat hebben wij straks ook. Een echt huis,' verkondigde Briony met grote stelligheid.

Flappy tuitte haar lippen en zei niets, in het besef dat Briony hoopte op haar instemming. En op de zoveelste royale cheque van Kenneth.

'Kent Jasper het huis?' vroeg ze. 'Hij is altijd verrukt van tuinen geweest,' voegde ze eraan toe, omdat ze wel aanvoelde dat de vraag wat merkwaardig was. Jasper was inderdaad verrukt van tuinen, zoals hij overal verrukt van was.

'We hebben laatst een borrel bij ze gedronken,' antwoordde Briony.

'O, wat leuk.' Flappy werd hoe langer hoe nieuwsgieriger. Wist Briony dat Jasper bij Molly in de tuin was geweest? En wist ze wat hij daar te zoeken had gehad?

'Ze zijn je vast heel dankbaar voor het feit dat ze Andy mochten lenen. Jouw tuinen zijn legendarisch.'

Het klonk oprecht gemeend, en Flappy ontdooide een beetje. 'Dank je wel. Dat is lief van je.'

'Het ís zo! De tuinen van Darnley zijn prachtig! Ik hou niet van tuinieren. Ik weet niets van bloemen en planten en ik heb er een hekel aan om vieze handen te krijgen. Maar ik zie wel of iets mooi is, en de tuinen van Darnley zijn schitterend. Je hebt zo'n goede smaak, Flappy. Alles wat je doet, verraadt zo veel stijl.'

Flappy ademde diep in door haar neus, genietend van de zoete rottingsgeur van de overdaad die de zomer had gebracht. 'Ik zou het alleen maar toejuichen als jij met je vriendinnen mijn fitnessruimte gebruikt om samen te yogaën,' zei ze in een opwelling van hartelijkheid jegens haar schoondochter. 'Misschien kun je iemand vinden die jullie les wil geven. Nogmaals, dat zou je aan Persephone moeten vragen.'

'Persephone is geweldig.'

'Dat is ze zeker. Ik mag me zó gelukkig prijzen met haar als PA.' En terwijl ze zich koesterde in haar geluk keerde Flappy's goede humeur terug, met als gevolg dat ze even later gezellig samen in de keuken aan de koffie zaten.

*

Flappy had niet verwacht dat Briony al zo snel met Molly op de stoep zou staan, maar de volgende ochtend om negen uur was het zover. Beide jonge vrouwen waren gehuld in lycra, ze hadden hun haar in een hoge paardenstaart gebonden, en ze waren uitgerust met yogamatten en waterflessen. Vanuit haar slaapkamer, die uitkeek op de voorkant van het huis en op het croquetgazon aan de achterkant, zag Flappy de blauwe BMW 4X4 aankomen. Briony en Molly praatten honderduit, alsof ze elkaar al hun hele leven kenden. Van yoga zou weinig terechtkomen, vermoedde Flappy. Maar ze was niet van plan om haar gelijk te halen door hen te bespioneren. Want als Flappy érgens een hekel aan had, dat was het aan mensen die anderen bespioneerden.

Een halfuurtje later liep ze de tuin in om even te pauzeren tussen haar drukke werkzaamheden. Persephone was bezig met de voorbereidingen van de rommelmarkt en van de high tea bij het Oogstfestival. Dat laatste was vooral bedoeld voor de kinderen van het dorp, en Flappy had Hedda gevraagd om als eregast en jury op te treden bij de pompoenenwedstrijd. Voordat haar vriendin in Compton Court was komen wonen, had Lady Micklethwaite bij alles wat Flappy organiseerde de rol van eregast vervuld; als lid van de aristocratie had ze linten doorgeknipt en een paar welgekozen woorden van welkom gesproken, die altijd dankbaar werden ontvangen. Inmiddels was Lady Micklethwaite naar Spanje geëmigreerd en had Hedda, als nicht van een markies, haar rol overgenomen. Flappy mocht dan de ongekroonde koningin zijn van het dorp, ze was niet van adel. Vandaar dat ze erg blij was met Hedda. Want wie zou de leemte die door het vertrek van Lady Micklethwaite was ontstaan anders hebben moeten opvullen? Natuurlijk had Flappy, onder druk van de dorpelingen, zelf de functie van eregast kunnen bekleden, maar ze was diep vanbinnen eigenlijk heel bescheiden; ze wist dat ze achter de schermen beter tot haar recht kwam dan in de schijnwerpers. Maar... als ze lang genoeg hadden aangedrongen...

Terwijl ze door de tuinen liep, om precies te zijn door de tuin bij het zwembad, en hier en daar wat onkruid wiedde en een dode roos afknipte, kon ze door de glazen pui naar binnen kijken. Briony en Molly zaten op de rand van het zwembad te kletsen. Hadden ze ook maar iets aan yoga gedaan? Ze stopte even met haar werk – ook al had ze een geweldige ploeg tuinmannen, perfectionistisch als ze was kon ze het niet laten zelf ook af en toe wat te snoeien – en constateerde dat de twee jonge vrouwen er vrolijk en volmaakt ontspannen bij zaten, als oude vriendinnen. Misschien zou Persephone het wel leuk vinden om zich bij hen aan te sluiten. Ze was van dezelfde leeftijd, en Briony had gezegd dat ze haar 'geweldig' vond. Bovendien zou Persephone wel eens nuttig kunnen zijn als spion. Met die gedachte liep ze naar binnen om haar PA voor te stellen even pauze te nemen.

Toen ze de bibliotheek binnenkwam, zat Persephone aan de telefoon met Big Mary om gebak te bestellen voor de high tea. Flappy ging op de punt van de bank zitten en sloeg elegant haar benen over elkaar. 'Mijn schoondochter komt hier elke ochtend zwemmen. Dat weet je,' zei ze zodra Persephone had opgehangen. 'En vanochtend heeft ze Molly Price meegenomen.'

Persephone keek verrast op. 'O, dat wist ik niet. Wat zullen ze blij zijn dat ze van de faciliteiten op Darnley gebruik kunnen maken.'

'Ja, zijn ze erg blij mee. En ik ook. Tenslotte gebruik ik het zwembad en de fitnessruimte alleen 's ochtends vroeg. De rest van de dag komt er niemand. Ik mag me zó gelukkig prijzen met alles wat ik hier heb. Het minste wat ik kan doen, is het delen met anderen.'

'Fijn dat je er zo over denkt.' Persephone klonk opgelucht. 'Want je bent soms veel te royaal. Dan wil je geen nee zeggen, maar dan krijg je later spijt van je eigen goedheid.'

Flappy glimlachte. 'Dat is zo. Ik vind het nu eenmaal afschuwelijk om mensen teleur te stellen. Dus toen Briony vroeg of ze Molly mee mocht brengen, kon ik geen nee zeggen. Tenslotte heb ik een zwembad én een fitnessruimte, en zij niet.'

'Dat is lief van je. Ze zijn je vast erg dankbaar.'

'Dat weet ik wel zeker,' jokte Flappy. Briony wekte niet de indruk dankbaar te zijn, en van Molly wist ze het niet. 'Trouwens, Briony vroeg zich af of jij het misschien leuk zou vinden om ook mee te doen. Dat zou ze erg leuk vinden. Ze waren er om negen uur. Toen zijn ze begonnen met yoga en daarna zijn ze gaan zwemmen. Het is leuk voor ze om wat mensen van hun eigen leeftijd te leren kennen.'

'Misschien zou ik het tijdens mijn lunchpauze kunnen doen. Of ik zou aan het eind van de dag wat langer door kunnen werken,' stelde Persephone voor.

'Welnee. Je werkt zo hard. Je mag tussendoor best even vrij nemen.'

'Nu doe je het weer, Flappy. Anderen misbruik laten maken van je goedheid. Ik zou het leuk vinden om samen te yogaën, maar ik ga niet zwemmen. En aan het eind van de dag haal ik de verloren tijd gewoon in.'

'Wat ben je toch een schat,' zei Flappy, merkwaardig geroerd. Persephone was zo verrukkelijk betrouwbaar en verantwoordelijk, zo verfrissend oprecht. 'Waarom ga je nu niet even naar ze toe? Vraag of ze trek hebben in een kop koffie en of ze morgen weer komen. Dan is het zaterdag, dus dan kun je zo lang blijven als je wilt.'

Persephone stond op. 'Goed, ik loop er wel even heen. Maar ik kom meteen weer terug, want ik heb een hoop te doen.' Ze liep haastig de bibliotheek uit.

Ach, waren Charlotte en Mathilda maar half zo lief en zorgzaam als Persephone, dacht Flappy met een zucht.

*

In de week daarop sloot Persephone elke ochtend om negen uur bij Briony en Molly aan voor een yogasessie in de fitnessruimte. En betrapte Flappy zich erop dat ze het eigenlijk niet eens erg vond dat haar schoondochter zo vrijmoedig gebruikmaakte van haar faciliteiten. Integendeel, ze merkte dat ze ervan genoot. Want het was soms wel erg stil in huis. Zo stil dat ze de staande klok in de hal zelfs in haar werkkamer kon horen tikken, helemaal aan de andere kant van de grote villa. Het deed haar plezier dat het zwembad met alles erop en eraan werd gebruikt; dat het niet het grootste deel van de dag leegstond als een prachtig maar verlaten museum. En het verbaasde haar niet dat alles er keurig uitzag nadat de meisjes waren vertrokken. Dat was aan Persephone te danken, vermoedde ze. Die allerliefste, betrouwbare Persephone.

Toen de dag van de rommelmarkt aanbrak, was Flappy dankbaar voor het feit dat de zon scheen. Op het croquetgazon was een grote tent opgezet. Vroeger, toen haar kinderen nog klein waren, was het gazon intensief gebruikt. Dat was inmiddels lang geleden. De poortjes en de houten hamers waren al in geen tien jaar meer tevoorschijn gehaald. Maar het vlakke grasveld was de perfecte plek om een tent op te zetten, en dat deed Flappy dan ook regelmatig. Er ging amper een maand voorbij zonder dat er iets werd georganiseerd. Voor de rommelmarkt die zaterdag was, zoals altijd, het hele dorp uitgelopen. Flappy had niet anders verwacht. Ze wist alles wat ze organiseerde een aantrekkelijk en stijlvol cachet te geven, en op de grote dag zelf zinderde het in het hele dorp van de opwinding. Zo ook vandaag. Want het mocht dan om een rommelmarkt gaan, de catering was chic en feestelijk met champagne, macarons en sandwiches met gerookte zalm, subtiel maar beslist niet karig gegarneerd met kaviaar. Charles bewoog zich merkbaar in zijn nopjes tussen de aanwezige vrouwen, als een vos in een kippenhok. Flappy wist dat ze er verstandig aan deed hem te ontlopen. Hedda was er tenslotte ook. Dus ze richtte haar aandacht op de kramen.

Door ervaring wijs geworden zette ze haar tweedehandsspullen tussen de rest van het aanbod. Ze had jarenlang een eigen tafel en wat rekken gehad met kleding die ze niet meer droeg. Maar daar was iedereen zo gretig op afgekomen dat er een ware stormloop ontstond, waarbij de vrouwen elkaar verdrongen als jan-van-genten die het op een school vissen hadden voorzien. Ondertussen trokken de andere tafels, met een minder opwindend en chic aanbod, veel minder publiek. Vandaar dat Flappy had besloten alle spullen bij elkaar te doen. Nu pikten de jan-van-genten naar alles, gretig op zoek naar haar spullen. En die waren moeiteloos te herkennen aan hun superieure kwaliteit.

Terwijl ze langs de tafels liep was ze zich ervan bewust dat Charles haar volgde met zijn blik. Het besef dat hij haar nog altijd begeerde, bezorgde haar een huivering van genot, waardoor ze zich nog innemender, nog charmanter wist te presenteren en waardoor ze voor iedereen een aardig woord had. Af en toe vonden hun ogen elkaar, en dan gleed Flappy's blik als vanzelf naar zijn zinnelijke mond, naar die verrukkelijke, zachte lippen die zich zo teder hadden geopend om haar te kussen. Ze haalde diep adem, wendde zich af en probeerde zich te concentreren op wat Mabel zei.

'Het loopt lekker, hè?' verklaarde die uitbundig, blij dat ze Flappy even voor zich alleen had. 'Volgens mij halen we meer geld op dan vorig jaar.'

'Ja, dat zou best eens kunnen.' Terwijl ze het zei zag Flappy dat een van haar kleinzoons een trein van de tafel met speelgoed pakte en ermee onder het kleed verdween dat over de kraam hing. 'De mensen zijn altijd zo gul.'

'Ja, elk jaar wordt er meer ingebracht.'

'We begonnen ooit met wat oude spulletjes van de zolder, maar inmiddels lijkt het wel een kerstmarkt.'

'Ach, wat maakt het uit? Zolang het maar geld opbrengt voor het goede doel. Trouwens, hoe gaat het met je nieuwjaarsbal?'

Flappy was blij dat ze ernaar vroeg, want ze was helemaal vol van haar ballo in maschera. 'Heel goed. Zoiets is in ons dorp nog nooit vertoond.'

'Ik twijfel er niet aan of je hebt kosten noch moeite gespaard om er iets geweldigs van te maken.'

'Ik praat nooit over geld.' Flappy snoof misprijzend. 'Dat vind ik zó ordinair. Maar als je het niet verder vertelt, dan mag je best weten dat het een vermogen gaat kosten.'

Mabel toonde zich diep onder de indruk, constateerde Flappy tevreden. 'En wat vindt Kenneth daarvan?'

'Die tast maar al te graag diep in de buidel.' Flappy glimlachte, maar probeerde niet zelfvoldaan te klinken. Want dat vond ze net zo ordinair als over geld praten. 'Ik mag me zó gelukkig prijzen met Kenneth.' Terwijl ze zijn naam noemde, de naam van de man met wie ze al zo lang zo gelukkig getrouwd was, voelde ze zich schuldig omdat ze even eerder aan de kussen van Charles had gedacht. Maar dat schuldgevoel was van korte duur; al snel liet ze haar blik opnieuw zoekend door de tent gaan. In plaats van op Charles viel haar oog op Jasper en Molly. Ze waren diep in gesprek gewikkeld, zag ze tussen het gedrang en de spullen door; met hun hoofden naar elkaar toe gebogen stonden ze te fluisteren alsof wat ze bespraken geheim was. Flappy was getroffen door de intimiteit van hun lichaamstaal. Wat hadden ze elkaar in 's hemelsnaam te vertellen dat niet hardop mocht worden gezegd?

En toen deed Molly iets wat Flappy's bloed veranderde in ijswater. Ze legde haar handen langs Jaspers gezicht en keek liefdevol naar hem op. En Jasper glimlachte. Flappy was diep geschokt. De aanblik van Molly en haar zoon deed haar denken aan Charles, aan hoe hij zijn handen langs háár gezicht had gelegd en háár vol liefde – en lust; zeker in het begin was het vooral lust geweest – in de ogen had gekeken. Hun aanblik herinnerde haar aan die keer dat ze zich als wilde dieren op elkaar hadden gestort en de liefde hadden bedreven in de kleedkamer van het zwembad. Niemand wist beter dan Flappy hoe snel een affaire kon beginnen. Was dat het waarvan ze zojuist getuige was geweest? Het begin van een affaire tussen Jasper en Molly?

'Is alles goed met je, Flappy?' vroeg Mabel toen ze zag dat het gezicht van haar vriendin plotseling versomberde.

'Die dekselse kleinzoon van me heeft een speelgoedtrein van de kraam gepakt, en daar zit-ie nu mee onder de tafel,' zei Flappy haastig om haar af te leiden.

'Waar is zijn moeder?'

'Dat is een goede vraag.' Flappy's blik ging opnieuw naar Molly Price en haar zoon. In haar ogen glinsterde een grimmige vastberadenheid. 'Dat is een heel goede vraag, Mabel.'

'Flappy.'

Ze schrok, want ze had niet gemerkt dat hij achter haar was komen staan. 'Charles.' Met een ruk draaide ze zich om.

'Flappy,' zei hij nogmaals.

Flappy keek naar de plek waar Mabel zo-even nog had gestaan. Maar Mabel liep inmiddels gretig achter een schaal met broodjes aan: sandwiches met gerookte zalm.

Charles keek Flappy diep in de ogen. 'Je bent altijd maar in touw,' zei hij bewonderend. 'Altijd bezig om het anderen naar de zin te maken. Het wordt tijd om ook eens aan jezelf te denken. Je verdient het dat iemand het jóú naar de zin maakt.' Hij grijnsde ondeugend, en Flappy's hart smolt als een ijsje in de zon. 'En ik weet precies hoe ik dat moet doen.'

'Charles, wees toch voorzichtig. Hedda...'

'Die loopt helemaal aan de andere kant van de tent. Ze is op zoek naar kerstcadeautjes voor haar petekinderen. En ze heeft er elf, dus daar is ze wel even zoet mee.' Zijn blik gleed liefkozend over haar gezicht en bleef rusten op haar lippen.

Als vanzelf weken ze uiteen. 'O, Charles,' fluisterde Flappy ademloos.

'Je kunt de chemie tussen ons niet zomaar uitschakelen. Die is er altijd. Die zindert in de lucht tussen ons in, als de hitte van een zinken dak in de brandende zon. Die voel ik elke keer dat ik naar je kijk, Beauty.'

'O, Charles,' zei Flappy weer, want ze wist niet wat ze anders moest zeggen. Ze voelde haar controle verslappen. De aanblik van de fluisterende Jasper en Molly had haar uit haar evenwicht gebracht.

‘Mijn lichaam snakt naar je, liefste. Ik ben bang dat ik gek word.’

Flappy was blij dat ze niet met hem alleen was. Zonder de tent vol mensen, onder wie Hedda die kerstcadeaus uitzocht voor haar petekinderen, zou ze misschien zijn gezwicht; dan zou ze zich misschien hebben overgegeven aan alle verrukkelijke dingen die hij met haar wilde doen en die hij had opgesomd in zijn briefje. O, wat zou ze daar wel niet voor overhebben! Voor nog één zo’n verrukkelijke middag met Charles...

‘Flappy!’ De vrouw van de dominee kwam naar haar toe lopen.

‘Joan! Wat leuk dat je er bent.’ Flappy bloosde, ervan overtuigd dat de vrouw van de dominee door God was gestuurd om haar te behoeden voor een terugval in haar zondige gedrag. Ze riep zichzelf streng tot de orde, en toen ze omkeek was Charles verdwenen.

8

Die nacht kon Flappy de slaap niet vatten. Kenneth lag grommend, draaiend en woelend naast haar en droomde ongetwijfeld van die nog altijd ongrijpbare 'hole-in-one'. Wat heerlijk als je zo zorgeloos kunt leven, dacht ze, gekweld door van alles en nog wat dat haar wakker hield. Ze was er oprecht van overtuigd dat niemand in heel Badley Compton het zo druk had als zij. Wat haar vooral zorgen baarde, was niet Charles – Charles was geen zorg, geen probleem, maar een verboden genot waarvan ze de verleiding tot op dat moment had weten te weerstaan. Nee, het was vooral de geheime vriendschap tussen Jasper en Molly waarover ze zich zorgen maakte. Want dat die vriendschap geheim was, bleek wel uit het feit dat Briony er geen flauw idee van leek te hebben dat Jasper blijkbaar ook alleen, zonder haar, bij Molly langsging. Flappy kon er tegenover haar zoon niet over beginnen zonder te moeten toegeven dat ze hem die dag met haar verrekijker vanuit de struiken had bespioneerd. Iets wat ze natuurlijk nooit deed. Anderen bespioneren. Tenzij het écht niet anders kon. Dus ze kon onmogelijk tegen Jasper zeggen dat ze met eigen ogen had gezien dat er iets gaande was tussen hem en Molly. Iets wat blijkbaar niemand mocht weten. Als ervaringsdeskundige wist Flappy drommels goed waarover ze het had.

Haar morele kompas was strikt zuiver en stabiel. Ze was iemand om op te bouwen; altijd oprecht en waarachtig. En op de zeldzame momenten dat ze zich bezondigde aan zelfvoldaanheid, ging ze er zelfs prat op dat ze een voorbeeldrol vervulde in het dorp. Dat iedereen in Badley Compton naar haar opkeek, zowel in moreel opzicht als in talloze praktische kwesties. Desondanks was ze toch ook maar een mens en had ze, net als iedereen, haar tekortkomingen. Dat waren er weliswaar uitzonderlijk weinig, maar zelfs zij was niet volmaakt. Haar affaire met Charles was daarvan een voorbeeld. En hoezeer ze er ook van had genoten, het was een ernstige tekortkoming waaraan ze zich niet nog eens zou bezondigen. Tegelijkertijd had die ervaring haar de ogen geopend voor de minder verheven – om niet te zeggen stuitende – verlangens en ambities van haar medemens. Dus als íémand die feilloos wist te herkennen, dan was zij het. Met dat in gedachten vroeg ze zich opnieuw af of ze het goed had gezien; of Jasper inderdaad een verhouding had met Molly. Kon dat wel? Al zo kort nadat ze elkaar hadden leren kennen? Het antwoord op die vraag liet zich raden. Verblind door lust was een mens maar al te snel geneigd in de fout te gaan.

En dat leidde tot de vraag wat zíj daaraan ging doen. Het was een vraag die loodzwaar op haar drukte, die haar meer bezighield dan al het andere waar ze mee rondliep. Resoluut als ze was, lag het in haar aard problemen voortvarend aan te pakken en niet te rusten voordat ze die had opgelost. Ze hield er niet van als dingen bleven liggen. Maar dit was iets wat ze niet met haar gebruikelijke voortvarendheid kon afhandelen. Om te beginnen bestond er nog altijd de mogelijkheid dat ze zich vergiste. En zelfs al was dat niet zo, zelfs al kreeg ze uiteindelijk honderd procent zekerheid, dan kende ze haar zoon goed genoeg om te weten dat hij innemend zou glimlachen en alles zou ontkennen. Net als Molly. Dus ze zou hen op heterdaad moeten betrappen. Maar hoe pakte ze dat aan?

Kenneth draaide zich luid snurkend om en trok bijna het hele donsbed van haar af – Flappy wilde alleen maar onder dons slapen. Alles wat geen dons was, vond ze goedkoop; iets voor 'gewone mensen'. Mensen die ook een waterkoker met ingebouwde wekker op hun nachtkastje hadden staan, zodat ze vanuit hun bed thee konden zetten. In Flappy's wereld hoorde je onder dons te slapen, desnoods met een kruik voor extreem koude nachten, en zette je beneden in de keuken thee, die je vervolgens op een dienblad mee naar boven nam. Terwijl Kenneth zich in het dekbed nestelde als een varken in het hooi, overwoog ze hem te vertellen waarmee ze worstelde. Want ze mocht hem dan – vertederd – met een varken vergelijken, als het aankwam op delicate kwesties zoals deze was hij verrassend gevoelig. Wanneer het ging om de liefdes en de gebroken harten van hun kinderen terwijl die zich een weg baanden door het mijnenveld van de adolescentie, had Kenneth altijd wijs en begripvol gereageerd. Maar op het gebied van buitenechtelijke verhoudingen was hij volmaakt onwetend en naïef. Flappy wist niet beter – en ze was ervan overtuigd dat ze alles wist wat er te weten viel – of Kenneth had nooit een affaire gehad. Hij ging zo op in het golfen dat hij geen tijd had om vreemd te gaan. En ook geen behoefte. Een man als Kenneth was trouw aan het echtelijk bed en zijn golfclub. Hij zou geschokt zijn als hij hoorde dat Jasper, zijn oogappel, zich misdroeg. Sterker nog, hij zou het waarschijnlijk niet willen geloven. Flappy keek naar het dekbed, dat in harmonie met zijn ademhaling vredig rees en daalde, en haar hart ging naar hem uit. Ze zou geen knip voor de neus waard zijn als ze hem belastte met haar zorgen. In plaats daarvan zou ze hem daarvoor moeten afschermen; ze zou hem moeten beschermen tegen al wat slecht was en waarvan hij geen idee had, en hem zorgeloos moeten laten genieten van zijn geliefde golfspel.

Bovendien konden er maar beter zo min mogelijk mensen van weten. Want als ze érgens niet aan moest denken, dan was het aan het idee dat Jaspers wangedrag op haar zou afstralen.

En dus besloot ze om het er met Kenneth niet over te hebben. En ook niet met Mabel of Hedda. Ze zou het vóór zich houden, in het besef dat er in alle narigheid iemand was die haar medeleven en haar steun verdiende, ook al zou ze natuurlijk ook tegen háár niets zeggen. Tegen haar al helemaal niet! En hoe ergerlijk het ook was – en dat was het, buitengewoon ergerlijk – Flappy nam zich voor om nog meer haar best te doen aardig tegen Briony te zijn.

*

Eind oktober sloeg het weer om. Een koude wind joeg over het land en voerde regen aan. De zon, die aanvankelijk nog uitbundig had geschenen, verloor zijn kracht en werd weggelokt naar de andere kant van de wereld, waar het voorjaar zijn intrede deed. Pas over een half jaar zou hij zich weer in zijn volle, stralende glorie presenteren. Vanuit zee kwamen dikke wolken aandrijven, die hun kille, natte inhoud loosden boven de toch al doorweekte velden. De tuinen van Darnley werden steeds drassiger, maar de tuinmannen trokken zich niets aan van het gure weer en ploeterden onvermoeibaar voort. Want zoals Flappy altijd zei, de tuinman en zijn werk waren een speelbal van de elementen. Haar kleine legertje hoveniers kon de kou en de regen niet ontlopen, maar Flappy hing haar snoeischaar aan de wilgen en waagde zich alleen buiten om naar de auto te lopen.

Omdat ze nu eenmaal altijd en overal de zonzijde probeerde te zien, vormde ook de wisseling van de seizoenen voor haar een bron van vreugde. Een nieuw jaargetijde betekende een nieuwe garderobe om uit te kiezen. En dus haalde ze haar kasjmier, flanel en tweed tevoorschijn. Na maandenlang linnen te hebben gedragen, in de kleuren wit en parelgrijs, kon ze haar jasjes weer aan, stijlvol gecombineerd met een sjaal van Hermès, en was het tijd voor zachte tinten beige en antraciet, voor zwart kant en bont – dure namaak, want echt bont, dat kon écht niet meer. Ze vond het heerlijk dat ze wanneer de temperatuur kelderde de open haarden in de salon en de hal weer konden aansteken, net als haar kaarsen die geurden naar kaneel; dat ze zich in zachte warme stoffen kon hullen en de winter in al zijn knusse huiselijkheid kon omhelzen. Want als het ging om knusse huiselijkheid, dan was Darnley Manor niet te overtreffen. Zelfs niet door Compton Court met zijn diepe zachte banken en zijn Perzische tapijten – allemaal erfstukken, wist ze van Hedda.

In deze cocon van kasjmier en knapperende haardvuren gaf Flappy haar dinertjes, haar lunches, de bijeenkomsten van haar leesclubs en de koffieochtenden voor de diverse comités en commissies die ze voorzat. Persephone was altijd present om te notuleren, om thee te zetten en wijn in te schenken, en om Flappy bij alles te assisteren waarbij haar assistentie werd vereist. Bovendien vond Flappy het heerlijk om te pronken met het feit dat ze een PA had.

Inmiddels had ze Andy al zeven dagen aan Molly uitgeleend. Zeven dagen! Gratis en voor niets. Dat zou tot ergernis hebben kunnen leiden, ware het niet dat Andy haar tijdens een ritje naar het tuincentrum had verteld dat Jasper opnieuw bij Molly was langsgekomen en had voorgesteld om appelbomen te planten op de plek van de vroegere moestuin. 'Sinds wanneer heeft Jasper verstand van tuinieren?' vroeg Flappy zich hardop af, in het besef dat ze subtiel te werk moest gaan als ze Andy wilde uithoren.

'Ik vond het een goed idee,' antwoordde die. 'Het is een stuk grond waar verder niets mee wordt gedaan.'

Ze naderden een bocht, en Flappy minderde snelheid. 'Ik heb begrepen dat Jasper en Briony al aardig bevriend zijn geraakt met Jim en Molly.'

'Dat is leuk. Ze zijn tenslotte allemaal nieuw in het dorp.'

'Precies. Erg leuk,' viel Flappy hem bij, in de hoop dat Andy nog iets over Jasper zou zeggen. Maar dat deed hij niet. 'Kwam Jasper langs om Molly met de tuin te helpen?' vroeg ze nonchalant. 'Pas maar op. Straks pikt hij je baan in,' grapte ze.

Andy grinnikte. Jasper vormde geen bedreiging voor hem. 'Dat geloof ik niet. Hij kwam gewoon even langs. Net toen we het erover hadden wat we met dat stuk tuin zouden doen. En toen kwam hij met het voorstel voor een boomgaard.'

'Echt iets voor Jasper.' Flappy glimlachte. 'Altijd vol plannen en ideeën.' Maar zelf doet hij nooit iets. 'En waar is Jim in dit hele verhaal? Is híj ook in de tuin geïnteresseerd?'

'Volgens mij vindt hij het leuk als die er mooi bij ligt. Net als Mr. Scott-Booth. Maar hij bemoeit zich niet met de details.'

Net als Mr. Scott-Booth, dacht Flappy verontwaardigd. Met dat – wezenlijke – verschil dat Kenneth betaalde voor alles wat er aan de tuin moest gebeuren en dat hij gevoel voor humor had.

'Heeft hij het erg druk met zijn werk?' vroeg Flappy om erachter te komen of Jasper met Molly alleen was.

'Ja, blijkbaar wel. Hij is amper thuis. Hij heeft kantoorruimte in het dorp gevonden, vertelde Molly. Dus daar zit hij bijna de hele dag.'

Aha, dacht Flappy. Jim en de kinderen zijn niet thuis, en ondertussen hebben Molly en Jasper het rijk alleen. Andy was inderdaad een bron van nuttige informatie gebleken. En dus vond ze het goed dat hij opnieuw bij Molly aan de slag ging. Voor de achtste dag!

*

Flappy zat aan het kookeiland in de keuken, verdiept in de gastenlijst voor haar ballo in maschera, toen de bel ging. Ze keek amper op, want ze wist dat Persephone naar de deur zou gaan. Weifelend keek ze naar de namen van mensen die ze eigenlijk liever niet zou uitnodigen en vroeg zich af wat zwaarder woog: hún gekwetste gevoelens als ze werden buitengesloten, of háár ergernis als ze hen wel uitnodigde. Ze wilde net een streep door een van de twijfelgevallen zetten toen Persephone in de deuropening verscheen. 'Molly is aan de deur.'

'Molly?' Over haar leesbril heen keek ze haar PA aan. Ze kon zich niet herinneren dat ze met haar had afgesproken.

Persephone dempte haar stem. 'Ze heeft een cadeautje voor je.'

Flappy legde haar pen neer en zette haar bril af. 'O ja? Nou, laat haar dan maar gauw binnen.' Ze klapte haar leren schrijfmap dicht en keek vol verwachting naar de deur. Het duurde niet lang of Molly kwam binnen. Ze had een schitterende glazen schaal bij zich met zes witte orchideeën.

'Nee maar! Wat ziet dat er prachtig uit!' jubelde Flappy, en ze schoof *The Times* opzij die Kenneth had laten liggen, om ruimte te maken voor de schaal. 'Witte orchideeën! Mijn lievelingsbloemen!'

Molly keek haar stralend aan. 'Het was een idee van de bloemist. Die weet blijkbaar precies wat je mooi vindt.'

Flappy nam zich prompt voor om Cynthia ook op de gastenlijst te zetten. 'Nou en of ze dat weet. Ze zijn schitterend. Waar heb ik dat aan verdiend?'

'Aan je tuinman. We wilden je bedanken omdat je Andy aan ons hebt uitgeleend.'

'Ach, dat vond ik alleen maar leuk om te doen.' Flappy wapperde luchtig met haar gemanicuurde handen om duidelijk te maken dat het voor haar een kleine moeite was omdat ze tenslotte een klein legertje tuinmannen tot haar beschikking had.

'Hij is geweldig. En hij weet zo veel werk te verzetten! Wat hij in een halve dag doet, daar heeft een andere tuinman een week voor nodig.'

'Ja, ik mag me zó gelukkig prijzen met hem als eerste tuinman.' Flappy liet zich van haar kruk glijden. 'Heb je zin in koffie? Ik wilde zelf ook net een kopje nemen.'

'Daar heb ik zeker zin in.'

'Ga zitten. Wat heb je erin?'

'Niks. Zwart, zonder suiker graag.' Molly hees zich op een van de krukken.

'Net als ik.' Flappy deed een espressocupje in het apparaat en drukte op de knop. 'Ik begreep van Andy dat je een boomgaard laat aanplanten.'

'Ja, ik vond het zo'n goed idee! Dan kan ik appeltaart maken van mijn eigen appels. De kids zullen het geweldig vinden. Dat weet ik zeker.' Flappy huiverde bij het woord 'kids'. Ze verbeterde Molly niet, maar constateerde somber dat de jongere generaties steeds slordiger werden in hun taalgebruik.

'Kwam het van Andy of van jou? Het idee om een boomgaard te planten?' vroeg Flappy toen ze terugkwam met hun koffie.

'Nee, van Jasper.'

'Echt waar?' *Ze doet er niet eens stiekem over.*

'Ja, we zien elkaar regelmatig. De kids zitten op dezelfde school. Zelfs bij elkaar in de klas. Dus we halen en brengen ze om beurten. En ze spelen soms samen bij ons of bij Jasper thuis. Dat is heel fijn. Ik ben zo blij dat we min of meer tegelijk in het dorp zijn komen wonen.'

'Inderdaad. Wat fijn.' Flappy hoopte dat Molly nog iets over Jasper zou zeggen. Bijvoorbeeld dat hij alleen, zonder Briony, bij haar over de vloer kwam.

'Trouwens, we zien George en Persephone ook best vaak. In de weekends dat George hier is.'

'O ja? En wat fijn dat hij tegenwoordig regelmatig naar het dorp komt.'

'Ja, hij wil proberen hier werk te vinden.'

'Echt waar? Laten we hopen dat het hem lukt. Wat zou zijn moeder daar blij mee zijn. Net als Persephone. Het valt niet mee om een langeafstandsrelatie te hebben.' Flappy ging met haar espresso naast Molly zitten. 'En hoe gaat het met Jim? En met zijn werk?'

‘O, die heeft het razend druk. Hij heeft kantoorruimte in het dorp gehuurd. Thuis kon hij niet rustig werken, zei hij.’

Flappy begon te lachen. ‘Dus je hebt het rijk alleen. Wat heerlijk.’

‘Nou en of. En het is ook beter voor ons huwelijk.’

‘Meen je dat nou?’

‘Ja. In Londen waren er steeds meer spanningen. Het huis was te klein, dus we liepen elkaar voortdurend voor de voeten.’ Molly sloeg haar ogen neer, en Flappy voelde dat het niet lekker zat in haar huwelijk. Helemaal niet lekker.

‘Ach hemeltje.’ Ze schonk Molly een medelevende glimlach. Het soort glimlach dat vertrouwen inboezemt.

‘Ik zal het maar eerlijk zeggen,’ zei Molly dan ook. ‘Jim was depressief.’

‘Wat? Depressief? Echt waar?’

‘Ja, het viel niet mee. Je moet je voorstellen dat je met iemand samenwoont die voortdurend een donkere wolk boven zijn hoofd heeft hangen.’

‘Dat lijkt me inderdaad niet gemakkelijk.’ Het was iets wat Flappy niet kende. In de wereld van Kenneth stond er altijd een regenboog aan de hemel.

‘Dat is het zeker.’

‘Ik vond hem wel een tikkeltje zwijgzaam tijdens dat etentje bij Hedda.’

Molly rolde zuchtend met haar ogen. ‘Ik schaamde me dood. En van de weeromstuit ga ik dan steeds harder praten. En steeds sneller. Hij heeft niet eens geprobéérd om een beetje gezellig te doen. Ik vond het echt verschrikkelijk.’

'Ach, wat spijt me dat,' zei Flappy oprecht. 'En nu jullie gesetteld zijn, gaat het nu weer een beetje beter?'

Molly nam een slok koffie. Ze zat niet langer in elkaar gedoken over haar kopje gebogen. Het deed haar duidelijk goed dat ze haar hart kon luchten. Gedeelde smart is halve smart, dacht Flappy voldaan. 'Het scheelt enorm dat hij nu buiten de deur werkt. Hij lijkt wel een ander mens. Het is alsof alle donkere wolken zijn weggedreven. Hij krijgt erg veel opdrachten, en het gaat hoe langer hoe beter. Niet alleen met hem, maar ook met mij. Ik heb het gevoel dat ik weer lucht krijg. Ik hoef niet meer op mijn tenen te lopen om hem niet te storen. Ik hoef niet meer bang te zijn om iets verkeerds te zeggen. En Jasper en Briony zijn echt geweldig. Jasper weet Jim zelfs aan het lachen te maken. Terwijl ik die hoop al had opgegeven.'

'Ach ja, die Jasper. Dat is me d'r een.' Het ontging Flappy niet dat Molly's gezicht oplichtte.

'Zeg dat wel. Hij is zo grappig. En zo aardig.'

'Ik mag me zó gelukkig prijzen met een zoon als Jasper. Voor mij is hij ook geweldig.' Dat was niet helemaal waar, maar het klonk goed. 'Ik ben erg benieuwd wat hij uiteindelijk gaat doen. In Australië had hij een eigen bedrijf. Dus ik weet zeker dat hij hier ook weer iets gaat opzetten. Alles wat hij aanraakt, verandert in goud.' Flappy was nu niet meer te stuiten en fantaseerde er vrolijk op los. 'Maar hij doet er zo geheimzinnig over. Ik weet nog steeds van niets. Hij wacht tot alles in kannen en kruiken is voordat hij er iets over wil zeggen. Dus je kunt je voorstellen hoe nieuwsgierig en ongeduldig ik ben.'

'Wat hij ook onderneemt, ik weet zeker dat het een succes wordt. Hij is zo getalenteerd.'

Flappy glimlachte, maar ondertussen vroeg ze zich af wat Jaspers bijzondere talent dan wel mocht zijn. Behalve dat hij altijd en overal iedereen voor zich wist in te nemen. En wie weet, misschien zou hij daar zelfs zijn voordeel mee kunnen doen. 'En jij, Molly? Wat doe jij zoal?'

'Ik ben weer gaan schilderen.'

Ze zei het zo verlegen dat Flappy vermoedde dat ze niet echt talent had. 'O ja? Maar je werkte toch voor een krant?'

'Dat klopt. Maar ik wilde wat anders. Na de kunstacademie ben ik in de journalistiek terechtgekomen. Daar was meer geld mee te verdienen dan met schilderen.'

'Het is een verrukkelijke hobby. Ik heb ook geschilderd. In de cottage, helemaal achter in de tuin. Die had ik als atelier ingericht. Ik heb zelfs geëxposeerd. En met verrassend veel succes voor een amateur. Maar uiteindelijk ben ik tot de conclusie gekomen dat het me te veel tijd kostte. Dus toen ben ik ermee gestopt.'

'Wat jammer.'

'Ja, dat is het. Erg jammer. Ik heb veel werk verkocht. Mijn schilderijen hangen in het hele dorp, en iedereen zei dat ik ermee door moest gaan. Maar ik heb ze moeten teleurstellen. Je kunt jezelf nu eenmaal niet te dun uitsmeren. Dat gaat ten koste van de kwaliteit van wat je doet.'

'Ik heb een van de slaapkamers als atelier ingericht.' Molly zette glimlachend haar kopje neer. 'Dat voelt zo goed. Ook al verdien ik er nog niks mee, ik word er wel blij van.'

'Zo mag ik het horen. Schilderen en tuinieren zijn heerlijk. En zo helend.'

'Net als yoga,' viel Molly haar bij. 'Sinds ik dat doe, elke ochtend met Briony en Persephone, voel ik me een ander mens.'

'Daar ben ik blij om,' zei Flappy, en dat meende ze. Het was duidelijk dat ze zich in Molly had vergist, dat ze haar tegenover anderen ten onrechte had afgeschilderd als een brutale, nietsontziende haaibaai. En daar voelde ze zich oprecht schuldig over. Maar als Flappy érgens geen moeite mee had, dan was het met toegeven dat ze ongelijk had gehad. Ze bezat als weinig anderen de gave om een draai van honderdtachtig graden te kunnen maken. En daar ging ze prat op!

Dus toen Briony vroeg of Molly en zij gebruik konden maken van de cottage om te mediteren voor het boeddha-altaar, zei Flappy volmondig ja. Onder voorwaarden, dat wel. Want ze gebruikte de ruimte niet alleen zelf – nog maar zelden, gebood de eerlijkheid haar toe te geven – ze deed bovendien op donderdagavond aan yoga met haar vriendinnen, waarna ze onder leiding van Murli, haar goeroe, mediteerden. Dus de donderdagavond was heilig. Iedereen op Darnley wist dat zij en haar vriendinnen dan niet gestoord mochten worden.

Briony wilde graag twee avonden in de week komen, maar niet op donderdag. Daar zou ze rekening mee houden. 'Ik vind het zo lief van je dat ik je huis mag gebruiken.'

Dat vond Flappy ook, want ze had de wonderen van

Darnley Manor maar al te gemakkelijk voor zichzelf kunnen houden. 'Hoor eens, Briony. Je bent mijn schoondochter,' zei ze, voldaan over haar eigen gulheid. 'Dus Darnley is ook jóúw huis.' Ondertussen hoopte ze dat Briony dat niet te letterlijk zou opvatten, dat ze zich zou beperken tot het zwembad, de fitnessruimte, de tuinen en de cottage. Meer wilde Flappy niet met haar delen. Hoe gul ze ook was, en ook al was Briony dan haar schoondochter. Tegelijkertijd had ze met haar te doen. Als Jasper inderdaad een affaire met Molly had, dan hoorde zij, als zijn moeder, zijn vrouw te steunen. Dat was wel het minste wat ze kon doen.

9

Geleidelijk aan begon Darnley Manor steeds meer te bruisen van de bedrijvigheid. In de eens zo vredige tuinen schalden nu kinderstemmen, begeleid door het geblaf van Buster, en het grind knarste onder de banden van alle auto's die kwamen en gingen. Niet alleen Briony en Molly waren regelmatige bezoekers, ook Jasper was maar al te vaak op de tennisbaan te vinden. Voor iemand die werd geacht werk te zoeken, had hij het wel erg druk met luieren en genieten. Op weekdagen speelde hij met Charles, die beweerde dat de baan op Compton niet kon worden gebruikt omdat die tegen mos werd behandeld. En dus speelden ze op de onberispelijke, mosvrije baan van Darnley Manor. In het weekend sloeg Jasper doorgaans een balletje met George. En als hij niet tenniste, dan was hij op de golfbaan te vinden bij zijn vader en diens golfmaatjes. Zo bleef er amper tijd over om op zoek te gaan naar een baan, kon Flappy niet nalaten te denken. Maar Jasper leek het zo wel prima te vinden.

En wat Charles betrof: Flappy had heus wel door waarom hij per se op de baan van Darnley wilde spelen. Hij was vastbesloten haar terug te veroveren en zou niet rusten voordat hem dat was gelukt. Dat had hij zelf gezegd. En wat hij zei, dat deed hij. Dat had Flappy ervaren in de weken die hun gepassioneerde verhouding had geduurd. Maar hij had buiten haar vastberadenheid gerekend, en buiten haar loyaliteit jegens zijn vrouw. Wanneer hij kwam voorrijden in zijn Bentley, met een witte crickettrui nonchalant om zijn schouders en daaronder smetteloos witte tenniskleding, riep hij verlangend haar naam zodra hij de hal binnenliep. Of hij zette rechtstreeks koers naar de achterkant van het huis en tikte op het raam van haar werkkamer. Wat hij ook deed, Flappy werd niet boos maar reageerde minzaam, want zo was ze nu eenmaal; het lag niet in haar aard om onbeleefd te zijn. Maar ze vond het niet echt prettig om te worden verrast. Als ze eerlijk was, zou ze moeten toegeven dat ze niet goed met verrassingen overweg kon. Hoe dan ook, ze bleef hoffelijk, ze probeerde Charles op een afstand te houden en ze hield zichzelf telkens opnieuw voor wat ze allemaal zou verliezen als ze zich weer – al was het maar vluchtig – door hem liet kussen. Hoe verleidelijk het ook was – en het was érg verleidelijk – haar besluit stond vast.

Gelukkig hoefde ze deze strijd niet alleen te voeren. Gevoelig als ze was, had Persephone al snel in de gaten hoe ongemakkelijk Flappy zich voelde door de hardnekkige avances van Charles. Dus wierp ze zich op als haar beschermengel. Het gebeurde maar zelden dat Flappy de confrontatie met Charles in haar eentje moest aangaan. Wanneer hij op het raam van Flappy's werkkamer tikte, of wanneer hij het huis binnenliep, kwam Persephone altijd net op tijd aanlopen. En omdat ze behalve Flappy's PA nu ook de vriendin was van zijn zoon George, kon Charles haar niet wegsturen.

Maar soms moest Persephone naar het dorp, en dan bleef Flappy weerloos achter. Bij een van die gelegenheden had het niet veel gescheeld of ze was voor de verleiding bezweken.

Het was een stralende middag in oktober. Flappy was bij het zwembad in de weer om de orchideeën water te geven. Ze had Charles weten te ontlopen door zich in haar slaapkamer te verstoppen. Maar inmiddels dacht ze dat de kust veilig was. Dus ze stond neuriënd en bewonderend om zich heen te kijken in de fraaie aanbouw die baadde in het gouden licht van de herfst, toen ze de deur hoorde opengaan en weer zacht hoorde sluiten. Verschrikt draaide ze zich om, en daar stond Charles in zijn witte tenniskleding.

'Flappy.'

'Charles,' zei ze, onaangenaam verrast. Doorgaans ging hij na het tennissen direct naar huis.

'Ik wilde even een duik nemen.' Hij glimlachte voldaan, als een vos die de kippenren was binnengeslopen.

Flappy zette haar gieter neer. Hij had zijn leren weekendtas niet bij zich, zag ze. Dus ze vermoedde dat hij helemaal niet van plan was geweest om te gaan zwemmen.

'Dan ga ik maar. Je weet de weg.'

Op weg naar de deur moest ze echter vlak langs hem lopen, want ze wilde met haar lichtgekleurde suède schoenen niet de tuin doorkruisen. Charles keek haar aan, zijn ondeugende glimlach en de verwachtingsvolle blik in zijn ogen verrieden wat hij allemaal voor haar in gedachten had. Het was een blik die Flappy maar al te goed kende; een blik die haar destijds had doen huiveren van opwinding. En dat gebeurde nu weer. Haar adem stokte in haar keel. Ze wist dat ze met open ogen in de val liep, maar ze kon er niets tegen doen.

Op het moment dat ze langs hem wilde lopen, zette hij een hand tegen de muur om haar de doorgang te beletten. En terwijl hij op haar neerkeek, had Flappy het gevoel dat ze verdronk in zijn hypnotiserende groene ogen. Ze was hulpeloos, weerloos, bereid om alles met zich te laten doen. Want hoe lang kon ze het beest diep vanbinnen in toom blijven houden nu het eenmaal had geproefd van de verboden vruchten waarmee Charles haar opnieuw probeerde te verleiden? Het beest kwam in opstand, het wierp zich tegen de tralies van zijn kooi. Haar ogen vonden die van Charles. Ze beet op haar lip. Hij nam haar kin tussen duim en wijsvinger, hief haar gezicht naar zich op, en terwijl hij zich naar haar toe boog, weken haar lippen uiteen. Ze sloot vol verwachting haar ogen, verteerd door begeerte, hunkerend naar zijn kus. Maar net toen hij het beest in haar zou ontketenen, vloog de deur open en kwam er een lawaaiig groepje kinderen binnenstormen.

Flappy werd opgeschrikt uit haar trance en keerde abrupt

terug in de werkelijkheid. Zonder blikken of blozen zei ze, in het besef dat ze een verklaring moest geven voor de compromitterende situatie waarin ze zich bevond: 'Kun je zien wat er in mijn oog zit? Nee? Dan zal ik het spoelen met gekookt water.' Ze glimlachte argeloos, alsof het de gewoonste zaak van de wereld was dat haar mond die van Charles bijna had geraakt. 'Dag, kinderen.'

'Ja, met water moet het wel lukken.' Charles deed een stap naar achteren, kuchte ongemakkelijk en keek de kinderen verbijsterd na toen ze in de kleedkamers verdwenen.

Even later verscheen Kim, gewapend met een tas vol plastic speelgoed. 'Dag, Mrs. Scott-Booth,' groette ze opgewekt.

'Hallo, Kim,' antwoordde Flappy met dezelfde opgewektheid. Want als ze íéts goed kon, dan was het haar teleurstelling weglachen. En wat was ze teleurgesteld! Ze keerde zich naar Charles. 'Wilde jij nog gaan zwemmen?'

'Nee, ik ga maar naar huis. Dan neem ik daar een koude douche.' Hij liep naar de deur en liet die met een klap achter zich in het slot vallen.

*

Het werd steeds drukker op Darnley Manor. Aanvankelijk wist Flappy niet goed wat ze ervan moest vinden. Het leidde wel erg af, en ze had het al zo druk. Behalve voor Jasper en Briony en de kinderen – en iedereen die ze meenamen – stond haar deur ook altijd open voor de kerkcommissie, de leesclub, de bijeenkomsten voor goede doelen en voor het onderhoud van de kerk, en dat was nog lang niet alles. De voorhof van het huis leek op sommige dagen wel een openbaar parkeerterrein. En parkeerterreinen waren zó gewoontjes. Flappy was er dan ook verre van gelukkig mee dat het grind door talloze banden werd omgewoeld, en dat de aanblik van de fraaie gevel door de vele auto's werd bedorven. Maar geleidelijk aan betrapte ze zich erop dat ze eigenlijk wel van al die bedrijvigheid genoot. Toen haar kinderen nog thuis woonden, was Darnley altijd een zoete inval geweest, maar nadat ze waren uitgevlogen was het stil geworden. Nu heerste er weer een en al leven, en dat hád wel wat. Het gaf haar het gevoel dat ze gewild en in trek was. En als Flappy érgens van genoot, dan was dat het.

Een voordeel van alle bedrijvigheid was bovendien dat ze met haar scherpe blik, haar nauwkeurige voelsprieten vanaf de zijlijn kon toekijken hoe de diverse relaties zich ontwikkelden. Die van Persephone en George bloeide! Als een kersenboom in het voorjaar. In het weekend zat Persephone op de bank langs de tennisbaan om George te zien spelen tegen Jasper. Wanneer ze daarna binnenkwamen om iets te drinken, ontging het Flappy niet hoe ze naar elkaar keken, hoe ze onopvallend elkaars hand pakten als ze dachten dat niemand keek. En hoe vaker ze hen samen zag, hoe meer ze wenste dat George in het dorp zou komen wonen. Ze wilde Persephone niet kwijt, en ze wist zeker dat de twee tortelduifjes elkaar ook niet kwijt wilden. Nooit meer.

Behalve Persephone en George hield ze ook de interactie tussen Jasper en Molly nauwlettend in de gaten. Want Jasper nodigde de Prices regelmatig uit op Darnley voor een partijtje croquet. Nadat de groene kist met croquetspullen meer dan tien jaar in de maaierschuur had gestaan, naast het ballenkanon en de blikken met tennisballen, werd hij eindelijk weer naar buiten gesjouwd en op het gazon neergezet. Flappy dacht ontroerd terug aan die milde zomeravonden van lang geleden, wanneer het zonlicht glansde als vloeibaar goud en de muggen oplichtten als vuurvliegjes. De kinderen speelden croquet en tennis met hun vrienden, of ze lagen languit in het gras, terwijl Kenneth glazen Pimm's ronddeelde, versierd met een aardbei en een blaadje munt. Een volmaakte idylle; een Ralph Lauren-advertentie die tot leven was gekomen.

Vanachter haar slaapkamerraam sloeg Flappy de activiteiten ongezien gade, vervuld van bitterzoete nostalgie. Wat ging de tijd toch snel, dacht ze. Voordat je het wist, was het heden verleden geworden en onherroepelijk voorbij. Het enige wat restte, waren herinneringen, om te koesteren met weemoed en spijt. Ze liet haar blik over de tuin gaan, afgeleid door de bladeren die tot goudgeel waren verkleurd, door planten en struiken die verschrompelden, en ze was zich scherp bewust van het feit dat de herfst op het punt stond het veld te ruimen voor de sombere, donkere dagen van de winter. Ze wenste dat de tijd zou stilstaan, dat ze niet oud hoefde te worden, dat alles hetzelfde zou blijven. Tijd en getij wachten op niemand, dacht ze; weemoedig, maar ook met een zekere trots vanwege het gemak waarmee ze Chaucer citeerde.

De vier croquetspelers vermaakten zich kostelijk. Jasper was overal goed in; net als zijn moeder, dacht Flappy voldaan. Het was een gave. Wat hij ook deed – van skiën tot skateboarden tot koken! – hij bleek een natuurtalent. Behalve dat hij er goed uitzag – ook iets wat hij aan de uitzonderlijke genen van zijn moeder te danken had – was hij innemend en charmant, charismatisch en grappig. Hij had alles, dacht Flappy terwijl ze zag hoe hij de bal door een poortje tikte. Behalve een baan! En ook al stond een baan misschien niet bovenaan zíjn prioriteitenlijstje, zíj maakte zich er in toenemende mate zorgen over. Hoe lang kon ze haar vriendinnen nog wijsmaken dat hij bezig was met iets bijzonders, iets spectaculairs? Hoe lang kon ze blijven beweren dat hij zijn opwindende plannen elk moment bekend kon maken? Hoe lang kon ze nog líégen?

Want als Flappy érgens een hekel aan had, dan was het aan liegen. Maar gezichtsverlies verafschuwde ze nog meer.

Dus ze observeerde Jasper en Molly aandachtig. Ondanks haar vermoedens wees niets in hun gedrag erop dat er iets gaande was wat het daglicht niet kon verdragen. De vier jonge mensen bewogen zich lachend en pratend over het gazon, en zelfs toen Jim en Briony met de rug naar hen toe stonden, deden Jasper en Molly niets wat niet door de beugel kon. Niets wees erop dat ze inderdaad een affaire hadden. Toch kon Flappy het gevoel niet van zich afzetten dat er iets voor haar verborgen werd gehouden. Ze had tenslotte zelf gezien hoe Molly haar handen langs Jaspers gezicht legde en hem met glanzende ogen aankeek. Die blik stond op haar netvlies gebrand en deed nog steeds pijn. Tijdens haar verhouding met Charles was ze zelf een meester geweest in het ophouden van de schone schijn. Misschien was ook dat een van de talenten die Jasper van haar had geërfd.

Al met al was ze nog geen stap verder gekomen en worstelde ze nog altijd met dezelfde vragen. Wat had Jasper bij Molly te zoeken gehad? En waarover hadden ze tijdens de rommelmarkt zo vertrouwelijk staan smoezen?

Flappy zou niet rusten voordat ze die vragen kon beantwoorden.

Flappy's voornaamste geheim agent was Andy Pritchett. Iets waarvan hij zelf geen idee had, wat het geheime karakter van zijn opdracht alleen maar versterkte. Flappy was inmiddels maar al te graag bereid om hem aan Molly uit te lenen. Zo vaak als Molly maar wilde. En het bleek dat Andy zich ook maar al te graag líét uitlenen. Flappy veronderstelde dat hij het heerlijk vond om weer iets moois te maken van haar zwaar verwaarloosde tuin. Als íémand dat begreep, dan was zij het. Haar hart juichte wanneer het werd omringd door schoonheid. En nergens was zo veel schoonheid te vinden als op Darnley Manor. Maar Hollyberry House had wel degelijk charme, en dankzij Andy's inspanningen zou ook de tuin weer aantrekkelijk worden. Na lang wachten werd Flappy's gulheid begin november beloond toen Andy argeloos rapporteerde dat Jasper opnieuw bij Molly langs was geweest. Alleen, zonder Briony.

Flappy was ontsteld. Het ging allemaal afschuwelijk de verkeerde kant uit. Dat kon niet anders. Badley Compton was een klein dorp; iedereen kende elkaar. Er bleef niets geheim, of je moest wel heel sluw te werk gaan. Zelfs zij was betrapt. Maar zíj had destijds geluk gehad. Zou Jasper dat ook hebben, vroeg Flappy zich angstig af.

Ze zou met hem moeten praten. Dat was onvermijdelijk. Ze zou een ernstig gesprek van moeder tot zoon met hem moeten voeren. En ze zou moeten hopen dat hij eerlijk zou zijn. Het probleem was dat het niet meeviel om hem onder vier ogen te spreken te krijgen. Er waren altijd anderen bij. Het was typisch Jasper om in het hele dorp snel nieuwe vrienden te hebben gemaakt en al bijna net zo populair te zijn als zijn moeder.

*

Die ochtend had Flappy om elf uur met Mabel, Sally, Esther en Madge bij Big Mary afgesproken. Dat deden ze tegenwoordig twee keer in de week. Ze had het weliswaar ongelooflijk druk, maar ze vond het belangrijk om in het openbaar te worden gezien, genietend van een kop koffie met een stuk gebak. Hoezeer ze ook genoot van haar heerlijke huis, van haar eigen domein, ze moest haar gezicht ook in het dorp laten zien. En als ze eerlijk was, moest ze toegeven dat ze het heerlijk vond om zich in een stressvolle tijd als deze te omringen met haar vriendinnen. Want Jaspers gebrek aan ambitie en zijn vermoedelijke flirt met Molly Price waren een bron van zorgen.

'Ben je al klaar met de gastenlijst voor je feest?' vroeg Mabel. Ze zaten aan hun vaste tafel bij het raam en hadden koffie besteld met een schaal gebak.

'Mijn ballo in maschera,' verbeterde Flappy haar.

'Dat bedoel ik.'

'Ik denk dat ik ermee klaar ben.'

'Je dénkt dat je ermee klaar bent?' Boven haar koffie fronste Esther haar wenkbrauwen.

'Nou ja, ik zit nog met een paar twijfelgevallen.'

'Die heb je altijd,' zei Madge.

Sally knikte instemmend. 'Uiteindelijk nodig je die ook uit, want als je dat niet doet zijn ze beledigd.'

'Dat is het probleem,' gaf Flappy toe. 'Want dat is het niet waard. Je wilt niemand kwetsen. Het gaat tenslotte maar om één avond.'

'Kon je maar alleen de mensen die je echt aardig vindt uitnodigen voor je feestjes,' opperde Mabel.

Esther lachte schor. 'Dan wordt het bij mij een heel klein gezelschap.'

'Bij mij ook!' viel Sally haar bij.

'Het probleem is dat iedereen hoopt op een uitnodiging,' verzuchtte Flappy. 'Soms vraag ik me af of het alle moeite wel waard is.'

'Nou en of het de moeite waard is!' verklaarde Mabel hartstochtelijk. 'De feesten die jij geeft, zijn altijd zó bijzonder. Betoverend. Een sprookje.'

'Dat is zo. En dat weet ik ook wel. Maar het is een hoop werk, er komt een hoop gepieker bij kijken. De gastenlijst, de placering... Want ook al heb ik Persephone die me helpt, en dat doet ze geweldig, de gastenlijst moet ik toch zelf opstellen. Wie er worden uitgenodigd, waar en aan welke tafel ze komen te zitten... Dat is echt een afschuwelijk karwei. Je bent altijd bang om iemand te kwetsen, of dat mensen het niet naar hun zin hebben. En ik doe nou juist altijd zo mijn best om het iedereen naar de zin te maken. Kortom, het is slopend.'

'Maar het wordt geweldig! Dat weet ik zeker,' jubelde Mabel. 'Wanneer kunnen we de uitnodiging verwachten?'

'Binnenkort. De kalligraaf is al begonnen met de namen die honderd procent zeker zijn.' Flappy keek glimlachend de kring rond. 'Dus jullie zijn de eersten die een uitnodiging krijgen.'

Ze voelde zich opgetogen bij de gedachte aan de uitnodigingen die de deur uitgingen, aan de verrukking waarmee mensen die van de mat zouden rapen, aan de opluchting van de twijfelgevallen. En de uitnodigingen waren zó bijzonder, in de vorm van een Venetiaans palazzo dat de achtergrond vormde van de tekst. Het idee was briljant, en Flappy zou niet hebben geaarzeld om de lof in ontvangst te nemen, ware het niet dat Persephone met het idee was gekomen waar Kenneth bij was. Nou ja, ere wie ere toekomt, dacht ze toegeeflijk. En ze mocht Persephone tenslotte graag. Erg graag. Niemand had ooit een dergelijke uitnodiging ontvangen, dat wist ze zeker. En ook daar was ze opgetogen over. Want als Flappy érgens van hield, dan was het om de eerste te zijn. Met alles.

'Hoe gaat het met Jasper en zijn nieuwe onderneming?' vroeg Sally vol verwachting.

Flappy pakte een stuk chocoladecake. 'Hij doet er nog altijd erg geheimzinnig over, maar ik vóél dat het iets geweldigs gaat worden.' Ze nam een hap en genoot van het zachte, zoete gebak dat smolt op haar tong.

'Hij is zo getalenteerd,' zei Mabel.

'En zo creatief,' vulde Sally aan.

'Wat hij ook van plan is, ik weet zeker dat het een succes wordt,' verklaarde Madge.

'Maar...' begon Esther weifelend. Zoals altijd was zij de enige die hardop zei wat iedereen dacht. 'Wat dóét hij eigenlijk?'

Flappy had haar mond vol, dus ze kon even niets zeggen. En dat was maar goed ook, want dit was een van die zeldzame momenten waarop ze om woorden verlegen zat. Want wát moest ze zeggen? Haar vriendinnen keken haar nietsvermoedend en vol verwachting aan, en ze wachtten geduldig totdat ze haar mond leeg had. 'Nou...' begon Flappy, en ze gebruikte haar servet. 'Ik denk niet dat het aan mij is om daar iets over te zeggen. Hij eh... hij licht af en toe wel een tipje van de sluier op, maar volgens mij wil hij dat het tot op het laatste moment een verrassing blijft.'

'Ik ben dol op verrassingen,' jubelde Mabel.

'Echt iets voor Jasper,' zei Madge. 'Het is toch zo'n leuke man.'

'Dat is het,' viel Flappy haar bij. 'Hij werkt keihard aan zijn geheimzinnige plannen, en ik weet zeker dat het geweldig wordt. Maar nogmaals, het is nog altijd geheim.' Ze nam nog een hap cake. Dat had ze nodig. Nu meer dan ooit. Want ze vond het vreselijk om te liegen. Dat bezorgde haar een afschuwelijk gevoel van minderwaardigheid. En als Flappy érgens een hekel aan had, dan was het daaraan.

'Het kan van alles zijn,' zei Sally nadenkend. 'Ik zou er niet van opkijken als blijkt dat hij een boek heeft geschreven.'

Flappy dwong zichzelf te glimlachen. Een boek, dat zou geweldig zijn! Maar ze geloofde er niets van.

'Of dat hij een evenementenbureau gaat beginnen,' opperde Mabel.

'Of een film produceren.' Madge had altijd de neiging om door te draven.

'Nee, dat lijkt me allemaal niet erg waarschijnlijk,' zei Flappy. 'Maar inderdaad, met zijn talenten zijn de mogelijkheden eindeloos.'

'Het voornaamste is dat hij iets doet wat hij leuk vindt,' verklaarde Esther wijs. 'Of hij nu boekhouder wordt of personal trainer, dat maakt niet uit. Zolang hij het maar leuk vindt. Het leven is te kort om werk te doen waar je geen plezier aan beleeft.'

'Precies. Dat vind ik nou ook,' viel Flappy haar bij. 'Het maakt me niet uit wát hij doet, zolang hij maar bezig is.' Dat was niet helemaal waar. Want Flappy wilde niets liever dan dat ze trots kon zijn op haar zoon.

*

In de dagen daarop vielen bij de gelukkigen in Badley Compton die de eer waardig werden geacht de uitnodigingen voor het ballo in maschera op de mat. Gespannen keek Flappy uit naar de reacties waarvan ze wist dat ze die per kerende post kon verwachten. Net zoals ze wist dat haar vriendinnen verrast zouden zijn, en vol bewondering. Het idee van een gemaskerd bal was geniaal, en dáárvoor kwam háár alle eer toe.

De eerste die belde, was natuurlijk Mabel. Want Mabel zorgde er altijd voor dat zij de eerste was om haar vriendin te complimenteren of te feliciteren. Ze belde om vijf over negen, in de wetenschap dat Flappy er niet van hield als de telefoon al voor negenen ging. Haar stem beefde van enthousiasme terwijl ze de uitnodiging tot in de kleinste details doornam, vol lof voor Flappy's creativiteit, haar stijl en haar durf. 'Alleen jij zou zoiets onconventioneels kunnen bedenken en de uitvoering ervan zo veel klasse kunnen meegeven.'

Niet veel later hing Sally aan de lijn. Ze was uitgelaten over het Venetiaanse thema en zei dat ze verkleed zou gaan als achttiende-eeuwse courtisane. Esther, die kort daarna belde, vertelde dat ze als gondelier wilde komen, waarop Flappy zei dat alle obers als gondolieri gekleed zouden gaan. Dus Sally wilde vast niet het risico lopen om door de gasten te worden gevraagd hun champagneglas nog eens bij te schenken. Madge belde als laatste, want ze was altijd met alles de laatste. Maar ze reageerde net zo enthousiast en opgewonden als de rest. De uitnodiging had duidelijk het gewenste effect gehad.

Toen Briony arriveerde, samen met Molly, om te gaan zwemmen, vroeg ze of de kinderen ook op het feest mochten komen. Alleen aan het begin. 'Ze zouden de tent geweldig vinden. Zoiets hebben ze nog nooit gezien.'

Dat was wel het laatste waarop Flappy zat te wachten: kinderen die tussen de gasten door renden, dingen omver stootten en met hun vette vingers aan de stoelen zaten. Bij de gedachte alleen al huiverde ze. Maar het waren wél haar kleinkinderen, dus misschien moest ze voor deze ene keer met de hand over haar hart strijken. 'Tja...' begon ze peinzend. Ondertussen dacht ze koortsachtig na in de hoop dat haar iets te binnen zou schieten. 'Misschien alleen in het begin, ja.' Toen schoot haar inderdaad iets te binnen. Een briljant idee.

'Ze kunnen zich verkleden als straatschoffies. Dan maken ze deel uit van de voorstelling,' zei ze stralend. 'Mijn ballo in maschera is tenslotte een soort permanent, interactief theater.' Ze zag al voor zich hoe verrukt de gasten zouden zijn van die twee jongens, gehuld in vodden en met een pet op. De vette vingers waren op slag vergeten.

'En de kinderen van Molly?' vervolgde Briony.

Dat is echt weer iets voor haar, dacht Flappy geërgerd. Ze ging altijd net te ver.

'O, wat enig!' Molly klapte in haar handen. 'Alle kinderen verkleed. Als de zakkenrollers uit *Oliver Twist*.'

'En Jasper zou een perfecte Fagin zijn.' Briony grijnsde.

Flappy was niet onder de indruk. Haar ballo in maschera moest een authentiek Venetiaanse uitstraling hebben. '*Oliver Twist* speelt in Londen.' Ze deed haar uiterste best om geduldig te blijven. Tenslotte kon ze niet verwachten dat iedereen zo ontwikkeld was als zij. 'Dus probeer een Venetiaans equivalent te bedenken.'

'Natuurlijk. Doen we,' zei Molly.

Briony begon te lachen, alsof ze dacht dat Flappy een grapje maakte.

'En denk erom dat je het tegen niemand zegt,' drukte die hun op het hart. 'Ik wil geen hordes plunderende belhamels op mijn feest.'

*

Het was haar nog steeds niet gelukt Jasper onder vier ogen te spreken te krijgen, dus ze reageerde aangenaam verrast toen hij haar belde en uitnodigde om samen uit eten te gaan in het dorp. Niet in de golfclub, waar ze altijd met Kenneth naartoe ging, maar in een restaurant waar ze nog nooit was geweest. Flappy genoot ervan om buiten de deur te eten, vooral in Londen, in restaurants zoals Le Caprice en het Ritz, waar de bediening en het eten onovertroffen waren. Maar in restaurants in de provincie, in het dorp, was Flappy een uiterst kritische gast. Daar kon ze niets aan doen. Ze hanteerde nu eenmaal de hoogste maatstaven, ze wist wat ze wilde en ze wist bovendien hoe het hoorde. Want als Flappy íéts onmiddellijk herkende, dan was het goede smaak. Er was niets wat ze zo verafschuwde als een gebrek daaraan. En als het ging om restaurants, was een gebrek aan goede smaak onaanvaardbaar.

Anders dan zijn vader, leek Jasper echter niet bang te zijn om zijn moeder ergens mee naartoe te nemen waar haar kritische oog wel eens onvolkomenheden zou kunnen ontdekken. Sterker nog, hij vond haar aanmerkingen amusant. De tafel stond te dicht bij die van de buren; het eten was niet warm genoeg; het licht was te fel of juist te gedimd; de tafel wiebelde. Ze stuurde zonder aarzelen gerechten terug die niet aan haar eisen voldeden, ze klaagde als de melk voor haar koffie lauw was terwijl ze specifiek om 'kokendheet' had gevraagd. Zijn zussen hadden zich altijd doodgeschaamd, en toen ze eenmaal volwassen waren hadden ze geweigerd nog met hun moeder uit eten te gaan. Maar Jasper schonk haar zijn innemende glimlach wanneer ze klaagde, en zei dat ze volkomen gelijk had. Dat iedere zichzelf respecterende restauranteigenaar en kok beter zou moeten weten.

Op een bewolkte avond begin november reed hij voor in de zwarte Porsche Cayenne die Briony had gekocht – met geld van Kenneth. Flappy had zich zorgvuldig voor de gelegenheid gekleed; ze droeg een elegante zwarte broek met een witzijden overhemd en daaroverheen een zwart jasje van Chanel. Om haar hals en haar polsen en in haar oren glinsterde goud. Terwijl ze instapte, kon ze het niet laten iets over de auto te zeggen. 'Die vrouw van je heeft een dure smaak.' Ze liet haar blik over het leren interieur en het geavanceerde dashboard gaan. 'Het lijkt wel een vliegtuig.'

'Er is niks mis met een dure smaak,' verklaarde Jasper met een veelbetekenende glimlach.

'Nee, daar is niets mis mee. Als je je die dure smaak kunt veroorloven,' zei Flappy zuinig.

Jasper schoot in de lach. 'O gij, kleingelovige.'

'Geef me dan iets om in te geloven, lieverd.' Ze hoopte vurig te horen te krijgen dat hij iets in gedachten had, dat hij druk bezig was met plannen maken. Maar hij zei niets.

Hij reed naar de haven, parkeerde de auto langs de kade en escorteerde haar naar The Happy Prawn, het kleine restaurant dat uitkeek over het water. Flappy woonde al meer dan dertig jaar in Badley Compton, maar ze had er nog nooit een voet over de drempel gezet. Alleen al daarom wist ze genoeg. Het kon niet anders of het restaurant was niet haar stijl, of het eten was er van inferieure kwaliteit. In beide gevallen zou het een onbevredigende avond worden.

Jasper duwde met kracht de deur open en liep zelfverzekerd naar binnen. Hij begroette de oberkelner met zijn gebruikelijke charme en hoffelijkheid, waarop die hun voorging naar het beste tafeltje, aan het raam. 'Is het niet geweldig?' zei hij terwijl hij zijn servet uitvouwde.

Flappy liet haar kritische blik over de tafeltjes en de stoelen gaan, over de bar helemaal aan het eind van de ruimte; de rustieke inrichting was kenmerkend voor veel restaurants in de West Country. 'Het is erg knus.' Ze koos de minst kwetsende formulering uit een lange lijst typeringen die bij haar opkwam.

'Maar vind je de plek niet geweldig? Het restaurant kijkt uit op de haven, en het ligt midden in het dorp. Er is hier altijd wat te beleven.'

'Dat geloof ik graag. En binnen het bereik van ieders portemonnee.' Flappy snoof. Ze gaf de voorkeur aan een wat chiquere ambiance met een ietsepietsje meer stijl.

'Ik vind het geweldig,' verklaarde Jasper nadrukkelijk. 'De mooiste plek van het dorp.'

'Fijn dat je zo enthousiast bent,' zei Flappy ongeïnteresseerd. Ze wilde het over zijn relatie met Molly hebben in plaats van haar tijd te verspillen aan deze buitengewoon middelmatige eetgelegenheid. Ach, was er in het dorp maar een restaurant zoals The Wolseley! Of zoals The Ivy!

'Het eten is erg goed.' Jasper bestudeerde het menu. 'Ik zou de zalm nemen.'

'Niet de gelukkige garnalen?' vroeg Flappy grijnzend.

‘Nee, want zo gelukkig zijn die niet. Integendeel, ze zijn nogal taai. Dus die zou ik zeker niet nemen als ik jou was.’

Hij bestelde een dure fles wijn, en dat waardeerde Flappy. Want als ze érgens een hekel aan had, dan was het aan goedkope witte wijn waarvan ze de volgende ochtend met knallende koppijn wakker werd. Maar Jasper hanteerde dezelfde hoge maatstaven als zijn moeder, en de wijn die hij had gekozen was uitstekend. De zalm smaakte voortreffelijk, en toen ze na het eten koffie bestelden, was de melk kokendheet. Maar Flappy was niet voor het eten gekomen. Ze wilde haar zoon aan de tand voelen, ook al besefte ze dat ze dat subtiel zou moeten aanpakken. Jasper was niet gek. Hij zou haar meteen doorhebben als ze niet uiterst behoedzaam naar haar vermoeden toewerkte. En dus vroeg ze naar de kinderen, naar het golfen, naar de mensen die hij had ontmoet op de club. Ze hadden het over Briony. Flappy vroeg of ze Australië miste. Dat bleek niet zo te zijn. Ze informeerde naar de nieuwe vrienden die ze al hadden gemaakt. Pas tijdens de koffie, waarbij de verrukkelijkste chocoladetruffels werden geserveerd, waagde ze het erop. ‘Jullie zijn goed bevriend geraakt met de Prices, heb ik gemerkt.’ Ze stopte een truffel in haar mond.

‘Ja, Molly en Jim zijn geweldig.’

‘Is Jim inmiddels een beetje ontdooid? Ik heb hem ontmoet tijdens een etentje bij Hedda, en toen vond ik hem verschrikkelijk saai.’

‘Jim is een goeie vent. Echt waar. Volgens mij zag hij die verhuizing helemaal niet zitten, maar is hij ermee akkoord gegaan om hun huwelijk te redden. En voor de kinderen. Molly is hier gelukkig, en Jim inmiddels ook. Hij heeft kantoorruimte gehuurd in het dorp, en de opdrachten stromen binnen. Dus hij verdient goed. Dat helpt ook.'

'Dat kun je wel zeggen, ja.' Flappy beheerste zich en schonk hem geen veelbetekenende blik. Tenslotte had ze die kwestie al talloze malen bij hem aangekaart. 'En jij bent ook erg dik met Molly, hè? Leuk vind ik dat. Ze komt bij me zwemmen, samen met Briony, en ze gebruiken de fitnessruimte en de cottage. En nogmaals, dat vind ik prima. Het is fijn dat ze genieten van alle mogelijkheden die Darnley te bieden heeft. En Andy helpt Molly met de tuin. Hij vertelde dat jij ook af en toe langskomt,' zei ze luchtig, en ze nam nog een truffel.

'Ik heb Molly geholpen met haar huis.' Ook Jasper klonk luchtig, maar het ontging Flappy niet dat er een vurige blos op zijn wangen verscheen. Een blos die duidde op een slecht geweten. Hij wendde zijn blik af en nam een slok wijn.

Flappy hield op met kauwen. 'Met haar huis?' herhaalde ze enigszins onduidelijk, want ze had haar mond vol met truffel.

'Ja, het heeft beslist potentie. Met de juiste adviezen is er echt iets moois van te maken.' Jasper leunde naar achteren en hield haar blik vast.

Flappy had het gevoel dat hij erg zijn best deed om nonchalant over te komen. Ze fronste. Had ze hem goed verstaan? 'En die adviezen, die geef jij?'

'Ja.'

'Sinds wanneer heb jij verstand van binnenhuisarchitectuur?'

'Ik heb huizen altijd leuk gevonden.' Hij grijnsde, alsof hij maar al te goed besefte hoe weinig overtuigend het klonk.

'Echt waar?'

'O mam, wat ken je me toch slecht.'

Flappy veegde haar mond af met haar servet. Hij begon toch geen woonadviesbureau of zoiets? Jasper had in dat opzicht nooit ook maar enige interesse aan de dag gelegd, laat staan blijk gegeven van een goede smaak. Voor zover Flappy wist was Briony degene die bepaalde hoe het er bij hen thuis uitzag.

'Stille wateren, diepe gronden,' vervolgde haar zoon grijnzend, en hij nam de laatste truffel. 'Of wil jij die?'

'Nee. Ik heb al te veel gesnoept.'

'Wat maakt het uit of je een paar pondjes meer weegt. Pa houdt toch wel van je.'

Flappy was geschokt. Molly was op slag vergeten, net als Jaspers verrassende interesse voor het inrichten van huizen. Plotseling overvallen door paniek voelde ze dat haar broek enigszins spande om haar middel. Had ze haar lijn de laatste tijd een ietsepietsje verwaarloosd?

Was ze inderdaad aangekomen?

10

Flappy kon niet slapen. Kenneth natuurlijk wel. Die lag naast haar te snurken en te grommen terwijl zij somber naar het plafond staarde, tobbend over haar gewicht. Hoe had ze zo nonchalant kunnen zijn? Ze was altijd zo gedisciplineerd, zo trots op het feit dat ze nog altijd dezelfde maat had als op haar twintigste. Een regelrechte ramp, dat was het! En dan ook nog zo kort voor haar ballo in maschera! Maar het was ondenkbaar dat ze in haar wanhoop diep zou wegkruipen onder de dekens. Nee, in geval van een crisis ging ze moedig de confrontatie aan en rees ze als een feniks op uit de as, zeer gemotiveerd om een negatieve situatie om te buigen in iets positiefs. Zo ook nu.

Ze liet zich uit bed glijden, schoot haar kamerjas aan en

liep resoluut naar de deur; niet zachtjes, niet op haar tenen, want zelfs een aardbeving zou het knorrende varken in haar bed niet hebben kunnen wekken. Kenneth droomde ongetwijfeld van de kleine witte bal die hij gretig volgde over een denkbeeldige golfbaan. Als een truffelvarken, dacht Flappy geërgerd. Het viel niet mee om vertederd te blijven wanneer ze zo van streek was.

In de kamer helemaal aan het eind van de gang, die ze had ingericht als inloopkast, bewaarde ze kleding die ze niet meer droeg; een archief van mooie kleren die uit de mode waren geraakt. Te duur en nog te mooi om aan een goed doel te geven, maar niet langer bruikbaar voor een vrouw als Flappy, die zich altijd met de grootste zorg kleedde. Toen ze de deur opendeed en het licht aanknipte, werd ze overvallen door nostalgie dankzij de geur die haar tegemoetkwam. Het parfum dat ze vroeger, in een andere tijd, had gedragen, herinnerde haar aan de vrouw die ze ooit was geweest: de jonge Flappy, de Flappy die studeerde, de sportieve Flappy en de Flappy die haar vertier zocht in de stad en tot diep in de nacht de bloemetjes buitenzette. Een scala aan Flappy's die zich onveranderlijk naar de laatste mode hadden gekleed. En bij dat alles was één ding hetzelfde gebleven: haar maat. Flappy had altijd maat 38 gehad.

Nu stond ze voor de kleren uit haar verleden als een naakte zwemmer op de oever van een ijskoud meer. Ze wist dat ze erin moest duiken, hoe onaangenaam dat ook zou zijn. Om de gevolgen van haar nonchalance in hun volle omvang te kunnen vaststellen zou ze een kledingstuk moeten aantrekken dat haar altijd als gegoten had gezeten: haar trouwjurk. Ze ademde diep in door haar neus, in een poging een beroep te doen op haar innerlijke kracht, zoals Murli, haar goeroe, haar dat had geleerd: in door de neus, uit door de mond, om vrede en kalmte in te ademen en zich bij het uitademen te bevrijden van al wat negatief was. Toen trok ze het nachthemd over haar hoofd. Daar stond ze dan, naakt voor de spiegels op de kastdeuren waarin ze haar lichaam van alle kanten kon bekijken. Maar het viel niet mee om je eigen spiegelbeeld objectief te beoordelen. Je was óf te streng, óf te mild. Alleen haar trouwjurk zou uitsluitsel kunnen bieden over of ze was aangekomen. Want die sprak de waarheid.

Voorzichtig stapte ze in de jurk en trok ze hem omhoog; over haar benen, haar dijen, haar heupen, haar taille. Nerveus stak ze haar armen in de mouwen, waarop ze langzaam, bijna misselijk van angst, de rits in de zijnaad begon te sluiten. En op dat moment openbaarde het probleem zich in zijn volle gruwelijke omvang: de rits kon niet dicht.

Flappy wurmde en draaide, ze hield haar buik in, ze kruiste haar benen, maar er bleef een opening gapen tussen de twee kanten van de rits. Dat betekende dat ze meer dan twee pond was aangekomen, en dat overgewicht zat op haar heupen, haar billen en haar buik. Ontkennen was zinloos. De jurk loog niet, en in deze unieke situatie waarin ze eerlijk moest zijn tegen zichzelf, zag Flappy de waarheid moedig onder ogen. Met een eerlijkheid die pijn deed, keek ze naar haar zwaardere gestalte. Dat ze was aangekomen kwam door de chocoladecake bij Big Mary, door de truffels bij The Happy Prawn en door de vele andere verleidingen die ze de afgelopen maanden niet had kunnen weerstaan. Omdat ze nerveus was; omdat ze zich zorgen maakte om Jasper en Briony, om Jasper en Molly.

Ze slaakte een diepe zucht, zowel van spijt als van frustratie. Maar zo gemakkelijk liet ze zich er niet onder krijgen. Flappy was een vechter. De uitdaging was ontzagwekkend, maar ze schrok er niet voor terug. Net als ooit Jeanne d'Arc, de Maagd van Orléans, zou ze de strijd aangaan: met het zwaard geheven, de kin naar voren, de blik gevestigd op haar doel. Ze zou niet rusten voordat ze haar perfecte figuur terug had!

De volgende ochtend stond ze zoals altijd om vijf uur naast haar bed. Maar ze week af van haar routine door haar yogasessie te schrappen. Om die akelige extra ponden kwijt te raken zou ze harder aan de slag moeten en meer calorieën moeten verbranden. In de fitnessruimte stonden diverse apparaten die ooit voor Kenneth waren aangeschaft. Want die had ooit een redelijk slank postuur gehad; in de tijd dat hij hardliep op de loopband, roeide op het roeiapparaat en gebruik had gemaakt van de diverse andere apparaten om zijn gewicht op peil te houden. Maar toen was golfen zijn leven gaan beheersen en was hij bovendien ten prooi gevallen aan een zekere gemakzucht. Aanvankelijk had hij daar nog dapper tegen gestreden, geholpen door Flappy, die hem dagelijks aanspoorde om naar de fitnessruimte te gaan. Helaas was Kenneth niet gezegend met dezelfde vastberadenheid als zij, en hij vond het trouwens ook helemaal niet erg dat zijn taille wat royaler werd. Integendeel, daar was hij eigenlijk wel trots op. Het verleende hem iets van gezag, vond hij zelf, een zekere mate van machismo. De buik maakte dat hij zich belangrijk voelde. En dat gevoel wilde hij niet meer kwijt. Net zomin als die buik.

Op de loopband, terwijl het zweet over haar gezicht droop, dacht Flappy niet aan het figuur van Kenneth. Ze dacht helemaal niet aan haar echtgenoot. In plaats daarvan was ze volledig op zichzelf gefocust, bezield door een verbeten gedrevenheid om te zorgen dat ze de rits van haar trouwjurk opnieuw in één vloeiende beweging zou kunnen sluiten.

Na een work-out van een uur in de fitnessruimte dook ze het zwembad in. Het water streek verrukkelijk koel langs haar gloeiende huid. Een half uur lang trok ze baantjes. Eerst borstcrawl, en toen ze daar genoeg van kreeg ging ze over op de rugslag. Totdat haar armen pijn begonnen te doen, waarop ze overschakelde naar de schoolslag. En tijdens haar allerlaatste baantje zwom ze peddelend als een hondje, want ze was uitgeput en er was toch niemand die het zag. Zolang ze de overkant maar haalde!

Met een handdoek om haar hoofd gewikkeld en gehuld in een badjas van wit velours liep ze naar de keuken om de *Daily Mail* te lezen. Ontbijten deed ze niet. Ze dronk alleen een mok heet water met citroen, en bij de lunch zou ze zich beperken tot soep. Enige tijd geleden had ze in de *Daily Mail* gelezen dat Madonna was afgevallen dankzij een dieet van koolsoep. Of was het popcorn? Als Flappy íéts ordinair vond, dan was het popcorn. Dus ze zou alleen maar soep eten. Net zolang totdat ze die dekselse ponden weer kwijt was.

Er waren vrouwen die altijd met lange tanden aten en nooit honger hadden, maar daar hoorde Flappy niet bij. Ze mocht er dan uitzien als een supermens – velen herkenden in haar inderdaad bovenmenselijke eigenschappen – ze was een gewone vrouw met net als de meeste mensen een gezonde eetlust. Maar het verschil tussen Flappy en 'de meeste mensen' school, behalve in de schoonheid en de elegantie waarmee de natuur haar rijkelijk had gezegend, vooral in haar geestkracht. Flappy bezat durf en een sterke, gedreven persoonlijkheid. Het waren met name die eigenschappen waardoor ze zich van anderen onderscheidde en waardoor ze het geluk als het ware afdwong. Het was geen toeval dat ze zo'n sprookjesachtig bestaan leidde. Dat was te danken aan haar sterke wil en haar uitzonderlijke geestkracht. En die gebruikte ze ook nu weer bij haar besluit om radicaal op dieet te gaan. Flappy slaagde waar veel anderen faalden. Ze zou geen kruimel vast voedsel tot zich nemen. Gelukkig had Kenneth nooit in de gaten wat ze at. Of wat ze niét at. Hij had alleen maar oog voor zijn eigen bord. Eten was een van de grote vreugden in zijn leven, net als golf; beide vereisten zijn onverdeelde aandacht.

Toen Flappy de *Daily Mail* uit had, legde ze die bij het oudpapier en dekte ze de tafel voor Kenneth. Voordat ze *The Times* naast zijn ontbijtbordje legde, las ze vluchtig de voorpagina zodat ze daar later over kon meepraten. Want ze voelde zich te goed om haar mening te baseren op een sensatiekrant als de *Daily Mail*.

Kenneth sliep nog tegen de tijd dat ze naar boven ging om zich aan te kleden. Hij kwam doorgaans niet voor negenen zijn bed uit. De tijd dat hij voor dag en dauw was opgestaan om zijn zakelijke imperium op te bouwen, lag ver achter hem. Nu leidde hij een lui leventje, en dat had hij verdiend. Flappy nam het hem niet kwalijk dat hij zo lang uitsliep; wel dat hij haar slaapkamer bezet hield, terwijl zij haar kaptafel nodig had om haar haar te föhnen. Maar ze zette die ergernis snel van zich af. Ze zou geen knip voor de neus waard zijn als ze haar man zijn rust misgunde na alles wat hij haar had gegeven. En dus liep ze dankbaar naar de badkamer waar ze haar kleren de vorige avond al had klaargelegd. Nadat ze zich had aangekleed liep ze naar een van de logeerkamers om daar haar haar te föhnen. Terwijl ze de zware strengen rond een grote borstel krulde, vroeg ze zich af hoe ze Kenneth zover zou kunnen krijgen dat hij weer in zijn kleedkamer ging slapen. Hij was inschikkelijk genoeg, dus als ze het handig aanpakte, moest het haar lukken zonder hem te kwetsen. En als Flappy érgens in uitblonk, dan was het in handigheid.

*

Om niet steeds aan haar gewicht te denken besloot ze een ritje naar Chestminster te maken om kerstcadeautjes te kopen. Omdat ze het altijd zo druk had, deed ze dat doorgaans ruimschoots van tevoren, bij voorkeur al in september. Inmiddels was het november, dus de tijd begon te dringen. Haar twee dochters, Mathilda en Charlotte, en haar jongste zoon, Daniel, die in LA woonde, gingen dit jaar met Kerstmis naar hun schoonouders. Flappy had het zo geregeld dat ze óm het jaar allemaal bij elkaar kwamen, ergens in een luxe resort in de Cariben.

Maar dit jaar zouden Flappy en Kenneth thuis Kerstmis vieren, samen met Jasper en Briony en hun twee zoons. Bij de gedachte aan haar kleinkinderen en de hond die op de stoelen en de banken zouden springen, kreeg ze het op slag benauwd. Maar dat zakte weer een beetje wanneer ze zich voorstelde hoe ze gezessen om de boom zouden zitten. Zoals altijd zou de boom in de hal staan, schitterend versierd met daaronder de prachtig ingepakte cadeautjes; de kaarsen zouden branden, er zou muziek klinken, en Briony zou haar complimenteren met haar goede smaak. Waarop zij haar hoffelijk zou bedanken, maar het compliment zou afwimpelen. Ze mocht zich tenslotte zó gelukkig prijzen met zo'n verrukkelijk huis en zo'n verrukkelijke familie om al dat heerlijks mee te delen. Het werd een betoverend kerstfeest, als een afbeelding op een kerstkaart.

Bezield door die gedachten reed Flappy naar de stad. De hemel was stralend, schoongewassen blauw, zeemeeuwen lieten zich meevoeren op de zilte wind vanuit zee. De herfst had definitief zijn intrede gedaan; de bomen waren leeggewaaid, rond hun wortels lagen bergen gele en oranje bladeren. Het was kil, het werd al vroeg donker, en de nieuwe dag kwam aarzelend, slaperig tevoorschijn vanachter een dunne sluier van mist. Maar het zonlicht had de kleur van amber, en Flappy genoot ervan om te zien hoe de tuinen van Darnley zich daarin koesterden. De zachte, warme gloed herinnerde haar aan vroeger, aan de tijd toen de kinderen nog klein waren, de tijd toen het gezin nog compleet was. Kenneth en zij, hun twee zoons en hun twee dochters. Ze herinnerde zich dat ze kampvuren hadden gestookt en marshmallows hadden geroosterd, dat ze kastanjes hadden geraapt en hoe de kinderen met hun kleine laarsjes naar de afgevallen bladeren hadden geschopt. Het was een mooie, onschuldige tijd geweest. Een tijd waar Flappy vol nostalgie en weemoed op terugkeek. De kinderen waren inmiddels uitgevlogen, ver weg – verder kon niet – naar de andere kant van de wereld. Er waren momenten dat Flappy daar verdrietig van werd. Maar ze weigerde zich over te geven aan spijt, aan zelfreflectie. Het had geen zin om het verleden te analyseren. Het was beter om te genieten van de diepe glans die eroverheen lag, in plaats van daaraan te krabbelen zodat de dofheid daaronder zichtbaar werd.

Ze zette de Range Rover op het parkeerterrein en liep naar de hoofdstraat. Chestminster had een charmant winkelaanbod dat nauwelijks onderdeed voor Marylebone High Street. Alleen Selfridges ontbrak, en Flappy was dol op Selfridges. Desondanks ging ze winkel in, winkel uit, en vond ze overal wel iets van haar gading. Bij Trotters kocht ze het een en ander voor haar kleinkinderen, bij The White Company slaagde ze voor Briony, en ze zocht ook iets voor Persephone. Iets bijzonders. Want zoals ze Hedda had toevertrouwd, was haar PA als een dochter voor haar. Uiteindelijk kocht ze een beeldige kasjmier trui. Zo beeldig dat ze in de verleiding kwam om hem zelf te houden.

Ze trok net de deur van de boetiek achter zich dicht toen ze tot haar verbijstering Kenneth en Jasper aan zag komen.

Wat deden die hier? Waarom had Kenneth niet gezegd dat ze naar de stad gingen?

Op hun beurt reageerden Kenneth en Jasper net zo verrast. Zelfs alsof ze zich betrapt voelden, dacht Flappy wantrouwend.

'Lieverd!' Kenneth spreidde zijn armen alsof hij haar wilde omhelzen. Dat was ook raar. Je omhelsde je echtgenote niet midden op straat.

'Nee maar! Wat doen jullie hier? Ik dacht dat jullie op de golfbaan waren. Daar zijn jullie altíjd.'

'Hallo, mam.' Jasper schonk haar zijn brede, innemende glimlach. Een glimlach waartegen ze weerloos was.

Haar blik ging vol verwachting van de een naar de ander.

Kenneth keek naar de tassen die ze droeg. 'Hetzelfde als jij. Kerstcadeautjes kopen.'

Ze geloofde hem niet. 'In november?' Kenneth kocht zijn cadeautjes altijd op het laatste moment, en hij had gezegd dat hij voor haar 'iets groots' ging kopen. Flappy kon zich niet voorstellen dat er in Chestminster 'iets groots' te koop was waarmee hij haar zou kunnen verrassen.

'Ik heb hem overgehaald, mam. Want ik had bij de juweliers iets gezien voor Briony.'

'O.' Flappy was nog altijd niet overtuigd. Voor zoiets zou Jasper naar Londen gaan. Dat wist ze zeker. Hier in Chestminster hadden ze niet het soort kerstcadeautjes dat Briony van hem zou verwachten. Trouwens, daar had hij ook helemaal het geld niet voor.

'En ik heb iets gezien voor jóú.' Kenneth zette een hoge borst op en gaf haar een knipoog.

Flappy's gezicht betrok. Want dat klonk niet als 'iets groots'.

'Jullie zien eruit als een stel schooljongens die zijn betrapt op kattenkwaad. Vertel op! Wat is er aan de hand?'

De twee mannen keken elkaar aan. Jasper zuchtte. 'Daar kan ik helaas niets over zeggen. Want dan zou ik je moeten vermoorden,' grapte hij.

Flappy keek hem streng aan, net als vroeger wanneer ze niet in zijn smoesjes trapte.

'Ik meen het echt, mam. Het is een verrassing. Als ik het je vertel is alles bedorven.'

Bij de gedachte aan een verrassing zonk de moed haar in de schoenen. 'Nou, vooruit dan maar. Ik hoop tenminste dat jullie geen gekke dingen doen.'

Kenneth grijnsde. 'Tot straks!' zei hij opgewekt, waarop Jasper en hij hun weg vervolgden.

Terwijl Flappy verder slenterde, vroeg ze zich nog altijd af wat die twee hier deden. Het was iets wat ze niet uit haar hoofd kon zetten. Toen ze langs een chique makelaardij kwam bleef ze staan om de foto's in de etalage te bekijken. Bij het zien van de dure huizen zonk de moed haar nog verder in de schoenen. Kenneth en Jasper waren uit deze richting gekomen, dus het was niet ondenkbaar dat ze bij de makelaardij waren geweest. Natuurlijk, dacht Flappy plotseling nijdig. Briony zeurde Jasper de kop gek om een eigen huis, daar twijfelde ze niet aan. En dat ging Kenneth voor ze kopen. Hij kon nu eenmaal geen nee zeggen. Geen wonder dat ze zo betrapt hadden gekeken. Kenneth wist heel goed hoe zij daarover dacht. Het zat haar zo hoog dat ze een opvlieger kreeg en snakte naar een stuk chocoladecake.

Als Kenneth een huis voor hem kocht, waarom zou Jasper dan nog op zoek gaan naar een baan? Maar het zou verwoestend zijn voor haar reputatie in het dorp als bleek dat haar zoon het wel prima vond om op de zak van zijn vader te teren. Hoe lang kon ze haar vriendinnen nog aan het lijntje houden met leugens over geheimzinnige plannen waar hij aan werkte en die hij bekend zou maken wanneer de tijd rijp was? Uiteindelijk zou ze hun de waarheid moeten vertellen: dat Jasper niets uitvoerde, dat hij misbruik maakte van de goedheid van zijn vader en het onuitputtelijke geduld van zijn moeder.

Ze was ineens niet meer in de stemming om kerstcadeautjes te kopen. Somber en terneergeslagen liep ze terug naar het parkeerterrein. Wat had ze verkeerd gedaan? Waarom had Jasper niet hetzelfde werkethos als zijn vader? Waar was zijn gedrevenheid, zijn ambitie, zijn trots? Kenneth en zij waren allebei energiek, dynamisch, een en al ondernemingslust. Voordat ze met Kenneth trouwde, had ze een heleboel baantjes gehad. Ze had als verkoopster op de handschoenenafdeling bij Harrods gewerkt; ze was au pair geweest bij een gezin in Buenos Aires; ze had als receptioniste achter de balie gezeten bij Claridge's en ze was kamermeisje geweest in een chalet in Verbier. Het was misschien niet allemaal heel indrukwekkend, maar ze had gewerkt. En daar ging het om. Ze was met niets begonnen, zonder rijke ouders om op terug te vallen. Jasper en zijn broer en zussen waren opgegroeid op Darnley; het had hun nooit aan iets ontbroken. Flappy besefte dat ze hen had verwend, dat ze hun alles had willen geven wat zij zelf nooit had gehad. Daar was het verkeerd gegaan. Tegelijkertijd gaf een onbezorgde jeugd niemand het recht om er de rest van zijn leven met de pet naar te gooien. Tenslotte had Daniel een succesvolle carrière opgebouwd. Iemand met karakter wilde zelf iets van zijn leven maken. Maar Jasper blijkbaar niet.

Flappy besefte dat ze was blijven staan en dat ze verlangend naar het gebak en de koffiebroodjes achter het raam van een café staarde. Er ging iets hypnotiserends van uit, alsof het gebak haar riep: *Wees toch niet zo streng voor jezelf. Zoek wat lekkers uit, dat is goed tegen de stress. Eet mij! Dan voel je je op slag beter. Een klein gebakje maar. Wat maakt het uit?*

Flappy rukte zich los van de verleidelijke uitstalling. Jasper mocht dan geen ambitie en doorzettingsvermogen hebben, maar zij wel!

*

Persephone stond in de keuken een kop koffie te maken toen Flappy, nog altijd terneergeslagen thuiskwam. 'Is alles goed met je?' vroeg ze bij het zien van Flappy's sombere blik.

Die zuchtte. Ze wist dat ze Persephone kon vertrouwen. 'Ik kwam Jasper en Kenneth tegen in de stad. Ik dacht dat ze op de golfbaan waren. Ze voeren iets in hun schild, die twee. Dat weet ik zeker. Ik eet mijn hoed op als blijkt dat ik me heb vergist!'

'Dat zou ik niet doen.' Persephone glimlachte. 'Koffie?'

'Ja, graag.'

'Mr. Scott-Booth zei dat ze kerstcadeautjes gingen kopen.'

'O ja?'

'Ja. Vanochtend, voordat hij vertrok. Maar ik wist niet dat Jasper met hem meeging. Die was vast op zoek naar iets voor Briony. Ze heeft een dure smaak.'

Nogmaals zuchtend ging Flappy op een kruk aan het kookeiland zitten. 'Misschien zoek ik er te veel achter. Maar ze keken zo betrapt.'

'Misschien was Mr. Scott-Booth wel op stap om een cadeautje voor jóú te kopen.'

Flappy lachte vreugdeloos. 'Nee, die koopt zijn cadeautjes altijd pas op het laatste moment. En ik heb hem mijn lijstje nog niet gegeven.'

'Heel verstandig. Een lijstje.' Persephone kwam met haar espresso tegenover Flappy zitten.

'Ja, want er komt niks van terecht als hij zelf iets moet bedenken. Mijn Kenneth bezit vele talenten, maar daar hoort goede smaak niet bij. Hij wilde dit jaar "iets groots" voor me kopen, zei hij. Ik durf me nauwelijks voor te stellen wat dat zou moeten zijn. Het is niets voor hem om op eigen initiatief te gaan winkelen. Als ik hem geen duidelijke instructies geef, is de kans groot dat hij een hoop geld uitgeeft aan iets wat ik helemaal niet wil hebben.'

'Maar hij is wel gul. En dat is lief.'

'Hij is veel té gul,' zei Flappy wrang, in het besef dat hij waarschijnlijk een huis ging kopen voor Jasper en Briony. Ze nipte van haar verrukkelijk warme, sterke koffie. 'Afijn, genoeg over mij. Hoe is het met George?'

'Nou...' Persephone glimlachte. 'Ik denk serieus dat hij hier komt wonen.'

Flappy was blij verrast. Dat was nog eens goed nieuws! En het vrolijkte haar meer op dan gebak. 'Heeft hij hier een baan gevonden?'

'Nee, hij heeft een plan. Een idee. Daar is hij nog mee bezig.'

'O? Wat voor plan?'

Persephone haalde haar schouders op. 'Ik weet het niet. Hij wil het me pas vertellen als het honderd procent zeker is.'

'Hij heeft tenminste een plan. Tussen ons gezegd en gezwegen: ik denk dat Jasper eigenlijk helemaal niet wíl werken. Uit niets blijkt dat hij op zoek is naar een baan. Volgens mij heeft hij geen enkel plan, geen enkel idee.' Flappy sloeg haar ogen neer en slaakte opnieuw een diepe zucht. 'Ik heb hem verwend. Kon ik de klok maar terugzetten...'

'Je maakt je veel te veel zorgen. Jasper is gelukkig. Hij is gezond, net als zijn gezin. Hij is charmant en innemend. Iedereen is dol op hem. Dus wat maakt het uit dat zijn vader hem financieel steunt? Hij boft maar met zo'n royale vader.'

Flappy schonk Persephone een liefdevolle blik. 'Je bent toch zo wijs. Mijn beschermengel. Soms denk ik dat je door de hemel bent gestuurd.'

'Je wilt dat hij net zo is als jij, met dezelfde ambitie en gedrevenheid. Maar hij is anders. Hij is zichzelf. En nogmaals, volgens mij maak je je veel te veel zorgen. Laat hem zijn eigen weg uitstippelen, in zijn eigen tempo, en je zult zien dat hij je op een dag verrast met iets geweldigs.'

'Ik hoop het!'

'Trouwens, iets heel anders. Iets waar je wél over moet gaan nadenken. Wat trek je aan naar je ballo in maschera?'

'Wat trekken wé aan,' verbeterde Flappy haar. 'Heb jij al een idee?'

'Nee, ik heb nog geen tijd gehad om daarover na te denken.'

'Dan zal ik het voor je doen. Ik stel voor dat we bij een kleermaakster langsgaan. Ze woont hier in de buurt, net buiten het dorp. Als iémand iets spectaculairs voor ons kan maken, dan is zij het.'

'Tot dusverre heeft iedereen de uitnodiging aangenomen,' vertelde Persephone.

'Echt waar? Niet één afzegging?'

'Niet één.'

'Nou, dat is goed nieuws. Hoewel... ik hoopte eigenlijk dat die twijfelgevallen misschien al iets anders te doen hadden.'

Persephone lachte. 'Helaas. Vergeefse hoop.'

Flappy liet haar blik over Persephones zachte, oprechte gezicht gaan, over haar warme bruine ogen en haar lieve glimlach, en ze besefte niet voor het eerst hoe gelukkig ze zich mocht prijzen met haar als PA. 'Dankzij jou voel ik me op slag een stuk beter.'

'Daar ben ik voor. En ik ben er altijd.'

Flappy begreep dat ze het zei om haar te verzekeren van haar loyaliteit, haar discretie. Op Persephone kon ze rekenen. Met die geruststellende gedachte dronk ze haar kopje leeg.

11

Twintig minuten later stuurde Flappy haar glanzend groene Range Rover even buiten het dorp een landweg in, omzoomd door hoge platanen, die naar een boerderij voerde. 'Hier is het,' zei ze tegen Persephone toen het huis in zicht kwam. 'Ik ben zo benieuwd wat je van Esmeralda vindt. Ze is echt uniek,' verklaarde ze voldaan, want Flappy hield van mensen die zich – net als zij – onderscheidden van de massa. Helaas waren er veel te veel mensen die ópgingen in de massa, waardoor het onmogelijk was hen te mijden. Maar hier, op deze boerderij, woonde iemand die je in deze uithoek niet zou verwachten.

Esmeralda Trott was een bruisende Mexicaanse van ergens in de zeventig. Samen met haar Engelse echtgenoot woonde ze in een enigszins verwaarloosde boerderij op het platteland van Devon. Ze oogde misplaatst tussen de koeien en de glooiende weilanden, als een exotische orchidee in een graanveld. Met haar gitzwarte haren en smaragdgroene ogen, haar kleurrijke lange rokken en rinkelende armbanden leek ze wel een zigeunerin uit een sprookjesboek. Maar anders dan haar uitmonstering deed vermoeden, was haar bijzondere gave niet helderziendheid. Esmeralda's uitzonderlijke talent was haar naaikunst. Ze was zo handig met naald en draad dat Flappy haar al bij diverse gelegenheden had gevraagd iets bijzonders voor haar te maken. Het liefst zou ze Esmeralda voor zichzelf hebben gehouden, want het was wel eens ergerlijk dat iedereen haar imiteerde. Maar de Trotts hadden het niet breed – van boeren werd je niet rijk, en van kleren maken ook niet – dus Flappy voelde zich verplicht om de flamboyante, hartelijke Esmeralda aan te bevelen bij haar vriendinnen. Want ook al zou ze dat niet zo snel toegeven, Flappy besefte wel degelijk dat haar woord wet was. Ze hoefde het maar te zeggen of de vrouwen van Badley Compton volgden haar voorbeeld, net zo gretig als schapen die hun herder volgden. Vandaar dat Flappy, onzelfzuchtig als ze was, de loftrompet van Esmeralda had gestoken, waarop de kleermaakster was overspoeld met opdrachten. Daar was Esmeralda haar dankbaar voor, en terwijl ze de twee vrouwen voorging naar haar rommelige atelier, vertelde ze dat Flappy niet alleen korting kreeg, maar dat ze haar uiterste best voor haar ging doen. Dat ze de mooiste avondjurk voor haar zou maken die Flappy ooit had gezien. En daar twijfelde Flappy geen moment aan.

Esmeralda's atelier deed niet onder voor de grot van Aladdin uit het sprookje. De muren waren bedekt met lappen stof, patronen, foto's, krantenartikelen en brieven. Op de grond lagen stapels tijdschriften, balen stof en allerlei soorten garneersel. Er waren planken gevuld met boeken, er stonden dozen vol knopen en soorten kant, en overal waar je keek glom en glinsterde er wel iets wat de aandacht trok. Tussen dat alles hing een grote, fraai bewerkte vogelkooi aan het plafond met daarin een felgekleurde papegaai die hen vanaf zijn stok met priemende oogjes aankeek.

Een vogel hoorde niet in een kooi, vond Flappy. 'Die papegaai zou over het regenwoud langs de Amazone moeten vliegen,' zei ze dan ook.

Esmeralda schudde lachend haar hoofd; haar grote oorbellen rinkelden. 'Hij zou me vreselijk missen,' zei ze met haar zware Mexicaanse accent. Ondertussen stak ze haar vingers tussen de tralies door zodat de vogel er speels in kon bijten. '"Stuur me niet weg," zegt hij. Horen jullie wel? "Ik wil geen blauwe luchten. Ik wil bij jou blijven."'

Flappy schoot in de lach. 'Het arme beest heeft de blauwe lucht waarschijnlijk nog nooit gezien, alleen jouw plafond.'

'Hij is prachtig,' zei Persephone. 'Hoe heet hij?'

'Lorito.'

'Kleine papegaai.'

'Ja, maar zo klein is hij niet, hè?' Esmeralda vertrok haar gezicht. 'En hij is bovendien erg hebberig. Hij heeft nooit genoeg. Als ik hem in een zak voer stop, eet hij zich dood.'

Flappy maakte ruimte vrij op de bank zodat Persephone en zij konden gaan zitten. Esmeralda had venkelthee gezet en kwam aanlopen met een dienblad. Zodra ze thee in de kopjes had ingeschonken, trok ze een stoel bij, legde haar notitieboek op haar schoot en keek haar bezoekers vragend aan. 'Vertel! Wat is de bedoeling?'

Flappy legde het concept uit van haar ballo in maschera. Esmeralda was meteen enthousiast. 'Wat een briljant idee!' Haar ogen flonkerden bij het vooruitzicht van een verrukkelijke, uitdagende opdracht.

'Ik wilde eens wat anders doen,' zei Flappy, gestreeld door Esmeralda's reactie. 'Iets origineels. Iets wat nog nooit in het dorp is vertoond.'

'En daar kun je met een gemaskerd bal zeker van zijn,' viel Esmeralda haar bij.

'We willen iets spectaculairs, waar of niet?' Flappy keerde zich naar Persephone. 'We willen eruitzien als voorname achttiende-eeuwse dames, in een flamboyant gewaad met een verleidelijk masker.'

'Aristocratische dames,' vulde Esmeralda nadrukkelijk aan. 'Misschien zelfs prinsessen.'

'Of een koningin,' opperde Flappy.

'Precies! Flappy is de koningin van het bal,' viel Persephone haar bij. 'Voor mij mag het wat minder voornaam en opvallend zijn. Ik ben tevreden met "prinses". Dat vind je toch niet erg?' Ze keek Flappy verontschuldigend aan.

Die vond het prima. Perfect. Tenslotte was zij de gastvrouw; van haar werd verwacht dat ze het stralende middelpunt zou zijn van het bal. Bovendien lag het niet in Persephones aard om de aandacht op zichzelf te vestigen. Terwijl Flappy het juist heerlijk vond wanneer alle ogen op haar waren gericht. Haar ballo in maschera gaf haar de kans om te schitteren, maar dat ging niet vanzelf. Dat vereiste een intensieve voorbereiding, en die begon hier, met de jurk.

Na een lang gesprek en nog een pot thee maakte Esmeralda wat schetsen. Ze kon goed tekenen, want Flappy leek op Flappy, en Persephone zag er echt uit als Persephone. Bovendien bleek al snel dat Esmeralda perfect aanvoelde wat voor hen geschikt zou zijn. 'Ik denk bij jou aan zilver en goud, Flappy. En Persephone, voor jou denk ik aan tinten blauw en groen. Met bijpassende, schitterende maskers.' Ze glimlachte ondeugend. 'Op dat soort bals gebeurt er een hoop wat niet door de beugel kan.'

Flappy lachte een beetje nerveus. Ze zag al voor zich hoe Charles zou proberen haar te verleiden. Het had tenslotte niet veel gescheeld, die dag bij het zwembad...

'Maar daarom heb je dat thema natuurlijk ook gekozen,' vervolgde Esmeralda. 'Een gemaskerd bal is bij uitstek een gelegenheid waarbij de feestvierders zich ongestraft kunnen misdragen.'

'Ach, dat zal zo'n vaart niet lopen.' Flappy kon zich niet voorstellen dat ook maar iemand – Charles uitgezonderd – zich op Darnley zou durven misdragen.

'Dat denk ik ook niet.' Persephone was het met haar eens. 'Daar is het dorp veel te braaf en te bezadigd voor.'

Esmeralda was niet overtuigd. 'Die moet je júíst in de gaten houden, de brave, bezadigde types,' zei ze lachend terwijl ze haar schetsboek neerlegde. 'Ik neem aan dat je man ook een kostuum nodig heeft?'

Flappy ging zo op in haar eigen uitmonstering dat ze helemaal niet aan Kenneth had gedacht. 'Ja. Ja, dat zal wel,' zei ze verstrooid.

'Dan zal ik voor hem iets ontwerpen wat past bij jouw gewaad. En jij?' Esmeralda keerde zich naar Persephone. 'Heb jij ook een man?'

Persephone bloosde. 'Nee, wel een vriend. Maar die bedenkt zelf wat hij aantrekt.'

'Wanneer hij je in mijn ontwerp ziet wil hij meteen met je trouwen. Al was het maar om te voorkomen dat iemand anders je voor zijn neus wegkaapt.'

Persephone bloosde nog vuriger. 'Voor trouwen is het nog een beetje te vroeg,' zei ze lachend.

Uitbundig gestemd en in het volste vertrouwen dat ze er schitterend zouden komen uit te zien, als aristocratische Venetiaanse dames, verlieten Flappy en Persephone de boerderij. Flappy twijfelde er niet aan of ze zou in alle opzichten de koningin zijn van het bal. Net toen ze de verharde weg op wilde draaien, kwam hun een auto tegemoet die de landweg insloeg. Achter het stuur van de auto zat Hedda. Flappy trapte op de rem en deed haar raampje open. 'Hedda! Dat is ook toevallig!'

'Ik kom een jurk bestellen voor je bal,' zei die. 'Want ik hoorde van Big Mary dat er buiten Londen geen betere kleermaakster te vinden is dan Esmeralda Trott.'

'Precies! Zo is het maar net.' Flappy wist niet of ze blij moest zijn of onaangenaam getroffen nu bleek dat haar vriendin zich een jurk ging laten aanmeten bij háár kleermaakster. Er kwam een afschuwelijke gedachte bij haar op.

Misschien zouden álle vrouwen in het dorp wel een beroep doen op Esmeralda. Misschien moest ze een dresscode uitvaardigen, waarin zilver en goud taboe waren. Nee, zei ze tegen zichzelf. Ze kon op Esmeralda rekenen. De kleermaakster zou ervoor zorgen dat de creatie die ze háár in het vooruitzicht had gesteld, alle andere zou doen verbleken.

'O Flappy, ik vind het zo spannend! De uitnodiging was schitterend. Echt ongelooflijk. Dat vraagt om een schitterend gewaad,' vervolgde Hedda.

'Nou, dan ben je hier aan het juiste adres. Maar eh...' Flappy was er toch niet helemáál gerust op. 'Zeg verder maar niets. Tegen niemand. Esmeralda is ons geheimpje. En dat moet zo blijven.'

'Maak je geen zorgen. Volgens Big Mary is er verder niemand die zich een ontwerp van Esmeralda kan veroorloven. Blijkbaar heeft ze haar prijzen verhoogd sinds jij haar hebt aanbevolen.'

Flappy voelde zich op slag een stuk beter door Hedda's erkenning dat zij – en niet Big Mary – Esmeralda had ontdekt. 'Groot gelijk,' verklaarde ze met grote stelligheid. En ook al was ze een paar pond aangekomen, ze hoefde niet bang te zijn dat de mollige Hedda haar in de schaduw zou stellen. Er was op het bal slechts ruimte voor één koningin, en dat was zij, dacht Flappy voldaan.

*

December maakte onstuimig zijn entree met sneeuw en harde wind. Bovendien was het ongewoon koud. Zo koud was het in geen honderd jaar geweest. Flappy stak alle open haarden aan en zette de verwarming hoger. Want als ze érgens een hekel aan had, dan was het aan kou. Maar de tuinen boden een betoverende aanblik in de schelle winterzon; een stralend witte wereld waarin alles schitterde en twinkelde. Terwijl ze door het raam naar buiten keek, geloofde Flappy stellig dat er in het hele land geen plek was die Darnley Manor in schoonheid overtrof. Ook het huis was bedekt met een smetteloos witte deken en zag eruit als een bruidstaart.

Flappy's kleinzoons, die nog nooit sneeuw hadden gezien, reageerden uitgelaten en maakten sneeuwpoppen op het croquetgazon, compleet met een wortel als neus en kolen als ogen. Het gevolg was wel dat de maagdelijk witte deken waaronder het gras was schuilgegaan, volledig werd geruïneerd. Met hun hoofd in hun nek en hun mond wijd open schaterden ze het uit wanneer er een sneeuwvlok op hun tong viel. Er was geen school, en Flappy had de indruk dat de kinderen, samen met Kim, meer tijd doorbrachten op Darnley dan thuis. Niet dat ze dat erg vond. Want ze zou natuurlijk geen knip voor de neus waard zijn als ze die kleine mensjes het plezier misgunde dat ze aan haar verrukkelijke huis beleefden, aan al het heerlijks dat het te bieden had. En dus genoot ze ervan te zien hoe ze haar sprookjestuin veranderden in een chaos, hoe ze in het zwembad rondspetterden, hoe ze in de fitnessruimte op de apparaten van Kenneth klommen en hun mond en hun snotneus tegen het glas drukten, met als gevolg dat zij de volgende ochtend wanneer ze om vijf uur beneden kwam alle vlekken moest wegpoetsen. Misschien was 'genieten' niet helemaal het juiste woord, maar dat was wel wat ze tegen haar vriendinnen zei toen ze bij Big Mary zaten. 'Ik mag me zó gelukkig prijzen dat ik mijn kleinkinderen zo vaak zie.' Bij de gedachte aan de ontwijding van haar maagdelijk witte gazons kostte het haar de grootste moeite om niet te bezwijken voor de verleiding van een stuk gebak.

Het waren niet alleen Tom en Jack die haar gazons ruïneerden, ook Buster joeg door de tuin, rolde in de sneeuw en ontsierde die met pootafdrukken. En dan waren er nog de kinderen Price. Die hadden geen au pair en kwamen met Molly naar Darnley, gevolgd door Jasper, iets wat Flappy niet verbaasde. En ten slotte droeg ook Kenneth zijn steentje bij aan de verwoesting. Omdat hij niet kon golfen, bouwde hij met de kinderen een iglo en leerde hij hun hoe ze op dienbladen van de helling af konden sleeën. Maar het sneeuwde onafgebroken, dus het duurde niet lang of alle voetsporen en pootafdrukken waren bedekt met een verse, perfect witte laag, waarna Flappy opnieuw kon genieten van de serene schoonheid van de winter.

Ze ging nog altijd twee keer per week naar de kapper om haar haar te laten föhnen, al moest ze nu 's ochtends eerst zelf haar haar doen vanwege haar strenge fitnessregime waarvan ook zwemmen deel uitmaakte. Het bezoek aan de kapper was iets waarvan ze genoot, omdat ze daar een uur lang tijdschriften kon lezen zoals de *Hello!*, die ze natuurlijk nooit zou kopen. Alleen bij de kapper kon ze smullen van de laatste nieuwtjes over filmsterren en andere beroemdheden. Voor de meeste beroemdheden over wie ze las, trok ze haar neus op, al was het maar omdat ze geen idee had waaróm ze beroemd waren: voetbalvrouwen – Flappy was hoegenaamd niet in voetbal geïnteresseerd – en sterren uit realityshows – Flappy keek nóóit naar realityshows – en B-acteurs – Flappy was alleen geïnteresseerd in de echte, de grote sterren. Ze vond het heerlijk om over de royals te lezen, over hertogen en hertoginnen, over lords en lady's, over al die anderen die deel uitmaakten van die exclusieve elite die voor haar altijd gesloten zou blijven. Ze genoot ervan om erover te lezen, maar bladen zoals *Hello!* kwamen er op Darnley niet in! Darnley Manor was een bolwerk van cultuur en goede smaak. Dus de kapsalon was de enige plek waar Flappy zich bezondigde aan het lezen van tijdschriften die ze als ver beneden haar waardigheid beschouwde. Zelfs Lady Micklethwaite, de vorige bewoonster van Compton Court, was betrapt op het bladeren in een *Hello!* terwijl ze haar haar liet kleuren.

Toen ze op een ochtend uit de kapsalon naar buiten kwam, met een kapsel dat haar talloze bewonderende blikken opleverde, besloot ze naar de traiteur te gaan om iets lekkers voor Kenneth te halen. Zij ging die avond bridgen bij Hedda, en daar zou ze ook eten. Kenneth was alleen thuis. Dat vond hij niet erg. Integendeel, hij vond het heerlijk om voor de televisie te eten en naar programma's te kijken die Flappy niet interessant vond, voornamelijk spelshows en alles wat met sport te maken had. Hoewel hij vanwege de sneeuw niet kon golfen, ging hij wel elke dag lunchen op de club. Dus hij hoefde 's avonds niet uitgebreid te eten. Toast met gerookte zalm zou prima zijn. Of een pastei met biefstuk en niertjes.

Flappy was bijna bij de traiteur toen haar aandacht werd getrokken door de man vóór haar. Hij droeg een zwarte jas met dito pet zonder klep. Met zijn handen in zijn zakken liep hij opgewekt en veerkrachtig over straat. Hij floot zelfs een zorgeloos deuntje. Flappy glimlachte. Wat benijdde ze hem, deze man zonder zorgen. Háár groeiden de zorgen boven het hoofd, zonder dat ze zichzelf kon troosten met een groot stuk gebak. Het dieet wierp zijn vruchten af, want ze hield zich er strikt aan, zoals een non zich aan haar geloften hield, maar het viel niet mee om zo'n stressvol bestaan te leiden en dan geen verlichting te kunnen vinden in koolhydraten.

De man zonder zorgen liep de traiteur binnen. Flappy volgde op enige afstand. Ze was nieuwsgierig geworden, wilde meer van hem weten. Terwijl de deur met een zacht gerinkel van een belletje achter haar in het slot viel, kwamen de verrukkelijkste geuren haar tegemoet. Op hetzelfde moment draaide de man zich om. En stond Flappy tot haar verbijstering oog in oog met Jim Price. Maar ze herkende hem bijna niet meer. Zijn gezicht had niet langer dat vlakke, dat nietszeggende van iemand die depressief was. In plaats daarvan was het geanimeerd, onbekommerd, alsof alle problemen van zijn schouders waren gevallen. 'Jim!'

'Flappy!' Hij was duidelijk net zo verrast als zij.

'Alles goed met je?' Ze had het nog niet gezegd, of ze besefte hoe overbodig de vraag was.

'Ja, ik heb het hier een stuk beter naar mijn zin dan ik had verwacht.'

Nee maar, hij heeft nu al meer gezegd dan tijdens de hele avond bij Hedda! 'Wat heerlijk! Maar het is dan ook een bijzonder dorp, waar of niet?'

Jim glimlachte, en Flappy constateerde verbijsterd hoe aantrekkelijk dat hem maakte. Wie had dat kunnen denken? Hij zou veel vaker moeten glimlachen.

'Ik heb kantoorruimte weten te vinden met uitzicht op de haven,' vervolgde Jim. 'En mijn inspiratie is weer helemaal terug. In Londen was ik volledig geblokkeerd geraakt. Maar dat is hier wel anders. Ik ben nog nooit zo creatief geweest. Het is echt geweldig.'

'Het zijn fatsoenlijke mensen hier in het dorp,' zei Flappy als een koningin die haar onderdanen aanprees. 'Mensen die deugen. Met het hart op de juiste plaats. En met de juiste normen en waarden. Londen is natuurlijk geweldig, maar ik stel me voor dat het voor een creatieve geest niet meevalt om voldoende ruimte te vinden. Niet letterlijk, maar in spiritueel opzicht. Het is er allemaal zo druk, zo jachtig.'

'Precies,' viel Jim haar bij. 'Molly en ik hebben hier al zo veel leuke contacten opgedaan. Met mensen zoals Jasper en Briony. Het is een gelukkig toeval dat ze hier gelijk met ons zijn komen wonen. Daar zijn we erg blij mee.'

'Dat kan ik me voorstellen.' Flappy voelde zich slecht op haar gemak, maar probeerde niets te laten merken. Hij wist vast niet hoe vaak Jasper bij zijn vrouw langsging. Alleen al bij de gedachte brak het zweet haar uit. Ze legde een hand op haar hals. 'De plek waar je woont, is belangrijk, en nogmaals, Badley Compton is een heerlijk dorp, maar de mensen zijn nog belangrijker. Ik ben blij dat jullie hier al vrienden hebben gemaakt.'

Jim glimlachte opnieuw, en Flappy kon nauwelijks geloven dat deze opgewekte, blozende man dezelfde was als de saaie, kleurloze verschijning die ze voor het eerst had gezien toen hij op haar plaats in de kerk was gaan zitten. Flappy wist niets van depressies, maar als ze op Jim moest afgaan, dan veranderde je door een depressie in een schim van je oorspronkelijke zelf.

Ze kocht een pastei met biefstuk en niertjes voor Kenneth, en terwijl ze even later naar huis reed werd ze hoe langer hoe nerveuzer over Jasper en zijn ongepaste interesse in Molly Price.

*

Terwijl Kenneth zich met een groot glas merlot en zijn pastei in zijn gemakkelijke stoel had geïnstalleerd en een – in de ogen van zijn vrouw – vreselijk ordinaire spelshow keek, reed Flappy naar Compton Court. Ze zong luidkeels mee met 'The Winner Takes It All' van ABBA, een van haar lievelingsnummers en haar geheime wapen toen ze in haar jonge jaren naar karaokefeestjes ging. Geen van de aanwezigen hield het droog wanneer zij met verve het refrein ten gehore bracht; op precies de juiste toon, met een licht trillen van haar stem en een vluchtig Zweeds accent voor de authentieke beleving.

Luid galmend in haar Range Rover constateerde ze dat

haar stem met het klimmen der jaren nog niet aan kwaliteit had ingeboet. Misschien zou ze een karaokefeest moeten geven en haar gasten moeten vragen zich uit te dossen als popsterren. Dus toen ze de voorname hekken van Compton Court binnenreed, zag ze zichzelf al in een metallic blauwe jumpsuit en op laarzen met plateauzolen. Wanneer ze weer op haar oude gewicht was, kon ze een dergelijke uitmonstering prima hebben!

Tot haar verrassing deed Charles open. 'Beauty! Wat zie je er weer lieftallig uit,' zei hij met een verlangende blik.

Waar was Johnson, vroeg Flappy zich af. Want het was doorgaans de butler die opendeed en haar voorging naar de salon. Ze vond het verrukkelijk chic en voornaam dat Charles en Hedda een butler hadden. En Flappy hield van chic en voornaam, ook al was ze een ietsepietsje jaloers omdat ze het op Darnley zonder butler moesten stellen.

'Charles!' Ze voelde zich uit haar evenwicht gebracht. Normaliter schitterde hij door afwezigheid bij Hedda's bridgeavonden.

'Ik moest je zien,' zei hij met een passie die haar verontrustte.

'Hoezo? Wat is er gebeurd?'

'Jíj bent gebeurd.'

Flappy slaakte een zucht van verlichting. Als dat alles was...

'Je bent onder mijn huid gekropen. Ik kan aan niets anders denken.'

Gelukkig zag hij blijkbaar niet dat ze was aangekomen, dacht ze terwijl ze nog altijd op de stoep stond en wachtte tot hij een stap opzij zou doen om haar binnen te laten.

'Ik ben zo stom geweest!' kreunde hij. 'Zo roekeloos. Als ik beter op had gelet, was er nooit een eind gekomen aan onze afspraakjes in de cottage...'

'Het was verkeerd, Charles,' kapte Flappy hem af, voordat ze vuurrood werd doordat hij haar herinnerde aan wat ze daar allemaal hadden gedaan. 'Ik had het nooit zo ver moeten laten komen.' Maar o, wat zou ze het graag nog eens overdoen!

'En mijn vrouw is nu een vriendin van je.'

'En daar ben ik heel blij om.'

'Ik niet.'

Flappy rook de vertrouwde geur van zijn aftershave. Even duizelde het haar, en ze legde een hand op de deurstijl. 'Je kunt nu eenmaal niet alles krijgen wat je wilt, Charles. Natuurlijk zou ik niets liever willen dan gelukkig getrouwd blijven met Kenneth en tegelijkertijd van jouw gezelschap genieten.' Dat had ze keurig en neutraal geformuleerd, dacht ze tevreden. 'Maar dat gaat nu eenmaal niet. We zijn getrouwd, dus we hebben ons te houden aan de geloften die we bij ons huwelijk hebben afgelegd. En we mogen dankbaar zijn dat Hedda het zo goed heeft opgenomen. Kenneth zou heel anders gereageerd hebben. Dat weet ik zeker. Hoe dan ook, ik peins er niet over om opnieuw op de rand van de vulkaan te dansen.' *Maar wat zou ik dat graag doen, al was het maar één keer...*

Charles slaakte een diepe zucht. Het klonk alsof hij kreunde. 'En je danst zo verrukkelijk!' Plotseling sloeg hij een arm om haar middel, trok haar tegen zich aan en drukte zijn lippen in een vurige kus op de hare. Even, heel even liet Flappy zich gaan. Haar lippen weken uiteen, ze sloot haar ogen, en ze was opnieuw in de cottage, in het bed onder de dakbalken. Hij was weer haar Beastie en zij zijn Beauty. Ze stelde zich voor hem open, en Charles kuste haar hartstochtelijk, als de held uit de boeken van Charity Chance. Zijn kus was zinnelijk, verleidelijk, hij overtrof zichzelf, maar de stem van Flappy's geweten bracht haar tot bezinning. Wat ze deed mocht niet, het was verkeerd.

Ze schudde haar hoofd en wist zich met een bijna bovenmenselijke inspanning van hem los te maken. 'Nee, Charles. We moeten dit niet meer doen,' fluisterde ze. Haar hart bonsde tegen haar ribben.

'Verzet is zinloos, Beauty. Het is sterker dan wij. We kunnen niet anders dan eraan toegeven.'

'Nee, we mogen er niet aan toegeven! Want dan lopen we het risico om alles te verliezen. Ons gezin, ons thuis, onze vrienden. Álles.'

Dat leek een ontnuchterend effect op hem te hebben, alsof ze een emmer koud water over hem heen had gegooid. 'Je hebt gelijk,' zei hij ten slotte zacht. 'We moeten ons beheersen en dankbaar zijn voor wat we hebben. Gelukkig kunnen we elkaar blijven zien. Dat is tenminste iets.' Hij glimlachte, en Flappy dacht dat ze in zwijm zou vallen. Ze durfde het nauwelijks toe te geven, maar zijn glimlach was een krachtig afrodisiacum. 'Kom, dan ga ik je voor naar de salon. Hedda zal zich afvragen waar we blijven.' Hij deed een stap opzij, hielp haar uit haar jas en hing die in de garderobe.

'Waar is Johnson?' Flappy moest alle zeilen bijzetten om zichzelf weer onder controle te krijgen.

'Die serveert de drankjes. Dus ik heb aangeboden om open te doen.'

'O Charles.' Ze schonk hem een vertederde glimlach.

'Ik wilde gewoon even met je alleen zijn.'

'O, Charles,' zei ze nogmaals, geraakt door de hulpeloosheid in zijn blik.

'Je bent zo'n bijzondere vrouw, Flappy. Er is op de hele wereld niemand zoals jij.'

En daar had hij gelijk in, dacht Flappy voldaan.

12

Het strenge dieet wierp zijn vruchten af. Flappy ontzegde zichzelf alles wat ze lekker vond – yoghurt, bananen, rozijnen, melk, wijn en natuurlijk elke vorm van zoetigheid – maar de voornaamste reden dat ze zo snel afviel, was de stress om Jasper. Daar was ze zich terdege van bewust. Op zijn beurt had Jasper, zorgeloos en relaxed als hij was, geen idee van de spanningen die hij zijn moeder bezorgde. Net als zijn vader stond hij ontspannen in het leven en deed hij alleen maar dingen die hij leuk vond. Met dat verschil dat Kenneth altijd hard had gewerkt en nu verdiend op zijn lauweren mocht rusten.

Vroeger had Flappy het leven van haar kinderen in belangrijke mate kunnen sturen en bepalen, en daarin was ze ook altijd perfect geslaagd. Ze had hen gestimuleerd om op school goed hun best te doen en hoge cijfers te halen, en ook al klaagden ze steen en been, ze deden wel wat hun moeder zei. Want Flappy kon behoorlijk intimiderend zijn als er niet naar haar werd geluisterd. Kenneth had zijn zoons en dochters echter vooral aangemoedigd om van het leven te genieten, om te doen wat ze leuk vonden en om niet te zwaar de nadruk te leggen op leren en studeren. Zelf had hij de middelbare school tenslotte al op zijn zestiende zonder het behalen van een diploma vaarwel gezegd, maar dat had zijn succes niet in de weg gestaan.

Uiteraard dacht Flappy daar heel anders over. Hij was altijd uitzonderlijk ambitieus geweest, beweerde ze. Maar er waren duizenden jonge mensen die er op school met de pet naar hadden gegooid en die vervolgens niets van hun leven hadden gemaakt. Het mocht niet zo zijn dat ze zich voor haar kinderen moest schamen, en het was dan ook aan haar te danken dat Jasper en Daniel in Cambridge hadden gestudeerd, Charlotte in Edinburgh en Mathilda in Oxford. Flappy hield niet van opscheppen. Sterker nog, als ze érgens een hekel aan had, dan was het aan ouders die zich op de borst klopten vanwege het succes van hun kinderen. Maar ze verwees wel graag subtiel en zogenaamd indirect naar de indrukwekkende prestaties van haar viertal. Inmiddels waren ze alle vier allang het huis uit en was Flappy de greep op hun leven kwijtgeraakt. En bij Jasper stoorde haar dat het meest. Ze wist zeker dat hij een verhouding was begonnen met Molly, en het was onmogelijk om daar ook maar iets tegen te ondernemen.

Maar ze was wel afgevallen!

Ze besloot zich te concentreren op Kerstmis en haar ballo in maschera. De sneeuw was gesmolten, Kenneth en Jasper gingen weer naar de golfbaan, maar op haar verzoek hadden ze al wel een kerstboom gehaald. Elk jaar op 23 december, en al een week eerder als Kenneth en zij met de kinderen Kerstmis vierden op de Cariben, werd de boom onthuld tijdens de kerstborrel die ze gaf. De onthulling was een van de vaste hoogtepunten op de evenementenkalender van het dorp en deed niet onder voor het ontsteken van de kerstverlichting in Londen, in Oxford Street. Het hele dorp kwam naar Darnley Manor en verzamelde zich in de hal en op het voorplein om getuige te zijn van het moment waarop de plaatselijke aristocraat – vorig jaar was dat nog Lady Micklethwaite geweest, dit jaar viel Hedda de eer te beurt – de schakelaar omzette waardoor de boom in zijn volle luister begon te stralen. Want de boom op Darnley Manor was elk jaar opnieuw niets minder dan luisterrijk te noemen.

Flappy maakte altijd erg veel werk van de versiering; maanden van tevoren bedacht ze het thema, en dan ging ze naar Londen om alles aan te schaffen wat ze nodig had. Daarbij werden kosten noch moeite gespaard. Dit jaar ging ze samen met Persephone naar de stad. Ze had kamers gereserveerd bij Claridge's, haar favoriete hotel, en voor het diner een tafeltje bij The River Café.

De hele dag gingen ze in het heldere winterzonnetje winkel in, winkel uit, slechts onderbroken door een snelle lunch bij Le Caprice, waar Jesús, de knappe Boliviaanse oberkelner die bijna nog beroemder was dan het restaurant zelf, Flappy hartelijk verwelkomde en hun voorging naar het beste tafeltje, in de hoek bij het raam. In haar chique broekpak in een Prince of Wales-ruit en haar smetteloos witte blouse oogstte ze bewonderende blikken van de andere gasten, onder wie zich tot haar verrukking diverse beroemdheden bevonden over wie ze bij de kapper in de *Hello!* had gelezen. Wat was Londen toch een heerlijke stad! En wat was het heerlijk om te worden gezien!

Het kerstboomthema voor dit jaar was nostalgie, in de kleuren goud met hier en daar een accent van karmozijnrood. De eerste winkel waar Flappy, met Persephone in haar kielzog, naar binnen stapte was Harrods. Ze vonden er bijna alles wat ze zochten. Flappy was dól op Harrods. Ze had er in haar jonge jaren gewerkt en met afgunst naar de deftige dames gekeken die behangen met goud en gehuld in de mooiste kleren alles kochten wat ze mooi vonden, zónder naar de prijs te kijken. Flappy had destijds heel zuinig moeten leven, in een huurflat in Hackney die ze deelde met een vriendin, en ze had haar kleding in tweedehandswinkels gekocht. Niet dat iemand dat ooit in de gaten had gehad. Dankzij haar goede smaak en haar talent om dingen te combineren had alles wat ze droeg er voornaam en peperduur uitgezien. Ze had op niemand kunnen terugvallen en als werkkapitaal alleen haar schoonheid en haar intelligentie gehad. Die waren uitzonderlijk, om niet te zeggen spectaculair, waardoor ze boven haar nederige afkomst had kunnen uitstijgen en uiteindelijk zelf een van de voorname, met goud behangen dames was geworden die ze vanachter haar toonbank op de handschoenenafdeling had benijd. Inmiddels werd ze door het personeel met alle egards bejegend, ze werd toegelachen door andere gefortuneerde klanten, en ze slenterde ontspannen van de ene afdeling naar de andere om de mand waarmee Persephone haar volgde te vullen met net zo veel kerstballen en andere versierselen als ze maar wilde, zonder naar het prijskaartje te kijken. Dankzij Harrods vergat Flappy even haar zorgen en ging ze in gedachten terug naar een tijd waarin ze met heel andere problemen had geworsteld. Het gaf haar een goed gevoel te beseffen hoe ver ze het had geschopt. Het leven is wat je er zelf van maakt, dacht ze, terwijl ze de portier bij de deur van het warenhuis glimlachend bedankte. En zij had van het hare een succes gemaakt. Een groot succes!

Voordat ze weer in de trein stapten, terug naar Devon, wilde Flappy nog naar de markt aan Portobello Road. Daar zou ze precies de juiste ballen kunnen vinden om het thema nostalgie volledig tot zijn recht te laten komen. Ze gingen van kraam naar kraam, als bijen op zoek naar nectar. Ze spraken met marktmensen en buurtbewoners, ze dronken koffie in een knus cafeetje, en ze vulden hun tassen met versierselen uit een tijd waarin de straten nog waren belegd met kinderkopjes en waarin paard-en-wagen het enige vervoermiddel was.

Flappy was bijzonder in haar nopjes met haar aankopen. De boom werd prachtig; iedereen zou het erover eens zijn dat ze zichzelf opnieuw had overtroffen. Het was altijd weer een uitdaging om te zorgen dat de boom nóg mooier was dan het jaar daarvoor, maar Flappy slaagde er telkens weer in om de verwachtingen waar te maken. Want als ze érgens een hekel aan had, dan was het om haar medemens teleur te stellen.

De kinderen – de víér kinderen, want Flappy's kleinzoons en de kinderen Price waren onafscheidelijk – vonden het allemaal vreselijk opwindend. Ze hadden nog nooit zo'n grote kerstboom gezien. Hij reikte bijna tot het plafond, en dat wilde wat zeggen, want de plafonds op Darnley waren erg hoog.

Briony stelde voor dat de kinderen zouden helpen met de versiering. Ze deed haar voorstel in alle onschuld, zonder te beseffen dat ze een enorme faux pas beging. Iedereen wist dat het versieren van de boom Flappy's project was; iets wat ze met niemand wilde delen. Persephone mocht haar weliswaar assisteren, maar diende zich daarbij tot in de kleinste details aan Flappy's instructies te houden.

Alles moest perfect zijn. Van de boom hing veel af, om te beginnen Flappy's reputatie als de meest stijlvolle, smaakvolle inwoner van het dorp; maar ook de status van Darnley Manor als het kloppende hart van Badley Compton. De boom was Flappy's manier om haar positie te consolideren, waarbij ze tegelijkertijd blijk gaf van haar gulheid door de dorpelingen te onthalen op bisschopswijn en zoete pasteitjes – die laatste bestelde ze bij Big Mary. Darnley Manor was, net als de ster van Bethlehem, het licht dat de brave burgers van Badley Compton opriep om getuige te zijn van de onthulling van Flappy's schitterende boom, als een symbool van Kerstmis en een gelegenheid om bij elkaar te komen om Jezus' geboorte te vieren. Het was haar plicht als christen – en natuurlijk als de onbetwiste 'koningin' van het dorp – om de kudde op deze bijzondere dag te verenigen. Een bijzondere dag die bij uitstek niét was bedoeld om een wanordelijke boom te presenteren, rommelig versierd door de kinderen van Briony en Molly.

'Hoe lang doe je het nu al alleen?' vroeg Briony. 'De boom versieren?'

De hele familie zat om de tafel tijdens de lunch die Flappy op de laatste zondag voor Kerstmis had georganiseerd.

De wending die het gesprek had genomen, stond haar helemaal niet aan. En Kenneth, die maar al te goed wist hoeveel de boom voor haar betekende, deed geen enkele poging om het een andere kant uit te sturen. Jasper en hij lieten zich het braadstuk en de *Yorkshire pudding* – zoals altijd had Karen gekookt – goed smaken en hoorden amper wat er werd gezegd. De twee kleinzoons hielden zich muisstil, in de vurige hoop dat zij de versierselen in de boom mochten hangen die hun oma al in de biljartkamer had klaargelegd.

Maar die gaf zich niet zo snel gewonnen. 'Ik heb de boom altijd alleen versierd. Dat is traditie.'

Daarmee had het onderwerp afgesloten kunnen zijn, maar Briony gaf zich óók niet snel gewonnen. 'De boom versieren is bij uitstek iets voor de hele familie,' hield ze vol. 'Bij elkaar zijn, samen dingen doen; voor mij is dat de gedachte achter Kerstmis.'

Flappy ergerde zich aan het feit dat Briony nog altijd met een sterk Australisch accent sprak, ook al woonde ze inmiddels toch al een paar maanden in Engeland. 'Heb je thuis geen boom?'

'Jawel. Een kleintje. We hebben geen ruimte voor een echte, grote boom.'

'Maar ik neem aan dat de kinderen die gaan versieren?'

'Natuurlijk. Maar dat is niet hetzelfde. Jouw boom is geweldig. En jullie hebben ook het perfecte huis voor een echte, grote kerstboom. Het zou zo leuk zijn om die met z'n allen te versieren.'

'Ja, dat zou misschien leuk zijn,' zei Flappy met een zuinige glimlach, 'maar het is nu eenmaal traditie dat ik het alleen doe.'

Briony lachte schamper. Het was iets waar Flappy altijd een beetje onzeker van werd, omdat ze niet wist of haar schoondochter haar toe- of uitlachte. 'Maar je hebt die traditie zelf in het leven geroepen. Dan kan je hem toch ook weer afschaffen?'

'Jawel. Maar het dorp heeft nu eenmaal bepaalde verwachtingen van de maatstaven die we hier op Darnley hanteren.'

'Volgens mij verwachten de mensen vooral dat jij het goede voorbeeld geeft. En de vraag is of je dat doet door je eigen kleinkinderen het plezier te ontzeggen om de kerstboom te versieren. Je mag dan de op één na meest vooraanstaande bewoner van het dorp zijn, je bent ook oma.' Briony gaf niet op.

Flappy voelde zich diep geraakt. Hedda mocht als nicht van een markies dan tot de aristocratie behoren, ze woonde pas sinds augustus in het dorp. Dus als het ging om de meest vooraanstaande inwoner, dan beschouwde Flappy zichzelf als zodanig. Zij woonde hier tenslotte al meer dan dertig jaar.

'Kenneth, lieverd, wil je het water even doorgeven?' vroeg ze, in de hoop het gesprek op iets anders te brengen. 'Is het lekker, Jack? En jij, Tom, zit je te smullen van het vlees?'

'Ik wil de boom versieren.' Tom stak zijn onderlip naar voren.

'Ik ook,' viel Jack zijn broer bij.

Flappy keek de twee jongetjes aan, allebei met een pruillip, en ze besefte dat ze als oma geen knip voor de neus waard zou zijn als ze de wens van haar kleinkinderen naast zich neerlegde.

'Weet je wat het is, mam? Ze beschouwen Darnley als hun thuis,' verklaarde Jasper.

'Precies!' zei Briony. 'De cottage is maar gehuurd. Hier, in dit huis, is hun vader opgegroeid. Dit is voor altijd zijn thuis. En hij heeft de kids verteld...'

'De kinderen,' verbeterde Flappy haar nadrukkelijk.

Briony ademde diep in door haar neus. 'De kinderen.' Het was duidelijk dat ze haar best deed om niet uit haar slof te schieten. 'Hij heeft de kinderen over vroeger verteld. Dat jullie altijd met z'n allen de boom versierden. En dat Kenneth elk jaar een speurtocht organiseerde in de tuin. Dat de winnaar de ster op de boom mocht zetten.'

Jasper glimlachte weemoedig. 'Weet je nog, mam? Die keer dat Daniel midden in de nacht naar beneden was geslopen en alle chocolaatjes had opgegeten?'

'Nou en of ik dat nog weet. Het jaar daarna heb ik ze zo hoog gehangen dat hij er niet bij kon.'

'En we maakten allemaal onze eigen kerstman en rendieren van karton en watten en glimmend gekleurd papier, en die hingen we in de boom, tussen je prachtige, dure ballen. Een sprookje, dat was het!'

'En je vader deed de lichtjes. Daar was hij altijd goed in.'

'Ja, en dan zetten we Cliff Richard op. Met kerstliedjes.' Kenneth schonk zichzelf grinnikend nog eens rode wijn bij.

'Het vuur knetterde in de haard, de geurkaarsen roken naar kaneel. Ach ja, dat was een mooie tijd.' Flappy werd er een beetje verdrietig van. 'Mathilda en Charlotte maakten pasteitjes. En ze haalden de hele keuken overhoop! Daniel wilde *De Tovenaar van Oz* kijken, want die was met Kerstmis altijd op de televisie. En jij...' Ze keerde zich naar Jasper. 'Jij wilde na het eten mens-erger-je-nieten of een ander bordspel spelen. En we moesten allemaal meedoen.'

'Of hints.'

'Ach ja, daar was ik best goed in.' Flappy kreeg van pure nostalgie een blos op haar wangen.

'Dat was je zeker, lieverd,' viel Kenneth haar bij. 'En karaoke, dat kon je ook geweldig. "The Winner Takes It All". Dat zong je altijd zo mooi. Dan hield niemand het droog.'

'O, Kenneth.' Flappy zuchtte. Ze kreeg een brok in haar keel. 'Wat een heerlijke tijd was dat.'

'Maar dat is het nog steeds!' merkte Briony op. 'We kunnen nu ook Cliff Richard draaien, en de haard en de kaarsen aansteken, en allemaal samen de boom versieren. De kinderen hebben hun eigen versierselen gemaakt, hè jongens?'

Tom en Jack knikten heftig en keken Flappy trouwhartig aan, met verdrietige hondenogen.

'En die willen ze heel graag in oma's boom hangen.'

Flappy voelde al aankomen dat ze een stap terug zou

moeten doen. Want ze zou een slechte oma zijn als ze haar kleinkinderen het plezier van een echt, compleet kerstfeest misgunde. En van dat feest vormde de boom het middelpunt. Bovendien had Briony gelijk. Kerstmis was een familiefeest. Terwijl ze haar bestek neerlegde en haar mond afveegde met haar servet, zag ze in gedachten de gezichten van de dorpelingen al voor zich, teleurgesteld door een boom vol zelfgemaakte knutsels. Maar ze verdrong het beeld onmiddellijk weer. *Wat maakt het uit? Het gaat om de kinderen en de kleinkinderen! Die komen op de eerste plaats.*

'Vooruit dan maar.' Ze keerde zich naar Tom en Jack. 'Jullie mogen de boom optuigen.'

Er barstte een luid gejuich los.

'Maar... we doen het wel samen. Netjes en zorgvuldig. En ik geef aanwijzingen.'

'Ja, oma,' zei Jack, en Tom knikte alleen maar, want zijn mond zat vol met aardappel.

'Dank je wel, Flappy.' Briony schonk haar een stralende glimlach. 'Je bent echt ongelooflijk. Daar heb ik zo'n bewondering voor. Dat je altijd bereid bent om naar anderen te luisteren. De meeste mensen zijn te trots om een stapje terug te doen. Maar jij bent dat niet.'

'Precies,' viel Kenneth haar bij. 'Flappy denkt altijd eerst aan anderen.'

'Daar drinken we op!' zei Jasper. 'Een toost op mijn moeder!'

'O lieverd, dat hoeft toch niet.' Flappy was op slag verzoend met haar besluit om het dit jaar radicaal anders aan te pakken. 'Ik geef het graag toe als het ook anders kan.'

'Een toost op mijn moeder,' hield Jasper vol, en hij hief zijn glas. 'Op jou! En op alles wat je voor ons doet.'

Ook Kenneth, Briony en de jongens hieven het glas. 'Op oma!'

Flappy bloosde, haar ogen flonkerden, en ze besefte hoe gelukkig ze zich mocht prijzen met de waardering die ze kreeg. Want van alle kleine dingen die ze dagelijks voor anderen deden, bleven er zo veel onopgemerkt. En dus keek ze met een dankbare glimlach de kring rond.

'En ik drink op jullie!' Ze hief haar glas met water. 'Omdat jullie me inspireren om te doen wat ik kan om een goede echtgenote, moeder, schoonmoeder en oma te zijn.'

*

Nu ze eenmaal had besloten dat de kinderen mochten meehelpen met het optuigen van de boom, kon ze hun net zo goed volledig de vrije hand geven, dacht Flappy. Want óf het werd een boom zoals alleen zij die kon versieren, óf het werd een familieboom. Het moest voor de inwoners van het dorp geen raadsel zijn wie de boom had versierd. En dus legde Kenneth op een grijze regenachtige dag de plaat van Cliff Richard op de oude grammofoon. De haard brandde, de kaarsen verspreidden een verrukkelijke winterse geur, en het hele gezin ging aan de slag met de schitterende versierselen die Flappy in Londen had gekocht, én met de aandoenlijke knutsels van Tom en Jack. Persephone haalde pasteitjes bij Big Mary – Flappy wist de verleiding te weerstaan – en zette een grote pot thee.

Toen ze eenmaal bezig waren, merkte Flappy tot haar verbazing dat ze genoot! Veel meer dan als ze de boom in haar eentje zou hebben versierd. Briony zei niet één keer 'kids', en de kinderen zaten niet met hun plakkerige vingers aan de meubels. Aan het eind van de middag was de boom klaar: een chaos van ballen, slingers en knutsels. Maar wel een verrukkelijke chaos. Het soort chaos dat alleen kleine kinderen konden creëren. Flappy wist niet goed wat ze ervan moest denken. Was het een triomf of een ramp? Hoe dan ook, ze zag met angst en beven de drieëntwintigste december tegemoet, wanneer de dorpelingen een eind aan haar onzekerheid zouden maken.

In de dagen tot de onthulling werd de spanning Flappy bijna te veel. Toen ze met haar vriendinnen bij Café Délice had afgesproken, hadden ze het allemaal over haar boom. 'Ik ben zo benieuwd wat je er dit jaar van hebt gemaakt.' Big Mary zette een kop koffie voor haar neer.

'En? Hoe gaat het met de boom?' vroeg John Hitchens, de man van Mabel, die kwam binnenlopen voor een afhaalkoffie.

'Ik wil wedden dat hij nóg mooier is dan die van vorig jaar,' verklaarde Mabel met grote stelligheid.

'Flappy weet zichzelf telkens weer te overtreffen,' zei Esther.

'Nou...' Flappy aarzelde even. 'Ik heb het dit jaar eens heel anders aangepakt.'

'Ik ben benieuwd!' Sally klonk enthousiast. 'Maar het kan niet anders of hij is spectaculair! Want dat is hij altijd.'

Flappy snakte naar de troost van een stuk chocoladecake,

maar ze hield zich in. Het afvallen ging nog altijd naar wens. Als de onthulling van de boom op een fiasco uitliep, dan hoopte ze de schade aan haar reputatie te herstellen door er op haar ballo in maschera extra stralend uit te zien.

Toen ze op weg naar huis bij de traiteur langsging, kwam ze daar Joan Willis tegen. En zelfs die, de saaiste vrouw van het dorp, begon enthousiast over de boom. 'Ik begrijp niet hoe je het voor elkaar krijgt, Flappy,' zei ze vol bewondering. 'Wat je ook doet, het is allemaal zo stijlvol. Ik ben razend nieuwsgierig naar je boom. En volgens mij ben ik niet de enige.'

Zelfs toen ze langs een groepje mensen kwam die op de stoep voor de boekwinkel stonden te praten, begreep ze uit de flarden die ze opving – 'Flappy', 'boom' en 'altijd spectaculair' – dat het gesprek over haar kerstboom ging.

De druk was enorm, en ze wist niet of ze die wel aankon. De nacht voor de onthulling werd ze badend in het zweet wakker. Zou ze naar beneden sluipen om te redden wat er te redden viel? De kinderen zouden natuurlijk hevig van streek zijn, en Briony zou haar ongenoegen niet onder stoelen of banken steken. Maar de inwoners van Badley Compton zouden onder de indruk zijn. Flappy betwijfelde ineens ten zeerste of het wel zo'n goed idee was geweest om haar familie op de eerste plaats te zetten.

De volgende morgen werd ze op hetzelfde tijdstip wakker als altijd, maar wel versuft door slaapgebrek. Ze liep de trap af naar de fitnessruimte, maar doordat ze voor haar geestesoog de verontrustende beelden zag van boze dorpelingen die zwaaiend met mestvorken hun oordeel velden – 'Ordinair!', 'Smakeloos!', 'Je reinste kitsch!' – wilde het niet lukken met de ritmische ademhaling, laat staan dat ze haar yogaposities wist vast te houden. Snakkend naar respijt schoot ze haar jas en haar laarzen aan en haastte ze zich, gewapend met haar zaklantaarn, het pad af naar de cottage.

Binnen was het warm en knus. Ze stak de kaarsen en de wierook aan en deed het licht uit. Om de boeddha hing een onwerkelijk groen waas; in het gedempte schijnsel van de kaarsen leek het alsof hij zweefde. Flappy installeerde zich in lotushouding op de kussens, legde haar handen op elkaar, sloot haar ogen en begon te chanten. Aanvankelijk kon ze de verontrustende beelden niet van zich afzetten, maar geleidelijk aan werd haar ademhaling rustiger, en terwijl haar hartslag vertraagde, dook ze de diepte in naar haar onderbewuste, als een zwemmer die alle zorgen, alle beslommeringen achter zich liet, ver weg aan de oppervlakte van de zee.

Daarbeneden was het stil en vredig. Daar was ze bevrijd van de hunkeringen, de eisen van het ego. Daar in de diepte verloor Flappy elk besef van het zelf en versmolt ze met de eeuwigheid, met de bron, met de grootse Entiteit waarvan we allemaal deel uitmaken.

*

Dankzij haar intensieve meditatie voelde ze zich volmaakt ontspannen tegen de tijd dat de zon achter de bomen verdween en de tuinen vervaagden achter een dunne sluier van mist. Alles was in gereedheid gebracht voor de kerstborrel. De pasteitjes van Big Mary stonden in de oven, de flessen bisschopswijn waren ontkurkt, en Persephone had de leiding over de hulpkrachten die waren ingeschakeld om het publiek te bedienen dat nu elk moment kon arriveren.

Flappy zag tot haar tevredenheid dat Briony de kinderen voor de gelegenheid had gekleed. Tom en Jack droegen een zwarte ribfluwelen broek met een wit overhemd en een rode spencer. Met hun geschrobde wangen en keurig geborstelde haar zagen ze er aanbiddelijk uit, alsof ze nog nooit met vieze vingers aan een schone bank hadden gezeten. Flappy's hart zwol van trots.

Jasper en Briony waren een toonbeeld van saamhorigheid, en Flappy besloot zich die avond geen zorgen te maken over Jasper en Molly. Sterker nog, helemaal nergens over! Ze zou vasthouden aan het gevoel van verbondenheid met de bron dat ze tijdens haar meditatie zo sterk had ervaren en dat haar deed uitstijgen boven de kleinzielige problemen van alledag. Die avond draaide alles om het kerstfeest, om het vieren van de geboorte van Jezus, om het navolgen van zijn voorbeeld en om liefde en goedheid uit te dragen naar de wereld.

Maar toen de eerste mensen uit het dorp begonnen te arriveren, toen ze hun auto op het veld parkeerden en kwamen aanlopen over het pad dat werd verlicht door fakkels, toen besefte Flappy dat ze zich toch weer liet meeslepen door kleinzielige angsten en problemen. Ze voelde zich ineens niet langer verbonden met de grootse Entiteit, maar alleen en verlaten in haar sterfelijkheid. Wat zouden de mensen van haar boom vinden? Wat had haar bezield? Maar er was niets meer aan te doen.

Mabel en John Hitchens waren de eersten die arriveerden, al snel gevolgd door Madge en Sally met hun man, hun kinderen en hun kleinkinderen, en door Esther, die vrijgezel was. Na hen kwamen Graham en Joan, Hedda en Charles met hun kinderen, Jim en Molly met de kleintjes, en achter hen een lange stoet van mensen uit het dorp, opgewonden kwetterend, in gespannen verwachting van het onthullen van de boom en het ontsteken van de lichtjes.

'Maak je geen zorgen,' zei Persephone tegen Flappy terwijl ze langsliep met de bisschopswijn. 'Het gaat niet om de boom. Het gaat om een gezellig samenzijn met een glas wijn en pasteitjes van Big Mary.'

Flappy wenste dat ze gelijk had. Maar ze wist wel beter. Natuurlijk ging het om de boom. Daar kwamen de mensen voor. En dit jaar zouden ze diep teleurgesteld worden.

Eindelijk was het zover, eindelijk brak het grote moment aan waarop Flappy de verzamelde dorpelingen zou moeten toespreken. Vanaf de treden naar de voordeur keek ze neer op een zee van verwachtingsvolle gezichten. Haar hart bonsde, haar keel werd plotseling kurkdroog. Ze nam een slok bisschopswijn, haalde diep adem en dacht aan haar boeddha, aan Murli, aan haar familie en haar vrienden, op zoek naar inspiratie. Net toen ze aarzelend van wal wilde steken, kwamen Tom en Jack aanlopen en gingen aan haar voeten zitten. En terwijl ze blozend, met grote glanzende ogen naar haar opkeken, was het plotseling gedaan met haar bezorgdheid en wist ze wat ze ging zeggen.

'Lieve vrienden, dit is altijd een bijzondere avond. En dit jaar is deze avond wel heel bijzonder door de aanwezigheid van mijn zoon Jasper, zijn vrouw Briony en mijn twee schatten van kleinzoons, Tom en Jack.'

De jongens staken hun hand op, en de mensen begonnen te lachen.

'Elk jaar nodig ik jullie uit om samen met Kenneth en mij het kerstfeest te vieren, en elk jaar doe ik mijn best om mezelf te overtreffen bij het versieren van de boom. Dat valt niet mee. De druk is zwaar. Maar dit jaar is alles anders. Want toen ik in de ogen van mijn kleinzoons keek, besefte ik dat Kerstmis geen feest is om te pronken. Dat het niet gaat om het materiële. Ook al zijn we nog zo dol op cadeautjes. Want dat zijn we, waar of niet?'

Er klonk opnieuw gelach.

'Kerstmis is een feest om samen te vieren, om dingen samen te doen, om dingen met elkaar te delen. Met dat in gedachten heb ik Tom en Jack gevraagd of ze me wilden helpen de boom te versieren. Natuurlijk vonden ze het enig, en ze waren bovendien zo lief om allerlei moois te knutselen om in de boom te hangen. En zo komt het dat de kerstboom dit jaar een echte familieboom is geworden.'

Ze knikte naar Hedda, die de schakelaar omzette, en deed een stap naar achteren, zodat de boom in de hal voor iedereen goed te zien was. Het duurde niet lang of er vormde zich een rij en de eerste dorpelingen liepen vol verwachting het huis binnen. Hun ogen straalden, en Flappy's hart bonsde in haar keel terwijl ze zich angstig afvroeg hoe ze zouden reageren op de chaotische combinatie van glinsterfolie, engelenhaar, kartonnen kerstmannen en rendieren. Maar in plaats van teleurgesteld klonken de reacties positief. 'Charmant!' 'Wat enig!' 'Schattig!'

'Wat goed van je, dat je de kinderen de boom hebt laten versieren,' zei de eerste die weer naar buiten kwam.

'Wat een allerliefst idee,' zei de volgende.

'Je boom is nog nooit zo mooi geweest,' zei de derde.

En Flappy schonk hun de minzame glimlach waar ze om bekendstond. 'Ik mag me zó gelukkig prijzen met zulke verrukkelijke kleinkinderen. Ze weten veel beter dan ik hoe je een kerstboom moet versieren.'

En toen stond ze ineens oog in oog met Charles. Hij kuste haar zedig op de wang, maar fluisterde in haar oor dat hij liever naar háár keek dan naar de boom, dat hij wenste dat ze alleen waren, dat hij haar dan als een kerstcadeautje zou uitpakken.

Flappy bloosde, haar wangen werden vuurrood, net zo rood als de muts van de Kerstman. Ze was zó opgelucht dat ze niet mèt hem alleen was, want ze zou niets heerlijker hebben gevonden dan door Charles te worden uitgepakt. Laagje voor laagje. Tot op haar naakte huid, die gloeide van begeerte.

'Mag ik je uit je cadeauverpakking halen, Beauty? Heerlijk loom en ongehaast?'

'Mam.' Jasper tikte haar van achteren op de schouder. 'Briony vraagt of de kinderen de chocolaatjes uit de boom mogen opeten.'

Flappy keek Charles diep in de ogen, duizelig van vreugde, licht in het hoofd van roekeloosheid. 'Welja. Waarom ook niet?'

En terwijl ze het zei, besefte ze dat ze zich op een levensgevaarlijk hellend vlak had begeven.

13

Na de onthulling van de boom kon Flappy zich op Kerstmis concentreren. De voorbereidingen van de feestdagen waren niets minder dan een uitputtingsslag! Ze had al haar cadeautjes gekocht, en Persephone had ze op haar instructies prachtig ingepakt; in groen papier, met rood geruit lint en een dennentakje in de strik gestoken. Het effect was zó charmant. Flappy had Kenneth haar verlanglijstje gegeven. Niet dat ze ook maar iets kon bedenken dat ze nog niet had. Op het – uiterst korte – lijstje stonden een kasjmier trui, een handtas van Anya Hindmarch en een armband van Tiffany. Het waren geen van alle cadeautjes die haar echt gelukkig zouden maken. Ze had planken vol kasjmier truien, een hele verzameling designertassen en talloze prachtige armbanden. Maar Kenneth nam het lijstje mee toen hij in zijn Jaguar stapte, en omdat hij geen golfkleding droeg, veronderstelde Flappy dat hij ging winkelen.

Ze had zich veel moeite getroost bij het versieren van het huis. Alom bekend en geliefd als ze was – ze vermoedde dat er niemand in het dorp zo bekend en geliefd was als zij – had ze stapels kaarten ontvangen. Die hing ze, als vlaggetjes, aan linten in de hal. Ook als het om kerstkaarten ging hield ze er uitgesproken opvattingen op na. Alleen de ouderwetse droegen haar goedkeuring weg; de traditionele kaarten met de geboorte van het kerstkind, al dan niet voorzien van engelen. De trend om glimmende familiefoto's in kleur te sturen vond ze een gruwel. 'Erg gewoontjes', luidde haar typering. De enige familie die dat soort foto's mocht sturen, was de koninklijke. Die deed dat dan ook al jaren. Het waren de royals die de massa op het idee hadden gebracht. Met rampzalige gevolgen! Breed lachende gezichten en geforceerde poses die getuigden van een onverdraaglijke zelfvoldaanheid. En als Flappy érgens een hekel aan had, dan was het aan mensen die vonden dat ze het goed met zichzelf hadden getroffen. Hun kaarten hing ze niet bij de rest, maar aan het 'ijdeltuitenlint'.

De hal werd gedomineerd door een indrukwekkende schouw van kalksteen en marmer. Gasten die het geluk hadden op Darnley Manor voor het diner te worden uitgenodigd, koesterden zich in de gloed van het vuur in de haard. Flappy had de schouw versierd met een slinger van dennentakken waaraan Persephone gouden dennenappels en roodfluwelen strikken had bevestigd. Het effect was schitterend, en Flappy bleef even staan om het te bewonderen. Toen dwaalde haar blik naar de portretten van Kenneth en haar, aan weerskanten van de schouw. Ze was nauwelijks ouder geworden sinds ze waren geschilderd, constateerde ze tevreden. Dankzij een kleurtje in haar haar en een gezonde levensstijl zag ze er nog altijd veel jonger uit dan ze was. Kenneth daarentegen was het klimmen der jaren wél aan te zien. Maar dat stoorde haar niet. Mannen werden er alleen maar leuker op naarmate ze ouder werden. En Kenneth was weliswaar niet knap, maar hij had een levendig gezicht, en dat maakte hem aantrekkelijk. Ze mocht dan nog zo gecharmeerd zijn van Charles – en ze was érg van hem gecharmeerd – ze wilde haar Mop niet kwijt. Voor geen goud. Want ze was innig gelukkig met haar Mop.

Dat nam niet weg dat ze verlangend uitkeek naar de dag waarop hij weer in zijn kleedkamer ging slapen.

Wanneer ze de kerstdagen niet met de hele familie in de Cariben doorbrachten, hielden ze zich aan een vaste routine die nog stamde uit de tijd dat de kinderen klein waren. Op kerstavond speelde Kenneth voor Kerstman; dan hing hij de kerstsokken, die Flappy als zijn hoofdelf had gevuld met kleine cadeautjes, aan het voeteneind van de bedden. Sinds de kinderen waren uitgevlogen nam hij niet meer de moeite zich te verkleden, maar Flappy bleef de traditie trouw door voor hem een sok te vullen. Kenneth pakte zijn sok-cadeautjes uit aan de ontbijttafel op kerstochtend – vanwege de kruimels had Flappy een gruwelijke hekel aan ontbijten op bed – en op zijn beurt had hij ook een cadeautje voor haar.

Twee jaar terug had hij haar diamanten oorbellen gegeven. Die hadden als nummer vier op haar verlanglijstje gestaan, met op nummer één een nieuwe auto, op nummer twee een servies van Good Earth, en op nummer drie een tuinbeeld van een moederhert met een kalfje. Na het ontbijt gingen ze naar de kerstdienst in de kerk, waar ze zoals altijd op de voorste rij zaten met goed zicht op de kerstboom, die altijd nogal sneu afstak bij Flappy's eigen boom. Na de dienst was het tijd om te lunchen, waarvoor ze altijd gasten uitnodigden: het echtpaar Willis en andere goede vrienden die het net als zij dat jaar zonder de kinderen en de kleinkinderen moesten stellen. Het hoogtepunt van de dag, het openmaken van de cadeaus, volgde na de lunch, ook al zou Flappy dat nooit toegeven. Ze verklaarde met grote stelligheid dat Kerstmis draaide om de kerkdienst, de opwekkende liederen en de kerstboodschap die door de dominee en de schriftlezers zo welsprekend ten gehore werd gebracht. Ze was volstrekt niet materialistisch, zei ze altijd, maar net als iedere vrouw vond ze het heerlijk om cadeautjes voor anderen te kopen. Dus dat deed ze. En daar genoot ze van.

Dit jaar verheugde ze zich extra op de feestdagen, omdat ze Kerstmis zouden vieren met Jasper en zijn gezin. Want hoezeer ze ook genoot van Graham en Joan – of eigenlijk niet van Joan; haar aanwezigheid voegde weinig toe – en van hun andere vrienden, er ging niets boven familie. Ze had de tafel gedekt voor zes, en bij het bord van Tom en Jack stond een mandje met snoep. Ten slotte strooide ze zilveren en gouden sterretjes over het kleed, zette geurkaarsen neer in een nestje van zilverfolie en hing de twee sokken die zij als hoofdelf had gevuld – met een héél klein beetje hulp van Persephone – in de salon aan de schoorsteenmantel.

Toen ze op kerstochtend om vijf uur wakker werd keek ze opgewonden uit naar de dag die voor haar lag. Om Kenneth niet wakker te maken trok ze in de badkamer haar yogakleren aan, en ze deed erg haar best om het hem niet kwalijk te nemen dat ze als een dief in de nacht de kamer uit moest sluipen. Het was Kerstmis! Daar hoorden geen negatieve gevoelens bij. Na een uur yoga en sauna dook ze het zwembad in om af te koelen. Ze had haar haar de vorige dag laten föhnen, dus om te voorkomen dat het nat werd zette ze het vast met een grote speld.

Gehuld in haar badjas liep ze vervolgens naar de keuken voor een kop thee met citroen. Even later liep ze het huis door, deed overal het licht aan en keek waarderend om zich heen. Wat zag het er allemaal feestelijk en gezellig uit! Het zwakke licht van de opkomende zon scheen door het traliewerk van kale takken en leek twinkelend een kerstgroet te brengen. Het gras was bedekt met rijp; het leek bijna zwart op de plekken waar de zon niet scheen, maar flonkerde stralend wit in het eerste ochtendlicht. De hemel was waterig blauw met hier en daar nog wat rafelige duifgrijze wolken; de laatste overblijfselen van de sneeuwbui. Een zwerm vogels vloog op uit een paardenkastanje; inktzwarte silhouetten tegen het blauw. Terwijl ze vanuit de salon naar buiten keek, bedacht Flappy hoe mooi de natuur was in de ochtendstilte, voordat de mens ontwaakte en de rust verstoorde. En de natuur was nergens zo mooi als op Darnley Manor.

Om negen uur kwam Kenneth in zijn marineblauwe kamerjas de trap af, sloffend op zijn pantoffels; zijn grijze haren stonden in pluizige plukjes overeind, en hij zag eruit als een schooljongen. In zijn hand hield hij een klein pakje. 'Goedemorgen, lieverd,' zei hij opgewekt. 'Wat ruik je weer lekker.' Hij gaf Flappy een kus op haar wang.

'Dank je wel, lieverd. Vrolijk kerstfeest.' Haar blik viel op het doosje. Had hij de armband gekocht die op haar lijstje stond? Kenneth ging zitten, en zoals altijd maakte Flappy zijn ontbijt klaar.

'Wat fijn dat Jasper weer thuis is. En dat we kerst met hem kunnen vieren!' zei Kenneth, in plaats van zich in de krant te verdiepen, want die werd met de feestdagen niet bezorgd.

'Ja, heerlijk,' viel Flappy hem bij. 'En met Tom en Jack. Kerstmis is echt een feest voor kinderen.'

'Dat is het!'

'Ik zie hun gezichtjes al voor me wanneer ze hun cadeautjes openmaken.'

'Precies. Dat maakt het allemaal nóg leuker.'

'De kers op de taart. En reken maar dat er dit jaar een hoop werk in de taart is gaan zitten.' Ze was nogal gecharmeerd van haar eigen beeldspraak. 'Ik had zó veel te doen. Maar ik ben heel tevreden met het resultaat.'

Kenneth genoot van zijn gebakken eieren met spek en toast, terwijl Flappy een bakje yoghurt met bessen at. Hij dronk koffie, zij nipte van haar thee. Toen ze klaar waren met ontbijten schoof Kenneth het kleine pakje over de tafel naar haar toe. 'Dit staat niet op je lijstje.' Hij glimlachte een beetje verlegen.

De moed zonk haar in de schoenen. Als ze het aan hem overliet kwam hij altijd met het verkeerde thuis. Flappy had al vroeg in hun huwelijk geleerd dat ze Kenneth duidelijke instructies moest geven als het ging om cadeautjes. Maar blijkbaar had hij zich daar deze keer niets van aangetrokken. Niet echt een goed begin van het kerstfeest, dacht ze somber.

'Ach, wat lief van je.' Ze glimlachte en verborg manmoedig haar teleurstelling. 'Wat kan dat nou zijn? En wat ondeugend van je om zelf iets te bedenken.'

'Tja. Maar ik heb wel een beetje hulp gehad.' Weer die verlegen glimlach.

'O ja?' Flappy fleurde weer wat op. 'Heeft Persephone je geholpen?'

'Nee, Briony.'

'O.' Flappy wist niet zo goed wat ze daarvan moest denken. Als Persephone hem had geadviseerd, zat het wel goed. Maar daar durfde ze bij Briony niet op te rekenen. Voorzichtig wikkelde ze het papier los.

Er kwam een klein zwart doosje tevoorschijn met een roze lint. Theo Fennell. Ze herkende het logo van de juwelier onmiddellijk. Kenneth had waarschijnlijk nog nooit van Theo Fennell gehoord. Het begon er steeds veelbelovender uit te zien. Flappy maakte het lint los en deed het doosje open. Er zat een gouden ketting in met daaraan een sleuteltje, ingelegd met haar favoriete edelstenen: diamanten, saffieren en smaragden. 'Wat prachtig!' zei ze, ademloos van verrassing. Want dat was het. Echt prachtig! 'Wat lief van je, Mop. Dank je wel.'

'Je echte cadeau komt nog.' Zijn glimlach werd steeds breder. Niet langer verlegen, maar genietend, opgewonden.

'Echt waar?' Ze keek hem vragend aan.

'Het staat niet op je lijstje,' zei hij nogmaals, glimmend van trots.

'Kenneth! Wat heb je gedaan?'

'Ik zei toch dat ik iets groots voor je zou kopen. Nou, dat heb ik gedaan. In het vliegtuig naar de Cariben kon ik niks meenemen. Alleen iets kleins. Maar dit jaar heb ik iets voor je gekocht dat niet in mijn koffer zou hebben gepast.'

'Je maakt me erg nieuwsgierig. Afijn, alsjeblieft! Je sok. De hoofdelf heeft zich erg uitgesloofd.'

Kenneth maakte alle pakjes zorgvuldig open; de verpakking was al een cadeautje op zich. Er was niemand die haar geschenken zo feestelijk wist in te pakken als Flappy. Net toen hij het laatste pakje openmaakte – manchetknopen in de vorm van een golfbal en een golfclub – klonk er gezang. Het geluid kwam van buiten.

Flappy keek Kenneth fronsend aan; op zijn beurt fronste ook hij zijn wenkbrauwen. Ze waren nog niet aangekleed, en voordat ze haar haar had gedaan, wilde Flappy door niemand worden gezien.

Samen liepen ze naar de hal. Tot hun verrassing stonden Jasper, Briony en de jongens op het grind. Ze hadden Buster ook bij zich en zongen 'Silent Night,' warm ingepakt, want ondanks de zon was het bijtend koud. Hun adem vormde wolkjes in de lucht. Flappy zou het liefst naar boven zijn gevlucht.

'Wat zijn ze vroeg,' zei Kenneth.

‘Dat zijn ze zeker. Heb jij gezegd dat ze al om tien uur moesten komen?’

‘Nee.’

‘Nou, dan...’ Flappy wilde dat hij hen naar huis stuurde, terwijl zij ondertussen naar boven verdween. Maar Kenneth deed de deur al open en begon te klappen. Dus ze had geen keus. Met tegenzin plooide ze haar gezicht tot een glimlach, alsof ze zich niets heerlijkers kon voorstellen dan dat haar familie – op kerstochtend om tien uur! – voor haar huis stond te zingen. Ze voegde zich bij Kenneth en begon net als hij te klappen. Op het gezicht van haar kleinzoons lag een blos van plezier. Jasper glimlachte trots, en Briony was vooral verbaasd door de aanblik van haar schoonmoeder. Flappy vertoonde zich zelden onvoorbereid, maar het had iets verrukkelijk nonchalants. In Briony’s ogen bewees haar verschijning dat Flappy zich er niets van aantrok hoe ze eruitzag; dat ze zelfverzekerd genoeg was om zich zonder make-up te laten betrappen. Briony vond zelfs dat haar schoonmoeder er nu jonger uitzag dan wanneer ze volledig gekapt en gekleed was. Als Flappy dat had geweten zou ze wel langer zijn gebleven. Maar ze had geen idee, dus toen Jasper en zijn gezin waren uitgezongen prees ze hen uitbundig, maar vluchtte vervolgens de trap op. Kenneth nodigde hen uit om binnen te komen voor een beker warme chocolademelk. Jasper gaf Buster een bakje melk.

Om elf uur vertrokken ze gezamenlijk naar de kerk. Flappy’s haar was zorgvuldig gekapt onder de vuurrode hoed die perfect paste bij haar vuurrode jas; daaronder droeg ze een kasjmier trui en een lange rok. Ze ging haar familie voor door het middenpad, en omdat de gebruikelijke indeling kwam te vervallen doordat gemeenteleden de feestdagen elders doorbrachten of familie te gast hadden, mochten Jasper en Briony en de jongens voor deze ene keer op de tweede rij plaatsnemen, achter Flappy en Kenneth.

Voordat ze ging zitten liep Flappy naar Charles en Hedda, die met hun kinderen op de twee voorste rijen aan de andere kant van het middenpad zaten. Hedda zag er in haar marineblauwe jas met een paarse hoed feestelijk uit. Ze wenste Flappy vrolijk kerstfeest en fluisterde haar in het oor dat George had aangekondigd dat hij tijdens de lunch een belangrijke mededeling ging doen. 'Dus óf hij gaat trouwen, óf hij komt hier in het dorp wonen. Ik vind het allebei heerlijk!'

'Wat enig!' fluisterde Flappy terug, maar diep vanbinnen voelde ze een steek van jaloezie. Kon ze van Jasper maar hetzelfde zeggen! Wat zou ze graag willen dat háár zoon tijdens de lunch ook iets belangrijks te vertellen had. Namelijk dat hij werk had gevonden. Een geweldige baan. Iets bijzonders, waar ze over kon opscheppen. Ook al lag opscheppen niet in haar aard. Integendeel. Als ze érgens een hekel aan had, dan was het aan opschepperige mensen. Maar soms deed zich een gelegenheid voor waarbij het niet alleen onvermijdelijk, maar zelfs noodzakelijk was. Het moment dat Jasper een baan vond – en niet zomaar een baan, maar een geweldige baan! – zou zo'n gelegenheid zijn. Ach, was het maar vast zover!

Terwijl ze terugliep naar haar plaats en haar handschoenen uitdeed zond ze een schietgebedje naar de hemel. Gezien haar recente zondige levenswandel verkeerde ze niet bepaald in een positie om gunsten af te smeken. Daar was ze zich terdege van bewust. Maar stond er niet in de Bijbel: *Bidt, en gij zult ontvangen, opdat uw blijdschap vervuld zij*?

Dus ze deed niets anders dan wat haar in Johannes 16, vers 24 werd opgedragen. En terwijl de dominee naar de preekstoel liep, hoopte ze vurig dat het niet lang zou duren voordat haar gebeden werden verhoord.

Tijdens de dienst probeerde Charles oogcontact met haar te maken, maar Flappy wilde geen contact. Het hóórde niet, flirten in de kerk, en al helemaal niet op de geboortedag van Jezus! Dus keek Flappy nadrukkelijk een andere kant uit. Maar ondertussen voelde ze zijn vurige blikken op haar gericht, en daar werd ze ongemakkelijk van. Ze was het weliswaar gewend dat er naar haar werd gekeken; bijna iedereen in het dorp keek naar haar, nieuwsgierig naar wat ze aanhad, of in de hoop op een glimlach, een knikje, of gewoon zoals mensen naar beroemdheden keken, of naar iemand die ze bewonderden. Maar dit was anders. Door zo nadrukkelijk naar haar te kijken probeerde Charles haar te dwingen zijn blik te beantwoorden. Het kostte Flappy dan ook de grootste moeite om zich op Graham te concentreren, op zijn preek, zijn rode toga; op de kerstboom en de plastic engel die als piek diende en die een beetje scheef stond; op het koor van mensen uit het dorp, die enigszins beverig en onzuiver maar vol bezieling de kerstliederen zongen.

Terwijl ze knielde op het bidkussen en haar handen vouwde, vroeg Flappy zich af of Jasper aan Molly dacht en vice versa. Staarde Molly van achter uit de kerk naar Jaspers achterhoofd, net zoals Charles naar háár staarde? Waren Jasper en Molly verliefd op elkaar? Of was het alleen maar lust? Verkeerde Jaspers huwelijk in gevaar? Het zou voor Tom en Jack vreselijk zijn als hun ouders uit elkaar gingen omdat hun vader zich niet kon beheersen! In het besef dat ze het begin van het gebed had gemist, verdrong Flappy haar zorgen en probeerde ze zich opnieuw op de dominee te concentreren. Ze had God om een gunst gevraagd. Waarom zou Hij haar ter wille zijn als ze niet eens de moeite nam om Zijn vertegenwoordiger op aarde te volgen in het gebed? Berouwvol bad ze met luide stem het Onzevader, zodat de Almachtige niet zou denken dat ze als een verloren schaap van de kudde dreigde af te dwalen.

Na de dienst verzamelden de gemeenteleden zich zoals altijd buiten de kerk voor een praatje. Ter ere van Kerstmis stonden er vandaag kannen met *eggnog*, er waren gepofte kastanjes, en iedereen wenste elkaar fijne feestdagen. Maar de meeste gemeenteleden bleven niet lang, want thuis wachtte de kalkoen. En de kerstpudding. Flappy had haar kalkoen die ochtend al om zeven uur in de oven gezet, en net toen ze naar de kerk gingen, was Karen gearriveerd om de rest van de lunch voor te bereiden. Flappy liep van de een naar de ander als een koningin te midden van haar onderdanen; ze wenste haar vrienden een vrolijk kerstfeest, ze schudde de mensen die ze niet kende de hand, en ze had voor iedereen een vriendelijk woord. Te oordelen naar de gezichten slaagde ze erin de sfeer van Kerstmis om zich heen te verspreiden, en dat deed haar goed.

De lunch was erg gezellig, en Flappy had ook niet anders

verwacht. Jasper maakte grapjes en vertelde de ene kleurrijke anekdote na de andere, Briony lachte om alles wat hij zei en prees Flappy's mooie tafel zo uitbundig dat die helemaal vergat zich te ergeren aan haar Australische accent en aan de keren dat haar schoondochter per ongeluk 'kids' zei in plaats van 'kinderen'. De jongens smulden van de kalkoen met alle bijgerechten, net als van de kerstpudding, waar ze de muntjes van vijftig penny uit visten die Flappy erin had verstopt, geheel volgens de traditie. Ze propten zich vol zoetigheid en schoven rusteloos op hun stoel heen en weer, nieuwsgierig naar hun cadeautjes.

Flappy dacht aan de kerstlunch van Hedda en Charles; ze vroeg zich af of George zijn belangrijke mededeling al had gedaan en wat die inhield. Als hij Persephone ten huwelijk had gevraagd, zou ze dat ongetwijfeld van haar PA hebben gehoord. En ook al hoopte ze dat George in het dorp kwam wonen, ze zou het onverdraaglijk vinden als bleek dat hij een geweldige baan had gevonden. Jaloezie was iets afschuwelijks, iets wat ze beschouwde als ver beneden haar waardigheid, maar soms, in extreme situaties, kon zelfs Flappy geen weerstand bieden aan het duiveltje dat loerde in ieder mens. En dit wás een extreme situatie. Tegelijkertijd schaamde ze zich voor haar jaloezie, want natuurlijk gunde ze iedereen het beste.

Na de uitgebreide lunch verplaatste het gezelschap zich naar de salon voor het openmaken van de cadeautjes. Er werd begonnen met de sokken die aan de schoorsteenmantel hingen. De twee jongens scheurden gillend van opwinding het papier kapot, dolblij met wat ze kregen. Jasper en

Briony keken vertederd toe, dol op hun kinderen en vol waardering voor oma's gulheid.

Toen de sokken onder cadeaulinten en pakpapier waren verdwenen, was het tijd voor de cadeaus aan de voet van de boom. Keer op keer liepen Tom en Jack van de salon naar de hal en kwamen terug met een pakje in prachtig papier. Er waren cadeaus voor Jasper, voor Briony en voor Kenneth, maar de meeste pakjes waren voor de twee jongens. Toen alle cadeaus waren uitgepakt, verlieten Kenneth en Jasper de kamer. Bij terugkomst droegen ze een groot pak tussen zich in, gewikkeld in stevig bruin papier. Het zag eruit alsof er een spiegel in zat. Of misschien wel een schilderij. Flappy was razend nieuwsgierig. Kenneth had tenslotte gezegd dat hij iets groots voor haar ging kopen. Iets bijzonders.

'Dit is voor jou, lieverd.' Zijn gezicht straalde.

'Maar je hebt me al zo'n prachtig sieraad gegeven!' Ze streek over het flonkerende sleuteltje om haar hals. 'En verder alles wat op mijn lijstje stond. Wat zou ik in 's hemelsnaam nog meer kunnen wensen?'

Jasper grijnsde. 'Ik weet zeker dat je hier heel blij mee bent.'

'Weet jij wat het is?' vroeg Flappy.

'Natuurlijk. Pa en ik zaten samen in het complot.'

'Maar het was mijn idee,' zei Briony.

'Dat is zo,' moest Jasper toegeven. 'Het was Briony's idee, maar pa heeft het gekocht.'

'Natuurlijk.' Flappy zuchtte. Jasper had geen geld om ook maar íéts te kopen.

De twee mannen hielden het pak omhoog, terwijl Flappy zorgvuldig het plakband losmaakte, voorzichtig om het cadeau niet te beschadigen. Uiteindelijk werd de achterkant van een schilderij zichtbaar. De voorkant was naar Kenneth en Jasper gekeerd. Flappy vroeg zich af wat het voorstelde, een beetje angstig omdat Kenneth het had uitgezocht. Ze zou hoe dan ook moeten doen alsof ze er blij mee was. En dat kon ze als geen ander. Dus ze bereidde zich voor op het optreden van haar leven.

Jasper en Kenneth grijnsden zo breed dat ze op slag wantrouwend werd. Haalden ze een grap met haar uit? Was het een karikatuur, een afschuwelijke spotprent? Of een modern schilderij van een zwevend ei?

Maar toen ze het doek langzaam omdraaiden, zakte haar mond van verbazing wijd open. Verbijsterd keek ze naar het schilderij. Het was een portret. Een schitterend portret van Jasper met zijn hond op schoot. Flappy was diep onder de indruk en besloot onmiddellijk het doek in de hal te hangen, tegenover de portretten van Kenneth en haar.

'Het is ongelooflijk!' Ze deed een stap naar achteren. 'De kunstenaar heeft je zo goed weten te treffen. Je humor, je intelligentie, je gevoeligheid. Het is echt verbijsterend. Wie heeft het gemaakt?' Ze boog zich naar de rechterbenedenhoek. Toen keek ze Jasper aan, opnieuw verbijsterd. 'Molly Price? Heeft zij dit geschilderd?'

'Ja!' Briony straalde. 'Toen we bij Jim en haar gingen borrelen, liet ze me haar atelier zien. Ze had haar kinderen geschilderd, en Jim, dus het leek me geweldig als ze Jasper ook zou schilderen. Ik had het portret eigenlijk voor mezelf in gedachten, maar toen zei Kenneth dat hij het jou cadeau wilde doen. En dat vond ik ook eigenlijk wel een mooi idee. Tenslotte hangen hier in de hal al twee portretten.'

'Molly heeft echt een gave,' zei Flappy vol bewondering en ontzag. Het was duidelijk dat ze haar had onderschat.

'Dat heeft ze zeker,' viel Briony haar bij.

'Dus jij hebt voor haar moeten poseren?' Flappy schaamde zich plotseling dat ze er iets achter had gezocht toen Molly haar handen langs Jaspers gezicht legde, destijds op de rommelmarkt. Dat ze zijn bezoekjes aan Molly's huis verkeerd had uitgelegd.

'Ja, best vaak,' vertelde Jasper. 'En pa heeft de lijst uitgezocht.'

'Ik wist dat je het in de hal zou willen hangen. Dus de lijst moest passen bij die van onze portretten,' zei Kenneth.

'De lijst is perfect.' Flappy schonk haar man een liefdevolle blik en kreeg tranen in haar ogen. 'Je bent een schat, Mop. En je had me geen mooier cadeau kunnen geven.'

'Daar ben ik blij om.' Kenneth bloosde van geluk toen Flappy hem op zijn wang zoende.

'Misschien kan ze de jongens ook schilderen,' zei Briony. 'Voor Flappy's verjaardag. Wat vind je?' Ze schonk Jasper een glimlach.

Maar die portretten zou Kenneth moeten betalen, kon Flappy niet nalaten te denken.

'Ik heb een belangrijke mededeling te doen,' verklaarde Jasper op dat moment, en hij keek zijn moeder aan.

Een belangrijke mededeling? Flappy kon haar oren niet geloven. Had de Almachtige haar gebeden verhoord? Ze hield haar adem in.

'Ik ga een bedrijf beginnen.'

Het klonk zijn moeder als muziek in de oren. Het was alsof er een complete symfonie in Flappy's hoofd losbarstte!

'George en ik hebben The Happy Prawn overgenomen. We openen ons eigen restaurant. Jasper & George.'

Flappy was verbijsterd. Jasper kon het restaurant onmogelijk met eigen middelen hebben gekocht.

'Charles en ik hebben erin geïnvesteerd,' verduidelijkte Kenneth in antwoord op haar vragende blik.

Dus dáárom waren ze in de stad, besefte Flappy opgelucht.

'Lieverd, wat een verrukkelijk nieuws!' Ze viel haar zoon om de hals.

'We hebben je hulp nodig, mam. Je hebt zo'n goede smaak. Wil je ons helpen met de inrichting?'

'Natuurlijk!' Flappy straalde. Want als íémand wist hoe een restaurant eruit hoorde te zien, dan was zij het.

Terwijl ze zich op de bank liet vallen, stelde ze zich al voor hoe ze haar vriendinnen het nieuws zou vertellen zonder opschepperig te klinken. Opscheppen, dat deden mensen die zich diep in hun hart tekortgedaan voelden; mensen die vonden dat ze recht hadden op méér. En Flappy kwam helemaal niets tekort. Haar leven was volmaakt. Volmaakter dan het ooit was geweest. En terwijl ze innerlijk verstilde om dat besef in zijn volle omvang tot zich te laten doordringen, wist ze ineens wat haar te doen stond. *Ik vertel het mijn vriendinnen bij de koffie in Café Délice! Dan weet nog diezelfde middag het hele dorp van Jaspers grootse plannen!* Ze keek vol liefde naar haar zoon. Haar ogen straalden. Hoe had ze ooit aan hem kunnen twijfelen?

14

Kerstmis was amper achter de rug of Flappy en Hedda staken de koppen bij elkaar. Ze hadden zich met een pot thee voor het knapperende haardvuur in Flappy's kleine zitkamer geïnstalleerd. Het gezellige vertrek had een gebloemde stoffering in zachte groentinten en keek uit op de buxustuin. De schaal koekjes die op tafel stond raakte geleidelijk aan steeds leger. Hedda was dol op zoetigheid, maar Flappy wilde nog een half pond afvallen en wist de verleiding te weerstaan.

'Het was voor mij een volslagen verrassing!' zei ze.

'Voor mij ook,' viel Hedda haar bij. 'Ik dacht dat hij zijn verloving ging aankondigen.'

'Misschien is het daar nog een ietsepietsje te vroeg voor.'

'Ja, natuurlijk. Dat is ook zo. Maar ik had geen idee wat het anders zou kunnen zijn.'

'Al dat golfen en tennissen. En ik maar denken dat Jasper maar wat rondlummelde en zijn pleziertjes najoeg.'

'Tja, er worden op de baan heel wat zakelijke deals gesloten,' zei Hedda. 'Golfen is een ideale sport om te netwerken.'

'En ik dacht dat het mijn zoon aan ambitie, aan ondernemingslust ontbrak.'

'Je hebt hem onderschat. Dat is duidelijk.' Hedda glimlachte.

'Inderdaad.' Flappy schonk nog eens thee in. 'Ik vind Jasper & George een geweldig idee. Het wordt vast en zeker razend populair. De jongens hebben alles in huis om er een succes van te maken.' Ze keek naar Hedda, en plotseling had ze de behoefte om tegenover haar dierbare vriendin haar hart te luchten. 'Ik moet je wat bekennen. Jij bent de enige aan wie ik het durf te vertellen.'

Hedda trok vragend haar wenkbrauwen op, en toen kwam er een onderzoekende blik in haar ogen. 'Brand los.'

Ze denkt toch niet dat ik iets over Charles moet opbiechten? Flappy besloot haar onmiddellijk gerust te stellen. Want daar had het goddank niets mee te maken.

'Ik dacht dat Jasper een verhouding had met Molly.'

Hedda barstte in lachen uit. 'Jasper? Een verhouding? O, Flappy! Jasper is dol op Briony. Dat zie je zo! En hij heeft het niet in zich om zijn vrouw ontrouw te zijn. Daar is hij veel te integer voor. Jasper is een toonbeeld van loyaliteit. Niet alleen tegenover zijn vrouw. Het is een man met de juiste normen en waarden.'

'Dat weet ik. Het was idioot van me om dat te denken. Maar ik had Andy, mijn tuinman, aan Molly uitgeleend om haar te helpen met de tuin, en die vertelde dat hij Jasper daar had gezien. En toen ik daar iets over zei tegen Briony, leek die van niets te weten. Afijn, ik ben de boel in de gaten blijven houden, en zo ontdekte ik al snel dat Jasper regelmatig bij Molly over de vloer kwam. Jim zat op kantoor, dus ze was alleen thuis, en ik telde een en een bij elkaar op...'

'En je kwam uit op drie.'

'Nogmaals, het was idioot om dat te denken.'

'Heb je Jasper er ooit naar gevraagd? Wat hij bij Molly deed?'

'Ja, ik heb het één keer – heel subtiel – ter sprake gebracht.'

'En wat zei hij toen?'

'Dat hij haar hielp met de inrichting van het huis.' Flappy vertrok haar gezicht. Nu ze wist hoe de vork in de steel zat, klonk Jaspers excuus belachelijker dan ooit.

Hedda schoot opnieuw in de lach. 'Om te gieren! Ik kan me niet voorstellen dat Jasper ook maar iets weet van binnenhuisarchitectuur.'

'Nee, dat klopt.' Flappy grijnsde, opgelucht dat het gevaar was geweken. 'Hij heeft bijna net zo'n slechte smaak als Kenneth.'

Dat was opnieuw aanleiding tot hilariteit.

'Je hebt je van alles in je hoofd gehaald. En je druk gemaakt om niks.' Hedda pinkte een lachtraantje weg.

'Precies. Ik wilde het niet tegen Kenneth zeggen. Trouwens, tegen niemand. Ik schaamde me voor mijn zoon.'

'Dat begrijp ik. Want ik zou het ook egoïstisch en onverantwoordelijk hebben gevonden als hij zijn vrouw ontrouw was geweest. Daar zou hij Briony en de kinderen zo veel verdriet mee hebben gedaan. Het is wat anders als de kinderen zijn uitgevlogen. Dan zie ik er niets verkeerds in. Zolang je maar discreet te werk gaat.' Ze keek Flappy glimlachend aan. 'We worden zo oud tegenwoordig. Oud genoeg om meer dan één leven te leiden. En volgens mij kun je nauwelijks van mensen verwachten dat ze hun partner tot de dood toe trouw blijven.'

Daar kon Flappy niets tegen inbrengen. Hedda wist tenslotte alles van haar verhouding met Charles. 'Discretie! Daar gaat het om,' zei ze, denkend aan dat pijnlijke moment waarop ze in de armen van Charles was betrapt. Maar daar wilde ze het niet meer over hebben!

'Zo is het! Wat niet weet, wat niet deert.'

'Ik geloof niet dat Kenneth het in zich heeft om een verhouding te beginnen.'

'In tegenstelling tot Charles. Mijn hemel, er is altijd wel een vrouw waar hij helemaal hoteldebotel van is!'

Daarin vergiste ze zich, dacht Flappy. Charles was verliefd op háár. Alléén op haar! En uit niets bleek dat die verliefdheid ooit over zou gaan. Integendeel. Misschien dat hij vroeger, vóór haar tijd, van de ene vrouw naar de andere was gefladderd, als een honingbij die van de ene bloem naar de andere vloog. Maar inmiddels had hij háár zijn hart geschonken. En het was eeuwig zonde dat het daartoe beperkt moest blijven. Dat de liefde niet meer dan platonisch kon zijn. 'En jij?' waagde ze het erop. 'Zou jij ooit iets met een ander kunnen beginnen?'

Hedda hapte in een koekje en kauwde peinzend, alsof ze de voors en tegens van een openhartig antwoord op zo'n intieme vraag overwoog. 'Ik heb het een paar keer gedaan. En ik zou het zo weer doen. Op voorwaarde dat ik de juiste man tegenkwam. Maar weet je wat het probleem is? Het begint met zorgeloos flirten, met rollebollen in het hooi, en het eindigt met eisen, met verwachtingen waar je niet aan wilt voldoen. De kunst is om iemand te vinden die geen eisen stelt, iemand die alleen de lusten wil en niet de lasten. Ik heb geen enkele behoefte om verstrikt te raken in iets wat uiteindelijk een last wordt omdat de man in kwestie te veel van me verwacht. Ik ga nooit weg bij Charles. Nooit. Ik ga alleen niet meer met hem naar bed.'

O, dat is zó aristocratisch, dacht Flappy, diep onder de indruk. Alleen door aristocraten werd zo openlijk en met zo'n verrukkelijke nonchalance gesproken over buitenechtelijke affaires. Al was het maar omdat die deel uitmaakten van hun cultuur.

'De seks wordt saai als je veertig jaar getrouwd bent.' Hedda begon nu echt warm te lopen voor het onderwerp. 'Het leuke van seks is juist dat alles nieuw is, dat je elkaar leert ontdekken. Kinderen en een gezinsleven zijn de dood in de pot voor een spannend seksleven. Hoe mooi een vrouw ook is, er komt een moment dat haar man het niet meer ziet en dat ze hem niet meer kan opwinden. Omgekeerd geldt precies hetzelfde. Charles is misschien wel de aantrekkelijkste man op het westelijk halfrond, maar ik verveel me dood bij hem in bed.'

Flappy kon zich niet voorstellen dat Charles háár ooit zou

vervelen. 'Maar je houdt van hem. En dat begrijp ik. Liefde en seks, dat zijn twee verschillende dingen. En die zijn niet noodzakelijk met elkaar verbonden.'

'Precies.' Hedda grijnsde, en Flappy zag een ondeugende twinkeling in haar ogen. 'Tussen ons gezegd en gezwegen: ik zou dolgraag een woest aantrekkelijke man tegenkomen voor een pleziertje op zijn tijd. Misschien een paar keer per week. En zolang ik die man nog niet heb gevonden, zal ik het moeten doen met de boeken van Charity Chance. Om althans iets van mijn honger te stillen.'

'O, Hedda!' Flappy schoot in de lach, zowel opgewonden als geschokt door de vrijmoedigheid van haar vriendin.

'We mogen dan niet zo jong meer zijn, we hunkeren nog wel naar de aandacht van een man.'

'Dat is zo. Maar daar heb ik mijn vingers al aan gebrand. Dus dat wil ik niet nog eens meemaken.' Flappy voelde zich slecht op haar gemak nu ze het hierover hadden. Als gewone sterveling behoorde zij niet tot een elite waar vreemdgaan deel uitmaakte van de cultuur.

Hedda glimlachte veelbetekenend. 'Ach, dat weet je niet. Je bent een mooie vrouw, en je man slijt zijn dagen op de golfbaan. Ieder mens heeft recht op een beetje plezier. Je verdient het om te worden bewonderd en geadoreerd. Trouwens, dat verdienen we allemaal! Maar wanneer je jong bent, zoals Jasper, met kleine kinderen en een vrouw die dol op hem is, dan is vreemdgaan taboe.'

Flappy was opgelucht dat Hedda terugkeerde naar het uitgangspunt. 'Ik was zo blij toen bleek dat ik me voor niets zorgen had gemaakt. Dat hij naar Molly ging om te poseren.'

'Het is een schitterend portret.' Hedda nam nog een koekje. 'Molly heeft talent.'

'Dat heeft ze zeker. En het hangt daar mooi, vind je niet?'

'Nu moet je je andere kinderen ook laten schilderen.'

'Dat zal niet gebeuren. Die komen tegenwoordig nooit meer naar huis.' Flappy slaakte een spijtige zucht, denkend aan Daniel en haar dochters. 'Ik zie ze zo weinig. Ze wonen zo ver weg. Gelukkig bellen ze wel altijd op eerste kerstdag. Maar ik denk niet dat ik ze laat portretteren.'

'En Jack en Tom dan? Er is nog genoeg ruimte in de hal.'

'Ja, dat zou leuk zijn. Maar dan moet ik hun moeder wel zover zien te krijgen dat ik ze hier mag ophangen.'

'En dat zal niet meevallen. Briony is wat je noemt een harde noot om te kraken.'

Flappy slaakte een diepe zucht. Want dat was helaas maar al te waar.

*

Zodra iedereen kon, sprak Flappy met haar vriendinnen af bij Big Mary. Mabel had voorgesteld dat ze naar Darnley kwamen, benieuwd als ze waren naar Jaspers portret. Maar Flappy had vastgehouden aan koffie bij Café Délice. Daar was iedereen in het dorp die ook maar iets voorstelde regelmatig te vinden, en dus was het café de ideale plek om het grote nieuws bekend te maken dat Jasper en George een restaurant begonnen. Flappy popelde van ongeduld om het aan haar vriendinnen te vertellen. Het portret zouden ze op haar ballo in maschera te zien krijgen, beloofde ze. Alle andere gasten zouden via de tuin naar de tent worden geleid, maar zíj mochten via het huis naar binnen. Een beetje teleurgesteld waren ze wel, maar door ervaring wijs geworden protesteerden ze niet. Want Flappy hield niet van tegenspraak.

Zoals gebruikelijk verzamelden de vijf vriendinnen zich bij hun vaste ronde tafel bij het raam. Ondanks de ijzige temperaturen – de kersttijd was dat jaar extreem koud – scheen de zon stralend naar binnen. De vrouwen warmden hun handen aan hun koffiemok, en het gebak vond gretig aftrek. Alleen Flappy nam niets; ze dacht aan dat laatste hardnekkige halve pond en aan de rits van haar trouwjurk. 'Ik heb een verrukkelijk nieuwtje!' Ze kon het niet langer voor zich houden, zelfs al had ze dat gewild. Maar dat wilde ze niet. Ze wilde het delen!

'O, ik ben dol op nieuwtjes!' jubelde Mabel.

'Gaat het over Jasper?' vroeg Sally. 'Heeft hij eindelijk verteld wat hij gaat doen?'

'Inderdaad, het gaat over Jasper. En ik ben zó trots.' Flappy snoof, keek de kring rond en vertelde trots het grote nieuws, zoals ze zich dat al wekenlang had voorgesteld, ook toen ze nog niet had geweten wat dat nieuws zou zijn. 'Jasper en George Harvey-Smith gaan samen in zaken. Ze hebben The Happy Prawn overgenomen. Het wordt een opwindend nieuw restaurant. Jasper & George gaat het heten. En reken maar dat het een succes wordt. Die twee samen, dat is een koningskoppel.'

Haar vriendinnen waren zichtbaar onder de indruk. 'Nee maar! Wat een verrassing.' Esther was razendenthousiast. 'Wie had dat kunnen denken?'

'The Happy Prawn zit op een geweldige plek,' zei Madge. 'Ik kom er vaak. Vanwege het uitzicht. En vanwege de garnalen. Die zijn er altijd dolgelukkig.' Ze giechelde.

'O. Jasper raadde ze juist af toen hij me er vorige maand mee naartoe nam,' vertelde Flappy. 'Wanneer de zaak eenmaal onder de nieuwe eigenaren draait, zijn de garnalen vast en zeker een stuk gelukkiger.'

'Wat spannend allemaal!' zei Sally opgewonden. 'En wat moeten ze daar al lang mee bezig zijn geweest. Want zoiets regel je niet van de ene op de andere dag.'

'Ja, er is heel wat overlegd en onderhandeld op de golfbaan,' zei Flappy, denkend aan wat Hedda had gezegd. 'De meeste deals worden tijdens het golfen gesloten. Of op de tennisbaan.' Ze was niet van plan te vertellen dat Charles en Kenneth de zaak financierden. Haar vriendinnen moesten denken dat de jongens het helemaal op eigen kracht deden. 'Ze hebben mij gevraagd om hen te adviseren over de inrichting. Ik heb het natuurlijk vréselijk druk, maar ik kan ze vast wel wat nuttige tips geven.'

'O, wat geweldig! Het wordt vast en zeker prachtig!' jubelde Mabel.

'Een chic restaurant, dat is beslist een aanwinst voor het dorp,' verklaarde Madge, in het besef dat Flappy's bemoeienis – zelfs al ging die niet verder dan wat nuttige tips – garant zou staan voor het toppunt van verfijning.

'Hoe gaat de kaart eruitzien?' vroeg Esther.

'Gevarieerd, met uitsluitend de allerbeste producten,' blufte Flappy, want ze had geen idee. 'Verse vis. Gezonde, mediterrane gerechten. Jasper is dol op eten.'

'Wanneer gaan ze open?' vroeg Mabel. 'Ik ben zo benieuwd!'

Ook daarvan had Flappy geen idee. 'In het voorjaar,' gokte ze. Tenslotte was het voorjaar het seizoen van de vernieuwing.

'Gaan we dan in het vervolg dáár koffiedrinken?' vroeg Sally.

Daar had Flappy nog niet over nagedacht. 'We moeten wel zorgvuldig blijven,' waarschuwde ze met een blik op Big Mary. 'Tenslotte willen we niemand voor het hoofd stoten. Ik zal tegen Jasper zeggen dat hij geen klanten van Café Délice mag afsnoepen.'

'Dat ligt inderdaad gevoelig,' erkende Esther. 'Het is zaak om iedereen te vriend te houden. Maar dat is jou wel toevertrouwd, Flappy.'

'Ik ga Jasper & George natuurlijk aanbevelen,' zei die, zich bewust van haar positie. 'Maar ik laat Big Mary niet vallen.' Ze glimlachte, als een koningin die haar verantwoordelijkheden kende. 'Ik weet zeker dat Café Délice en Jasper & George prima naast elkaar kunnen bestaan. Daar is het dorp groot genoeg voor.'

Maar ze besefte dat Big Mary wel degelijk zou schrikken van het nieuws. Café Délice mocht dan een gevestigde naam zijn, met een heel andere kaart dan het nieuwe restaurant, Jasper & George zou ongetwijfeld veel publiek trekken. Dus ook al had ze haar nieuws aanvankelijk met het hele dorp willen delen, nu hoopte ze vurig dat het voorlopig niet verder zou komen dan hun eigen tafeltje. Want zíj wilde niet degene zijn die het aan Big Mary moest vertellen.

*

Flappy nam uitgebreid de tijd om Molly te bellen en haar te bedanken voor haar schitterende portret van Jasper. 'Ik had geen idee dat je zo veel talent hebt. Maar nu ik dat weet ga ik je bij al mijn vriendinnen aanbevelen.'

Op haar beurt toonde ook Molly zich erg dankbaar. En terecht, dacht Flappy voldaan. Want ze hoefde het maar te zeggen, of alle notabelen in het dorp zouden zich door Molly willen laten vereeuwigen. 'O, en voordat je helemaal volgeboekt bent, ik zou het geweldig vinden als je mijn kleinkinderen wilt portretteren.'

Molly was meteen enthousiast. 'Wat leuk! Dank je wel! Ik voel me vereerd.'

Toen Flappy het gesprek beëindigde deed ze dat met het tevreden gevoel dat ze Molly aan een nieuwe carrière had geholpen. Het was voor haar een kleine moeite, maar het betekende zo veel voor Molly!

Persephone kwam tussen Kerstmis en de jaarwisseling gewoon op haar werk, want er moest op het laatste moment nog van alles worden geregeld voor Flappy's ballo in maschera. Onder het nauwkeurig toeziend oog van Flappy was het haar PA die het eigenlijke werk verzette. In de drie dagen voorafgaande aan het bal veranderde Darnley Manor opnieuw in een bijenkorf van bedrijvigheid. Busjes reden af en aan met tafels, stoelen en servies. De tent in Italiaanse sfeer werd opgezet op het croquetgazon met daarnaast een rij mobiele toiletcabines. De bloemist arriveerde met extravagante bloemstukken, vazen van Venetiaans glas en kleine stenen replica's van de leeuw van Venetië als tafeldecoratie. De decorbouwers die Persephone had weten te boeken, begonnen de tent te transformeren tot een stukje Venetië in Devon. Er werden enorme schermen opgezet met foto's van de stad, er waren houten boogbruggen, compleet met ijzeren lampen aan de leuningen, en brede stroken dik noppenfolie zorgden voor een illusie van kanalen met daarop een aantal goudkleurig geschilderde gondels met karmozijnrode fluwelen kussens. Het zwarte dak van de tent werd bekleed met een sterrenhemel van kleine lichtjes.

Flappy was verrukt van het effect en keek vol spanning uit naar het moment waarop ze in haar schitterende gewaad, compleet met een spectaculair masker, bij de ingang van de tent zou staan om samen met Kenneth al haar vrienden en kennissen te verwelkomen. En natuurlijk ook het groepje 'twijfelgevallen' die ze uiteindelijk toch maar had uitgenodigd. Wat zouden ze onder de indruk zijn!

Op de dag voor het bal was het zover: ze ging opnieuw haar trouwjurk passen. Ze had weliswaar amper zes weken gelijnd en intensief getraind, maar dankzij haar snelle stofwisseling en haar discipline hoopte ze dat ze de ponden die ze was aangekomen, weer kwijt was. Ze wilde schitteren op haar bal! En wanneer ze wist dat ze nog altijd te zwaar was op haar heupen, zou dat ten koste gaan van haar zelfvertrouwen en haar bravoure.

Met bonzend hart liep ze naar de kamer aan het eind van de gang. Ze trok de deur achter zich dicht, want ze wilde niet dat Kenneth haar in haar trouwjurk zou betrappen.

Hij zou het niet begrijpen en misschien zelfs denken dat ze haar trouwgeloftes wilde hernieuwen. En hoeveel ze ook van hem hield, ze was niet van plan om haar geloften te hernieuwen. Op haar leeftijd vond ze dat aanstellerij. Om niet te zeggen gewoontjes.

Opnieuw kleedde ze zich uit en stapte ze in de jurk. Ze voelde meteen dat die ruimer viel terwijl ze hem over haar dijen en haar heupen trok. En toen de rits. Het sluiten ging moeiteloos! Of nee, als ze eerlijk was – en omringd door spiegels kón ze niet anders dan eerlijk zijn – ging het niet helemáál moeiteloos. Maar het ging! Dus over haar gewicht hoefde ze zich geen zorgen meer te maken. Misschien dat ze hoogstens nog wat vocht vasthield.

Tevreden liep ze naar de keuken, waar ze zichzelf trakteerde op een stuk toast. Flappy at nooit toast. Ze at überhaupt nauwelijks granen. Maar om haar succes te vieren smeerde ze een dun laagje pindakaas op een geroosterde volkoren boterham, die ze genietend verorberde.

*

In de aanloop naar het nieuwe jaar besefte Flappy eens te meer hoe gelukkig ze zich het afgelopen jaar had mogen prijzen. Er was zo veel heerlijks en verrukkelijks gebeurd; haar zegeningen waren nauwelijks te tellen! Er waren echter een paar gebeurtenissen die eruit sprongen en waarop ze met extra veel dankbaarheid terugkeek. Zoals het feit dat Jasper werk had gevonden. En wat voor werk! Wat hij ging doen, was rijk aan glamour en prestige, precies zoals Flappy had gehoopt. En dan was er de gelukkige omstandigheid dat Persephone niet naar Londen ging verhuizen, omdat George inmiddels in het dorp woonde en daar ongetwijfeld voorgoed zou blijven. Flappy vermoedde dat het niet lang zou duren voor hij Persephone ten huwelijk zou vragen. Het voornaamste was dat ze niet wegging. Want daar was Flappy erg bang voor geweest. Ze was niet alleen zwaar op haar PA gaan steunen, maar ze was bovendien erg op haar gesteld geraakt. Het zou haar veel verdriet hebben gedaan als ze haar was kwijtgeraakt. Blijkbaar had de Almachtige haar vergeven, dacht Flappy. Anders zou Hij haar niet zo hebben gezegend.

De avond voor het bal at Flappy samen met Kenneth in de keuken. Een kaars op tafel zorgde voor een romantische sfeer. Karen had een kipcurry klaargezet die Flappy alleen maar had hoeven opwarmen en waarbij ze gestoomde rijst en groenten had gemaakt. Lekker eten was belangrijk voor Kenneth. Zelf zou Flappy genoeg hebben gehad aan een gekookt eitje.

'Het is heerlijk.' Kenneth nam nog een grote hap curry en kauwde genietend. 'Je bent een geweldige kok, lieverd.'

Flappy sprak hem niet tegen. 'Ik ben blij dat je het lekker vindt.'

'Het was een goed jaar, of niet soms?' Hij spoelde de curry weg met een grote slok rode wijn.

'Dat was het zeker. Het kon haast niet beter. Nou ja, het zou natuurlijk leuk zijn geweest als Daniel en de meisjes er ook waren geweest.'

'Daar heb je gelijk in, maar volgend jaar zijn we weer met de hele familie op St. Barth.'

Flappy fronste nadenkend haar wenkbrauwen. De kinderen kwamen alleen naar de Cariben omdat Kenneth alles voor hen betaalde. Dat was de enige reden. 'Ik vind dat ze maar weer eens hierheen moeten komen,' verklaarde ze resoluut. 'Ze zijn in geen jaren meer thuis geweest. Onze kleinkinderen zouden Darnley Manor moeten leren kennen. Het is tenslotte ons familiehuis. Deze Kerstmis met Jasper heeft me aan het denken gezet. Daardoor ben ik gaan beseffen hoe belangrijk het is om als gezin samen te zijn. Op de plek waar het allemaal is begonnen.'

'Dat zou leuk zijn, voor de verandering.' Kenneth schonk zichzelf nog eens bij.

'Niet dat ik nooit meer naar St. Barth wil. Maar jij doet al je kinderen om het jaar een geheel verzorgde vakantie cadeau. Het is wel eens genoeg. Het wordt tijd dat ze iets terugdoen. Voor jou. Voor óns.'

'Je hebt volkomen gelijk, lieverd. Dit jaar hebben we gezien hoe heerlijk het is om Kerstmis met een van de kinderen op Darnley te vieren. Met het hele gezin zou het helemaal geweldig zijn.'

Flappy legde haar hand op de zijne. 'Dank je wel, Mop.'

'Waarvoor?'

'Dat je me steunt.'

'Natuurlijk steun ik je.' Hij glimlachte en vroeg zich af waarom ze plotseling ontroerd raakte.

'Ik ben dolblij met het portret van Jasper. Maar dat jij en Jasper dat samen hebben geregeld, met Briony natuurlijk, dat maakt me zo gelukkig. Dat jullie dat voor mij hebben bedacht zonder dat ik ook maar iets in de gaten had.'

'We wilden je iets bijzonders geven.'

'En dat is je gelukt. Ik vind het ontroerend.' Flappy's ogen werden vochtig, en ze glimlachte om niet te laten merken hoe dankbaar ze was dat al haar angsten op niets gebaseerd bleken te zijn.

'Daar ben ik blij om. Want je doet altijd zo veel voor ons. Het werd tijd om ook eens iets voor jou te doen. Er is niemand zoals jij, Flappy.'

Ze kreeg een brok in haar keel. 'O, Mop...'

Kenneth schraapte zijn bord leeg, stopte de laatste hap in zijn mond en keek naar de oven om te zien of er nog meer was. Flappy haastte zich hem nog eens op te scheppen, blij met de kans om zichzelf weer onder controle te krijgen. Toen ze weer naar de tafel kwam stonden haar ogen weer helder. 'En Jasper heeft eindelijk werk gevonden.' Met een stralende glimlach ging ze weer zitten.

'Precies. Wat een goed idee, hè? Dat restaurant.'

'Wiens idee was het eigenlijk?'

'Persephone kwam ermee.'

Flappy fronste haar wenkbrauwen. 'Persephone? Kwam die met het idee om een restaurant over te nemen?'

'George en zij zaten er te eten, en toen hoorde ze van een van de serveersters dat de eigenaar met pensioen ging.'

'En toen heeft ze tegen de jongens gezegd dat het wel iets voor hen was?'

'Dat neem ik aan.'

'Wat is ze toch geweldig!' Flappy's bewondering voor

haar PA werd nog groter. 'Maar daar heeft ze helemaal niets van gezegd.'

'Omdat ze discreet is. Ze kan goed een geheim bewaren.'

Flappy sloeg haar ogen neer. 'Dat kan ze zeker,' viel ze Kenneth bij, terwijl ze uit alle macht probeerde niet aan dat ene geheim te denken.

Kenneth dronk zijn glas leeg, legde zijn servet op tafel en leunde naar achteren. 'Ik heb aardig wat gedronken, lieverd.' Hij smoorde een oprisping. 'Dus ik denk dat ik maar in mijn kleedkamer ga slapen.'

En met het in vervulling gaan van die wens was Flappy's Kerstmis volmaakt!

15

De omstandigheden waren ideaal toen de avond van het ballo in maschera aanbrak. Geen wolk verduisterde de sterrenpracht, geen zuchtje wind bewoog de kale takken van de paardenkastanjes. Overal heerste een serene rust, alsof een bovennatuurlijke macht een betovering over het land had uitgesproken en Koning Winter met al zijn ongemakken en ontberingen in ketenen had geslagen. In de tuinen van Darnley Manor waren duizenden lichtjes opgehangen die twinkelend knipoogden in de droge, tintelfrisse avondlucht, en aan de indigoblauwe hemel daarboven glinsterden miljoenen sterren. Badley Compton had nog nooit zo'n luisterrijk spektakel aanschouwd, en de dorpelingen hadden zich nog nooit met zo veel enthousiasme en overgave in feestkleding gestoken.

Terwijl Jack en Tom en de kinderen Price uitgelaten door de tent renden – ze leken meer op victoriaanse zakkenrollers dan op achttiende-eeuwse boefjes – stond Flappy bij de ingang, gehuld in een schitterend goud-zilverkleurig gewaad waarmee ze iedereen in de schaduw zou stellen, zelfs jongere gasten die zich ook een kostuum bij Esmeralda Trott hadden laten aanmeten. Esmeralda had er zorgvuldig op toegezien dat Flappy het stralende middelpunt van de avond zou zijn. En ze straalde! Oogverblindend als een glinsterende, flonkerende ster. Niet alleen had ze de mooiste jurk van de avond, ook het masker dat de bovenste helft van haar gezicht bedekte, was spectaculair, uitgevoerd in goud en zilver met paarse en gouden veertjes. De uitmonstering van Kenneth, die op de hare was afgestemd, was dusdanig extravagant gebrocheerd en voorzien van biezen en boordsels dat hij er belachelijk uitzag. Maar zelf vond hij het prachtig. Hij was dol op mooie kleren; hoe extravaganter, hoe mooier hij het vond. En daar ging het om. Flappy was het van hem gewend, en ze vond hem in zijn flamboyante kostuum op-en-top een buikige, Venetiaanse edelman. Bovendien draaide het die avond niet om Kenneth maar om háár.

Jasper en Briony hadden veel werk van hun kleding gemaakt. Briony was van top tot teen gekleed in het scharlakenrood, met een masker van goudkleurige veertjes; Jasper droeg een harlekijnspak en had zijn gezicht omgetoverd tot een clownskop. Ook Molly en Jim hadden hun best gedaan, maar het resultaat was minder flamboyant dan dat van hun vrienden. Molly zag er in haar roze-gele jurk een beetje matroneachtig uit; Jim was volledig in het zwart gekleed, met een nogal sinister ogend masker dat zijn hele gezicht bedekte. Flappy hoopte dat ze een beetje op hun kinderen letten; ze wilde niet dat ze te wild in en uit de gondels sprongen met het risico dat het noppenfolie beschadigd raakte.

Het meest trots was ze op Persephone, die in het fraaie blauw-groene gewaad dat Esmeralda voor haar had ontworpen, kon doorgaan voor een Venetiaanse prinses. Ze was werkelijk beeldschoon! Flappy keek haar na terwijl ze zich langs de tafels haastte om te controleren of alles in orde was. Wat was de jonge vrouw haar dierbaar geworden! En dan te bedenken dat het niet veel had gescheeld of ze was haar kwijtgeraakt.

Toen was het eindelijk zover en begonnen de gasten te arriveren. Ze zetten hun auto's op het veld en volgden het pad, dat werd verlicht door sierlijke Venetiaanse straatlantaarns, naar de tent. Flappy kreeg van pure zenuwen een raar gevoel in haar buik toen ze hen zag aankomen. Het was alsof zich een zwerm vogels in haar maag had genesteld die allemaal tegelijk hun vleugels spreidden. Kenneth had nergens last van. Anders dan zijn vrouw dacht hij niet constant aan wat er allemaal verkeerd zou kunnen gaan. Hij verscheen op het moment dat hij werd verwacht, en dan begon het genieten.

Bij Flappy streken de vogels weer neer zodra de eerste gasten bij de tent verschenen. Plotseling ontspannen begroette ze iedereen met een warme omhelzing, waarbij ze genoot van de uitbundige lof die haar werd toegezwaaid.

'*Benvenuti*,' riep ze vrolijk, en omdat het niet hoffelijk was complimenten in ontvangst te nemen zonder zelf ook iets aardigs te zeggen, vervolgde ze met: 'Wat een prachtige kostuums! Iedereen heeft er zó veel werk van gemaakt!'

En dat was ook zo. Niemand zou op Flappy's ballo in maschera durven verschijnen zonder zich volledig in een fraaie uitmonstering te hebben gestoken, compleet met pruik, masker en schoenen met gespen.

De tent stroomde al snel vol. De gasten keken met grote ogen naar de reusachtige achtergronddecors waardoor het leek alsof ze op het Piazza San Marco waren. Ze liepen over de boogbruggen, bewonderden de gondels op het 'water' en keken verlangend naar de knappe gondolieri, die hun roeispaan geheven hielden alsof ze elk moment konden afduwen. Flappy had alles tot in de kleinste details laten uitwerken, en het effect maakte de gasten bijna sprakeloos van ontzag. 'Jij bent de enige die zoiets voor elkaar weet te krijgen,' zeiden ze wanneer ze hun stem weer hadden teruggevonden, en Flappy reageerde op hun lovende woorden met haar gebruikelijke nederigheid, want dankzij haar intensieve meditatie had ze geleerd uit te stijgen boven de aardse begeerten van het ego. 'Ik heb het niet allemaal alleen gedaan. Mijn PA heeft me een ietsepietsje geholpen,' bekende ze ruimhartig, maar alleen omdat ze erg op Persephone gesteld was geraakt en haar de waardering gunde voor al het werk dat ze had verzet.

Ineens voelde ze een paar armen om haar middel, en ze wist meteen wie er achter haar stond. 'Charles!' Ze draaide zich om. In zijn zwierige kostuum zag hij er meer uit als Zorro dan als een gemaskerde Venetiaan. Zijn zwarte broek zat als gegoten. Zijn spierwitte overhemd was aan de voorkant voorzien van ruches, hij droeg een zwarte cape om zijn schouders, en zijn masker had iets dreigends. Het was zo zwart als de nacht en bedekte de bovenste helft van zijn gezicht. Achter twee ronde gaten glansden zijn ogen demonisch groen.

Flappy's blik ging naar zijn mond, naar zijn volle, zinnelijke lippen die ze zo vaak had gekust, en ze voelde zich licht in het hoofd van begeerte. Daar stond ze dan, in haar prachtige kostuum, euforisch van opwinding en van alle complimenten die ze had mogen ontvangen, en het enige wat ze wilde was zich in de armen van Charles storten en zich gretig, hongerig aan hem geven. Maar dat kon niet. Ze had gezworen dat ze dat nooit meer zou doen, en daar zou ze zich aan houden. Want ze deed wat ze had beloofd, en bovendien wist ze wat ze zou kunnen verliezen als ze zich niet aan haar belofte hield.

'Alleen al je aanblik windt me op, Beauty,' fluisterde hij in haar oor terwijl hij zijn wang tegen de hare drukte en gretig de geur van haar parfum opsnoof.

Flappy voelde zijn lippen langs haar hals strijken. 'Niet doen, Charles.' Ze duwde hem weg, bang dat iemand het had gezien. Ze was tenslotte de gastvrouw, iedereen keek naar haar. Sierlijk ontvouwde ze haar waaier en hield die voor haar gezicht.

'Ik moet je zien,' zei hij dwingend, met een urgentie alsof de gevolgen ondraaglijk zouden zijn als ze weigerde.

Flappy ademde scherp in. Ze had één glas champagne

gedronken. Meer niet. Dus haar roekeloosheid kwam niet door de alcohol, maar door haar masker. Dat bezorgde haar het gevoel dat ze iemand anders was; een prachtige Venetiaanse, een vrije vrouw die lonkte naar een bewonderaar die ze zojuist had ontmoet tegen de romantische achtergrond van het Piazza San Marco. 'Niet nu. Straks,' hoorde ze zichzelf zeggen. Vergeten was haar belofte.

'Om één uur in de cottage.' Met zijn demonisch groene ogen keek hij haar doordringend aan. Ogen die geen weigering zouden accepteren.

Bedwelmd door de magie en de triomf van haar bal was Flappy niet in staat haar Beastie ook maar iets te weigeren. Ze knikte, en ze besefte dat ze beefde.

Er verscheen een glimlach om zijn mond, toen draaide hij zich om en verdween in het gedrang.

Flappy had meteen spijt van wat ze had gedaan. Wat bezielde haar? Ze slikte krampachtig en ging op zoek naar Kenneth. Zolang ze bij hem was kon haar niets gebeuren.

Kenneth was in gesprek met Graham, die verkleed was als paus. Perfect, dacht Flappy. Als íémand haar tot bezinning kon brengen, dan was het de paus. 'Goedenavond, Heilige Vader.' Ze maakte een diepe reverence.

Graham glimlachte waarderend. 'Daar hebben we onze gastvrouw!' Hij boog. 'Wat zie je er prachtig uit, Flappy. Je bent de mooiste van de avond.'

'Welnee,' protesteerde ze, zij het zwakjes, want ze wist dat hij gelijk had.

'Wat een geweldig feest!' Hij keek hoofdschuddend om zich heen, alsof hij niet de juiste woorden kon vinden om haar bal recht te doen. En als een dominee daar al moeite mee had, dan gold dat dubbel en dwars voor alle andere gasten.

'Flappy stelt ons nooit teleur.' Boven zijn gouden bokaal met champagne keek Kenneth haar grijnzend aan. 'Kan het zijn dat ik die lui in de gondels wel eens eerder heb gezien? Ze komen me zo bekend voor.'

'Persephone heeft ze ingehuurd,' vertelde Flappy. 'Ik neem aan dat het vrienden van haar zijn.'

'Nee, nu zie ik het. Volgens mij werken ze op de golfclub. Een van die lui heeft laatst mijn stokken gedragen.'

'Wat goed om mensen uit het dorp aan werk te helpen,' zei Graham, niet langer in de rol van paus maar met zijn gewone domineesstem.

Flappy had geen idee wie de gondolieri waren, maar ze glimlachte welwillend. 'Een mens doet wat hij kan voor de lokale gemeenschap.'

'En gefeliciteerd met de bedrijfsplannen van Jasper,' vervolgde Graham.

'Dank je wel!' Flappy straalde.

Even later werd ze omstuwd door Mabel, Esther, Madge en Sally, die allemaal door elkaar heen praatten in hun gretigheid om te vertellen wat ze van het bal vonden. Het gevolg was dat Flappy er nauwelijks iets van verstond. Maar de strekking was duidelijk. Haar bal was een succes. Een triomf!

'Je bent de moedigste vrouw die ik ken,' verklaarde Sally, verkleed als courtisane. Althans, dat vertelde ze aan iedereen die het maar wilde horen. Anders zou niemand hebben geweten wat ze moest voorstellen.

‘Reken maar dat er nog jaren over je bal wordt gepraat,’ zei Esther, die zich als man had uitgedost in een jas van paars fluweel met dito knickerbocker, en met een reusachtige witte pruik op haar hoofd.

Flappy vroeg zich fronsend af waarom ze niet gewoon een jurk had aangetrokken. ‘Ben je te paard gekomen?’

Esther schoot in de lach. ‘Wat een geweldig idee! Dat ik daar zelf niet aan heb gedacht.’

‘Iedereen heeft het over het restaurant van Jasper en George,’ mengde Mabel zich in het gesprek, want ze wist dat Flappy dat graag wilde horen. En dat was ook zo. Flappy’s ogen begonnen te stralen. Haar bal was een triomf, en het succes van haar zoon straalde ook op haar af, precies zoals ze had gehoopt.

Terwijl ze om zich heen keek, ontmoette ze de duistere blik van Charles, omlijst door zijn masker. Ze had hem met een onopvallend maar onmiskenbaar knikje te kennen gegeven dat ze om één uur naar de cottage zou komen. En hij zou haar aan haar woord houden. Dat zag ze aan zijn uitdagende blik. Wat moest ze doen? Enerzijds hunkerde ze naar een geheim rendez-vous in de cottage, anderzijds herinnerde de stem van haar geweten haar aan wat ze had gezworen: dat het nooit meer zou gebeuren. Ze wendde haar blik af, maar terwijl ze zich weer naar haar vriendinnen keerde, werd de stem van haar geweten overschreeuwd door de roep van de lust, door de roekeloosheid die dankzij haar vermomming bezit van haar had genomen.

Als een volleerde gastvrouw bewoog ze zich tussen haar gasten en wist ze iedereen te charmeren, zelfs de twijfelgevallen die ze uit pure ruimhartigheid alsnog had uitgenodigd. Als ze tijdens het samenstellen van de gastenlijst wat minder gul en uitbundig was geweest, zouden de twijfelgevallen nu thuis hebben gezeten en later op de avond spijtig naar het vuurwerk hebben gekeken dat de hemel boven Darnley zou doen oplichten. Dat ze bij dit exclusieve bal aanwezig mochten zijn, leverde Flappy hun onvoorwaardelijke loyaliteit op; hun dankbaarheid was zo groot dat ze haar voor altijd toegewijd zouden blijven.

Tijdens het diner had Flappy zichzelf een plaatsje gegeven tussen Graham en George. Niet naast Charles. En daar was ze blij om. Het was al ongemakkelijk genoeg dat hij vanaf de tafel naast de hare probeerde haar blik te vangen, telkens wanneer ze zijn kant uit keek.

Kenneth zat als gastheer aan een andere tafel, tussen Hedda en Mabel. Ook Jasper fungeerde als gastheer, maar Flappy had hem niet naast Molly gezet, voor het geval dat er toch een ongepaste erotische spanning tussen hen was gegroeid tijdens de vele poseersessies. Ze had Briony een plaatsje gegeven tussen Charles en Jim, met Persephone aan Jims andere kant. Want ook al had die zijn zwijgzaamheid inmiddels afgelegd, hij bleef moeilijk te peilen, en alleen Briony en Persephone hielden het met hem uit.

Flappy was dankbaar voor haar gesprek met Graham. Er ging niets boven een dominee om haar te herinneren aan haar plicht als vrouw en moeder, en om haar ervan te weerhouden zich opnieuw in de armen van Charles te storten. Maar toen haar blik ondanks alles opnieuw zijn kant uit dwaalde, merkte ze dat hij niet langer naar háár keek, maar dat hij met Briony flirtte. Die zag er in haar scharlakenrode kostuum dan ook verrukkelijk uit; dat kon zelfs Flappy niet ontkennen. Tot Flappy's ontsteltenis was Charles zichtbaar geboeid door zijn knappe, jonge tafeldame. Hij lachte om alles wat Briony zei, en zij genoot op haar beurt van zijn conversatie. Flappy wist maar al te goed hoe geestig en charmant hij kon zijn. Haar maag verkrampte van jaloezie. Het was iets wat ze verafschuwde, wat ze beschouwde als ver beneden haar waardigheid, maar ze kon er niets aan doen. Hoe was het mogelijk dat Charles, die even eerder nog zo verlangend haar kant uit had gekeken, nu alleen nog maar oog had voor haar schoondochter?

Dankzij de extravagante bloemstukken en de Venetiaanse leeuwtjes zagen de tafels er oogverblindend uit. Aan het dak van de tent flonkerden duizenden lichtjes, en voor de gasten was het net alsof ze echt op een zoele zomeravond in Venetië waren. De cateraars hadden voortreffelijk werk geleverd, het eten was origineel en verrukkelijk. Na het diner hield Kenneth een speech, waarop iedereen het glas hief om een heildronk uit te brengen op de gastvrouw. En ook al was Flappy het gewend om te worden bewonderd en geprezen, ze voelde zich merkwaardig geroerd. Kwam het door de kille hand van het noodlot die zich om haar hart sloot terwijl de wijzers van de klok steeds dichter naar één uur kropen? Zou deze prachtige, wonderbaarlijke avond een illusie blijken te zijn, net als in het sprookje van Assepoester, en eindigen met een verbroken belofte? Ook al lag de beslissing daarover, ánders dan in het sprookje, bij haarzelf?

Na het diner werd er gedanst. Kenneth boog hoffelijk voor

Flappy, maar terwijl hij haar over de dansvloer leidde, kon ze de gedachte aan Charles die met Briony had geflirt niet van zich afzetten. Ze hoopte vurig dat hij haar niet ten dans zou vragen en strekte haar nek om haar omgeving af te speuren, maar in de caleidoscoop van kleuren die werd gevormd door de fraai uitgedoste, gemaskerde gasten kon ze hen niet ontdekken. Waren ze de tuin in gelopen? Flappy's jaloezie laaide steeds hoger op. Vergeten waren haar goede voornemens, haar plechtige beloftes, zowel aan zichzelf als aan de Almachtige. Ze was plotseling vastbesloten om op het afgesproken tijdstip naar de cottage te gaan, om Charles te herinneren aan alle redenen waarom hij van haar hield. Terwijl Kenneth haar in het rond draaide, dacht ze aan de verschrikkelijke zonden die ze op het punt stond te begaan: ze zou haar belofte verbreken en daarmee niet alleen haar man, maar ook haar vriendin Hedda verraden. Maar ze stond weerloos tegenover het vuur van de lust en de jaloezie. Om één uur 's nachts zou ze zwichten voor Charles en voor haar onweerstaanbare verlangens. Daarbij besefte ze ten volle dat Persephone haar geen tweede keer te hulp zou komen. Als ze nu werd betrapt, was ze reddeloos verloren.

Om kwart voor één glipte ze de tent uit, de tuin in. De maan stond als een glanzende marmeren schijf aan de hemel en lichtte haar bij. Maar ook zonder de maan zou ze moeiteloos de weg hebben gevonden. In plaats van de voor de hand liggende route, waarlangs honderden waxinelichtjes brandden voor verliefde stelletjes die een wandeling onder de sterrenhemel wilden maken, nam ze het pad door de rozentuin die in winterslaap verkeerde.

De grond was bedekt met rijp, haar adem vormde mistige wolkjes. Het was zo stil dat ze het knarsen van haar voetstappen kon horen op het bevroren gras, net als het bonzen van haar hart. Ze zouden niet betrapt worden, hield ze zichzelf voor. Er waren maar weinig mensen die wisten van het bestaan van de cottage, laat staan dat ze wisten waar de sleutel verborgen lag. En niemand zou op het idee komen om de betovering van Venetië de rug toe te keren en helemaal naar het eind van de tuin te lopen.

Drie maanden lang had ze zich ingehouden, en al die tijd was Charles blijven proberen haar verzet te breken. Ze was haar man – en Hedda – trouw gebleven, maar op deze avond van illusie en schone schijn zou ze haar loyaliteit voor één keer naast zich neerleggen. Echt maar één keer. Ze zou zich overgeven aan een moment van passie. Meer was het niet. Daarna zou ze terugkeren naar het feest, en morgenochtend, na het demasqué, wanneer de zon haar ballo in maschera letterlijk zou ontmaskeren als een prachtige droom, zou ze doen alsof het rendez-vous nooit had plaatsgevonden. Niemand zou het ooit te weten komen. De Venetiaanse koningin die in de cottage aan het eind van de tuin de liefde had bedreven met de gemaskerde vreemde in het zwart, had niet echt bestaan, maar was slechts een illusie geweest. Wat klonk dat verrukkelijk romantisch! Als een sprookje.

Haar huid gloeide in afwachting van de strelingen van Charles. Ze had zich niet in bont gehuld, maar was in haar goud-zilveren gewaad de nacht in geglipt. De kou kon haar niet deren, het bloed joeg heet en wild door haar aderen.

Terwijl ze zich door de tuin haastte, werd haar ademhaling sneller, oppervlakkiger, en in afwachting van alle verrukkelijke stoute dingen die Charles met haar ging doen, bloeiden er gevoelens op die ze zo lang had verdrongen, op plekken van haar lichaam die zo lang waren verwaarloosd. Charles was een bekwame, gulle minnaar. Bij de herinnering aan zijn behendige vingers en zijn tederheid hunkerde ze nog vuriger, nog ongeduldiger naar het moment waarop ze weer in zijn armen zou liggen.

Toen de cottage in zicht kwam, zag ze tot haar verrassing dat er kaarsen brandden achter het raam. *Wat attent van Charles.* Door passie gedreven versnelde ze haar tred. Maar dichterbij gekomen besefte ze dat ze niet alleen was: er kwam iemand aanlopen over het pad. Een man in het zwart haastte zich als een duistere schim naar de deur van de cottage. Flappy bleef met een ruk staan. Als Charles nog hier was, in de tuin, wie had dan binnen de kaarsen aangestoken? Ten prooi aan verwarring keek ze toe terwijl de man de deur opendeed. Net voordat die weer achter hem in het slot viel, zag ze vluchtig een vrouwengestalte, gehuld in scharlakenrood.

Woede nam bezit van haar. Hoe durfde Charles haar te bedriegen? Hoe durfde hij haar zo te vernederen? Waarom had hij haar de belofte afgedwongen om naar de cottage te komen als hij al met een ander had afgesproken? Haar verwarring werd steeds groter. Wie was de vrouw die in de cottage op hem had gewacht? Hoe was ze binnengekomen? Daarvoor moesten ze hebben geweten waar de sleutel lag. En dat wist bijna niemand. Heen en weer geslingerd tussen verontwaardiging en gekwetstheid sloop ze verder over de bevroren grond en drukte ze zich naast het raam met haar rug tegen de muur. Degenen die binnen waren, hadden niet de moeite genomen om de gordijnen dicht te doen. Bij het gedempte schijnsel van de kaarsen zou ze duidelijk kunnen zien wat er gebeurde. Tenzij ze naar boven waren gegaan.

Ze schuifelde iets dichter naar het raam en keek langzaam, voorzichtig om een hoekje. Heel even maar. Langer had ze niet nodig. Een flits van scharlakenrood, een moment van herkenning, een hart dat bonsde van verontwaardiging. Briony! Ze had haar armen in een hartstochtelijke omhelzing om Charles heen geslagen. Hoe durfde ze!

Flappy kwam ernstig in de verleiding om naar binnen te stormen en hen te ontmaskeren. Briony was haar schoondochter! En Charles was háár minnaar geweest! Het was meer dan ze kon verdragen om hen hier nu samen te zien. Maar... een van Flappy's vele talenten was dat ze onder alle omstandigheden haar hoofd koel wist te houden.

Ze smoorde een snik, zowel van verdriet als van ontsteltenis, deed een stap naar achteren en trok zich weer terug in de schaduwen. Terwijl zij dacht dat Jasper een verhouding had met Molly, had Briony hem bedrogen met Charles.

Flappy begreep het niet. Waarom was Charles met háár blijven flirten als hij met Briony naar bed ging? Wílde hij betrapt worden? Want hij moest hebben geweten dat ze naar de cottage zou komen. Of niet? Was het een spel geweest dat hij met haar had gespeeld? Had hij geweten dat ze niet zou zwichten? Dat ze daar te integer voor was? Er ging een schok door haar heen. Ze was gebruikt! Charles had haar misleid, hij had haar wijsgemaakt dat ze nog jong en mooi was, nog verleidelijk. En ze had hem geloofd! Het was gewoon zielig! Charles had haar gebruikt om Hedda zand in de ogen te strooien. Terwijl hij ondertussen zijn gang kon gaan met Briony zonder dat iemand ook maar iets vermoedde! Ineens haatte ze hem. Maar dat was nog niets vergeleken met de vurigheid waarmee ze zichzelf haatte.

Geschokt, gekwetst, verdrietig en met lood in haar schoenen liep ze terug naar de tent. En ze wenste dat ze Assepoester was, dat de magie van het ene op het andere moment zou verdwijnen. Ze wilde niet terug naar haar ballo in maschera. Ze wilde niet langer de koningin van het bal zijn. Ze wilde niet langer de rol van charmante, beminnelijke gastvrouw spelen. In plaats daarvan zou ze het liefst diep wegkruipen, ergens waar niemand haar zou kunnen vinden en waar ze haar tranen de vrije loop kon laten.

Op dat moment kwam een rijzige gestalte haar tegemoet. Een man. Hij hijgde en had duidelijk haast. Charles! Flappy staarde hem aan alsof ze spoken zag.

'Liefste, het spijt me zo,' fluisterde hij ademloos. 'Ik werd staande gehouden door Jean, en je weet hoe ze...'

'Charles!' Ze was nog nooit zo blij geweest om hem te zien. Opgelucht viel ze hem om de hals, en ze klampte zich aan hem vast als een drenkeling aan een stuk drijfhout. 'Je bent op weg naar de cottage!'

'Ja, natuurlijk!' Hij keek haar niet-begrijpend aan. Blijkbaar voelde hij dat ze beefde. 'Is alles goed met je?'

Flappy maakte zich van hem los. 'Maar als jij op weg bent naar de cottage...' Ineens begreep ze het. Natuurlijk! Behalve Charles was er maar één andere man volledig in het zwart gekleed, met een lange zwarte mantel. Dus dáárom had hij zo opgewekt lopen fluiten toen ze hem tegenkwam in het dorp. Briony en Jim. Wie had dat kunnen denken?

Charles legde zijn hand in het kuiltje van haar rug. 'Kom mee, Beauty, we hebben geen tijd te verliezen, en ik hunker naar je als een...' Hij aarzelde, op zoek naar een gepaste vergelijking.

Maar Flappy was tot bezinning gekomen, het vuur was gedoofd. 'Nee, Charles.' Ze deed een stap naar achteren en nam haar masker af. 'Het spijt me. Ik heb me laten meeslepen door de opwinding van het bal. Maar onze tijd is voorbij. Wat wij samen hebben gehad, komt nooit meer terug.'

'Alleen omdat ik te laat ben?' Ook hij nam zijn masker af. Zijn ogen glansden niet langer demonisch; er stond teleurstelling in te lezen.

'Nee,' zei ze zacht. 'Omdat mijn leven me dierbaar is. Dat wil ik niet kwijt. Kom, we moeten terug naar het bal.'

Charles liet met een zucht zijn schouders hangen. 'Je bent een raadsel, Flappy.' Hij schudde opnieuw niet-begrijpend zijn hoofd.

'Wil je nog wel een keertje dansen met een raadsel?' vroeg ze met een lieve glimlach.

Op zijn beurt glimlachte hij berustend. 'Natuurlijk! Wie zou er nu níét met jou willen dansen?'

En terwijl ze naar de dansvloer liepen, was Flappy zich bewust van de ironie van de situatie: dat ze dankzij Briony's overspel haar Mop niet opnieuw ontrouw was geworden.

16

De volgende morgen werd Flappy met hoofdpijn wakker, en dat kwam niet door de champagne. Eén glaasje, meer had ze niet gedronken. Nee, het kwam door de afschuwelijke ontdekking dat Briony een verhouding had met Jim. Hoe lang was dat al gaande? En moest ze daar iets aan doen? Haar gedachten gingen naar Tom en Jack, en natuurlijk ook naar Jasper en Molly. Stel je voor dat Briony en Jim zouden besluiten samen verder te gaan! Dan vielen er twee gezinnen uit elkaar en maakten ze vier jonge kinderen diep ongelukkig. Zo egoïstisch zouden ze toch niet zijn?

Ze was blij dat Kenneth weer in zijn studeerkamer sliep. Daar lag hij onbekommerd te snurken, zonder ook maar het flauwste vermoeden te hebben van de zorgen van zijn vrouw, die de hele nacht had liggen woelen en draaien. Ze liet zich uit bed glijden en deed het licht aan. Het was zes uur. Het bal had tot twee uur geduurd. Bij haar vertrek, samen met Jasper, had Briony haar bedankt voor de heerlijke avond zonder een zweem van schuldgevoel of achterbaksheid. Hoe was het mogelijk dat ze er zo volmaakt argeloos uit kon zien nadat ze even eerder in de armen van een andere man had gelegen?

Daarbij realiseerde Flappy zich maar al te goed dat zij wel de laatste was die kritiek mocht hebben op haar schoondochter. Zij had tenslotte ook een – kortstondige – verhouding gehad, en als ze Briony niet met Jim had betrapt, zou ze die verhouding heel waarschijnlijk nieuw leven hebben ingeblazen. Maar Charles en Hedda hadden een open huwelijk, en Flappy was niet van plan om voor Charles te kiezen en bij Kenneth weg te gaan. Haar verhouding met Charles was puur fysiek geweest, louter en alleen voor de seks. Gold dat ook voor Briony? Of droomde ze van een nieuw leven, een leven samen met Jim?

Flappy schoof de gordijnen open. Het was nog donker, aan de horizon was nog niet het kleinste streepje licht te zien. De dageraad zou nog een paar uur op zich laten wachten. De tuin was in diepe rust en duisternis gehuld. Ze schoot haar kamerjas aan en ging naar beneden. Voor yoga of baantjes trekken was ze niet in de stemming. Ze wilde in alle rust kunnen nadenken, in de hoop dat een hogere macht haar de weg zou wijzen.

Jaren eerder had een oude Ier zijn wijsheid met haar gedeeld. En de Ieren waren niet voor niets beroemd om hun wijsheid. Als je iets wilt zeggen, aldus de grijsaard, stel jezelf dan deze drie vragen: Móét ik het zeggen? Moet ik het nú zeggen? En ben ík degene die het moet zeggen?

Opgekruld in de grote fauteuil in haar groene zitkamer dacht ze na over die drie vragen, en ze kwam uiteindelijk tot de conclusie dat het antwoord op de eerste vraag 'nee' luidde. Je hoorde je niet met andermans leven te bemoeien, hoe verkeerd wat die anderen deden ook was. Briony's overspel ging alleen haar en Jasper aan. Door zich ermee te bemoeien – iets wat Flappy nooit deed, tenzij het écht niet anders kon – maakte ze het waarschijnlijk alleen maar erger. En als ze de zaak op zijn beloop liet, loste het probleem zich misschien vanzelf op. Daarmee was ook de tweede vraag beantwoord. Bij de laatste vraag lag het wat ingewikkelder. Áls er al iets over moest worden gezegd, dan was zíj de juiste persoon. Ze wist tenslotte niet beter of zij was als enige op de hoogte van de affaire, en een gefluisterde waarschuwing van haar schoonmoeder zou voor Briony een reden kunnen zijn om ermee te stoppen. Hoewel... misschien zou die er alleen maar toe leiden dat haar schoondochter en Jim in de toekomst voorzichtiger te werk gingen; dat ze daardoor alleen maar dichter naar elkaar toe zouden trekken. Haar bemoeienis zou misschien zelfs de katalysator kunnen zijn waardoor Briony en Jim besloten er samen vandoor te gaan, bedacht Flappy geschokt.

Na een grondige analyse van alle voors en tegens besloot ze voorlopig niets te zeggen. Ze zou de zaak scherp in de gaten houden en die eventueel op een later moment aan de orde stellen. Misschien waren de omstandigheden tegen die tijd veranderd, al dan niet ten goede. In dat laatste geval zou ze moeten optreden. In het belang van haar zoon en haar kleinkinderen.

Met die conclusie keerde de rust in haar hoofd althans enigszins terug. En terwijl ze dromerig voor zich uit staarde, kreeg ze een briljante inval. Het idee was zo geraffineerd, zo geslepen, dat het universum, of welke hogere macht dan ook, het haar moest hebben ingefluisterd. Ze schoot overeind, popelend van ongeduld om het aan Kenneth te vertellen. Het was pas half zeven, zag ze op haar horloge. Kenneth zou niet voor negenen beneden komen. Op zijn vroegst. Ze waren tenslotte laat naar bed gegaan. Haar hoofd was plotseling weer glashelder, en met nieuwe veerkracht in haar tred haastte ze zich naar het zwembad. Ze zou een uur yogaoefeningen doen, dan een half uur baantjes trekken en ten slotte een kwartiertje in de sauna gaan zitten. En daarna was het tijd om te ontbijten.

Toen Kenneth eindelijk beneden kwam – op pantoffels, met piekerig haar en met zijn kamerjas losjes om zijn buik gewikkeld – begroette Flappy hem zo uitbundig en ging ze zo voortvarend aan de slag met zijn ontbijt dat het hem duizelde. Hij wreef in zijn ogen. 'Lieverd, wat ben je energiek vanochtend!'

Ze zuchtte voldaan. 'Ach, het was zo'n verrukkelijke avond.'

'Dat was het. Maar ik heb wel een spijker in mijn kop,' beklaagde hij zich.

'Dat komt ervan als je te veel drinkt.'

'Maar het was inderdaad geslaagd, hè? Echt een enorm

succes. Je zult wel blij zijn. Dit zal niemand je kunnen verbeteren.' Hij wist tenslotte maar al te goed dat zijn vrouw in alles de beste wilde zijn.

'Het was schitterend. Iedereen heeft ervan genoten!' Flappy zette een kop sterke koffie en twee gebakken eieren met toast voor hem neer. 'Alsjeblieft. Daar knap je van op.'

'Dank je wel, lieverd. Je bent te goed voor deze wereld.' Alleen al de aanblik van zijn ontbijt deed hem opleven.

Flappy ging met een kop thee met citroen tegenover hem zitten.

Kenneth fronste zijn wenkbrauwen bij het zien van de vastberaden glinstering in haar blik. Die vertelde hem dat ze iets van hem gedaan wilde krijgen.

'Lieverd, ik heb een idee.'

De toon waarop ze het zei, suggereerde dat het om iets belangrijks ging. Om een idee dat hij niet kon negeren of parkeren om er later op terug te komen. 'O?' Hij vroeg zich af hoe ze na een zware avond en een korte nacht in 's hemelsnaam al zo helder en klaarwakker kon zijn. Zelf had hij het gevoel dat er in zijn hoofd een dichte mist hing.

'Volgens mij moet je een huis voor Jasper kopen.'

De mist was op slag verdwenen. 'Ik dacht dat je dat niet wilde.' Met zijn kleine oogjes keek hij haar doordringend aan. 'Dat je vond dat ik hem te veel verwende.' Hij begreep er niets van.

'Ik ben van gedachten veranderd. Nu hij zijn eigen bedrijf begint, vind ik dat we hem dat moeten gunnen. En voor Briony zal het ook goed zijn om een eigen huis te hebben.'

'Meen je dat nou? Volgens mij hebben ze het in de cottage

prima naar hun zin. En ze wonen naast de pub.'

'Briony moet iets te doen hebben. Dus ik vind dat je een huis voor ze moet kopen met behoorlijk wat achterstallig onderhoud. Een huis waar een hoop aan moet gebeuren. Dan heeft Briony ook haar eigen project.'

'Waar komt dit ineens vandaan?' Kenneth nam een slok koffie. Hij kende zijn vrouw, dus hij wist dat het idee om Briony iets te doen te geven niet zomaar uit de lucht kwam vallen.

Flappy schonk hem een glimlach. Het was de glimlach van een sluwe vos. 'Ik heb de indruk dat Briony zich verveelt. Ze is een intelligente vrouw, maar ze heeft niets omhanden. De au pair zorgt voor de kinderen, dus wat doet Briony de hele dag?'

'Wat wil je daarmee zeggen?'

Flappy wilde hem niet belasten met de ontrouw van hun schoondochter, maar Kenneth was te slim om niet door te hebben dat er iets speelde. 'Laten we maar zeggen dat ze te veel tijd heeft. En te weinig te doen. Ik wil dat ze het druk krijgt. Erg druk. Te druk om zich bezig te houden met dingen die ze niet zou moeten doen. Als je begrijpt wat ik bedoel.'

Kenneths gezicht versomberde, zijn blik werd helder, analyserend. Het was de blik van een man die een fastfoodimperium uit de grond had gestampt en dat vervolgens voor miljoenen had verkocht. 'Het is niet niks wat je suggereert. Ik hoop dat je heel zeker bent van je zaak.'

'Heel zeker, lieverd. Honderd procent zeker.'

'Hoe serieus is het?'

'Dat weet ik niet. Maar het moet in de kiem worden gesmoord. Dat weet ik dan weer wél heel zeker.'

'Dan gaan we daarvoor zorgen.' Kenneth sneed met kracht zijn toast aan. 'Jij gaat op zoek naar een huis. Een huis met zo veel mogelijk achterstallig onderhoud. Dan zorg ik voor de rest. Voor zover ik haar ken, is een huis dat ze helemaal naar haar eigen smaak kan opknappen en inrichten precies wat Briony nodig heeft. En dan heeft ze geen tijd meer om domme dingen te doen.'

'Zo is het,' viel Flappy hem bij, opgelucht dat hij het voortouw nam. Wat waren ze een goed team! Hoe kon ze de vorige avond zelfs maar hebben overwogen om weg te glippen naar de cottage voor een rendez-vous met Charles? Ze legde een hand op de zijne. 'Zoals jij is er maar één, Mop.'

En terwijl hij haar glimlachend aankeek, met ogen die straalden van liefde, kon hij niet vermoeden dat het maar weinig had gescheeld of hij was haar kwijtgeraakt.

*

Maanden verstreken, en op een prachtige voorjaarsavond vierden Flappy en Kenneth, en Hedda en Charles, samen met hun talrijke vrienden en kennissen de opening van Jasper & George. Boven de haven toverde de ondergaande zon een glinsterend tapijt van lichtjes op het water. De vissersbootjes deinden zachtjes op en neer; het werd eb, de zee trok zich terug. De zeevogels die boven het strand cirkelden, doken naar de kleine schaaldieren die achterbleven op het natte zand. Het was een paradijselijke avond, waarvan de idyllische sfeer werd versterkt door de goodwill waarmee de twee jonge ondernemers werden omringd en die bleek uit de bijval vanuit de gemeenschap. Want zo waren de inwoners van Badley Compton: ruimhartig in hun bereidheid om nieuwkomers in hun midden te verwelkomen.

Flappy was trots op wat Jasper had bereikt. Hij had al haar verwachtingen overtroffen en had zich ontpopt als een slimme zakenman. Misschien leek hij toch meer op zijn vader dan ze altijd had gedacht. Dankzij haar inbreng zag het restaurant er chic en smaakvol uit. Niet dat ze ook maar een greintje krediet zou hebben opgeëist, maar Jasper en George hadden haar geprezen in hun speeches en bedankt voor haar adviezen. Die waren 'van onschatbare waarde' geweest, hadden ze gezegd. En dat was ook zo. Dat wist Flappy natuurlijk maar al te goed. Maar het was aan de visie van de twee jonge ondernemers te danken dat het eindresultaat er in alle opzichten mocht zijn: een restaurant met een chique maar ontspannen sfeer, een etablissement dat in Mayfair niet zou hebben misstaan en waar de gasten konden genieten van de smakelijke en gezonde mediterrane keuken.

Hoe fraai de inrichting ook mocht zijn, de gasten kwamen voor het eten, en de kok die Jasper en George hadden weten te contracteren, beloofde de hooggespannen verwachtingen waar te maken. Fulvio Belvedere kwam uit Sicilië. Een grote, gespierde verschijning met een dikke bos donkere krullen, zachte lichtbruine ogen en een charisma waarmee hij bij zijn geboorte door de Almachtige rijkelijk was bedeeld. Alleen al door zijn aanwezigheid verleende hij het restaurant glamour en allure. Zijn sexappeal was onmiskenbaar, en Hedda, die al een tijdje op zoek was naar een leuke man 'voor erbij', wist zodra ze hem zag dat ze niet verder hoefde te zoeken.

Briony was verrukt van het huis dat Kenneth voor Jasper en haar had gekocht. Het lag even buiten het dorp, en er moest erg veel aan gedaan worden. Er was zo veel achterstallig onderhoud dat het iemand met minder ambitie zou hebben afgeschrikt. Maar Briony zag het eindresultaat al helemaal voor zich. En dat mocht dan spectaculair en extravagant zijn, het duldde ook geen enkele afleiding. Ze was vastberaden 'het krot' te verbouwen tot een droomhuis.

Flappy was blij om te zien dat haar schoondochter dankzij het renovatieproject geen tijd meer had voor, noch behoefte had aan, romantische uitstapjes. Hoe ze dat zo zeker wist? Doordat ze er niet voor terugdeinsde om listig te werk te gaan als de omstandigheden dat vereisten. Dus had ze haar ogen en oren goed de kost gegeven en ontdekt dat Jim inmiddels zijn zinnen had gezet op een andere knappe jonge vrouw. Maar om háár maakte Flappy zich geen zorgen. Wel om Molly. Ze was erg op haar gesteld geraakt, zeker nadat ze Jasper zo schitterend had weten te portretteren. En dus besloot ze, gul als ze was, om Molly onder haar hoede te nemen. En hoe kon ze dat beter doen dan door haar persoonlijk te adviseren over haar tuin? Want als Flappy érgens verstand van had, dan was het van bloemen en planten. En wat zou Molly blij zijn met haar hulp!

Opgelucht dat haar missie was voltooid, legde Flappy haar verrekijker met een zucht van voldaanheid in de la. Ze klopte zichzelf nu graag op de borst. Dat deed ze eigenlijk nooit, want dat rekende ze beneden haar waardigheid. Maar ze moest toegeven – en niet voor het eerst – dat ze trots mocht zijn op de keuzes die ze had gemaakt.

*

Toen ze op een avond in juni alleen buiten zat op het terras, genietend van een moment rust in haar drukbezette bestaan, streek er een kleinste jager neer op het gazon. Was hij het echt? Verbaasd legde ze haar tijdschrift weg. Zijn kopje was aan de bovenkant zwart, hij had een witte buik en een lange staart. Ze had het goed gezien. Het was onmiskenbaar een kleinste jager. Dat wist ze omdat ze hem inmiddels had opgezocht in haar vogelboek. Ze zette haar zonnebril af en sloeg de vogel aandachtig gade.

En tijdens dat zeldzame moment van verstilling kwam er een idee bij haar op. Een briljant idee. Ze zou hem schilderen! Voor Molly! Het was jaren geleden dat ze haar penselen voor het laatst ter hand had genomen, en ook al hield ze niet van opscheppen, ze schilderde beslist niet onverdienstelijk. Sterker nog, schilderen was een van haar vele uitzonderlijke talenten. Dus ze zou de kleinste jager in verf vereeuwigen. Voor Molly. Een kleine moeite die voor haar nieuwe vriendin zó veel zou betekenen.

Ze besloot meteen de daad bij het woord te voegen. Dit was het perfecte moment. Ze was altijd zo drukbezet, maar nu had ze even tijd. En ze had inspiratie. Bovendien hupte haar model over het gazon. Dus ze haastte zich naar binnen om haar schilderspullen te halen. Toen ze weer buiten kwam, stroomde haar hart over van geluk. Het was het verrukkelijke, hartverwarmende gevoel dat ze altijd kreeg wanneer ze iets voor een ander deed. Een gevoel dat ze maar al te goed kende, attent en gul als ze was. En terwijl ze zich met haar verf en schetsboek installeerde, stroomde de warmte van haar hart naar het papier waarop de kleinste jager met elke penseelstreek meer vorm kreeg en in zijn volle glorie begon te verschijnen. Dankbaar en blij zag Flappy haar werk groeien, en ze wist dat het goed was.

Dankwoord

Er is niemand zo blij met dit tweede deel van haar serie als Flappy zelf. Hoewel ze natuurlijk van meet af aan wist dat er een tweede deel zou komen. Sinds haar eerste optreden in *Onder de Italiaanse zon* heeft ze de show gestolen. Maar zelfs Flappy weet dat de show niet kan doorgaan zonder de onverdroten inzet, het enthousiasme en de deskundigheid van diverse briljante geesten die onze dankbaarheid en waardering verdienen. Want als Flappy érgens in uitblinkt, dan is het in het tonen van dankbaarheid.

Daarom, namens Flappy en ondergetekende, bedank ik mijn agent, Sheila Crowley, en mijn redacteur, Suzanne Baboneau, die Flappy een wereldwijd podium hebben gegeven om te schitteren.

Ik ben ook mijn filmagent, Luke Speed, dankbaar en iedereen bij Curtis Brown die bij het productietraject van mijn boeken is betrokken: Alice Lutyens, Sabhbh Curran en Emily Harris, Katie McGowan en Callum Mollison. Mijn dankbaarheid geldt ook Ian Chapman, mijn baas bij Simon & Schuster, en zijn geweldige team dat zich met zo veel toewijding en betrokkenheid over mijn manuscripten ontfermt: Sara-Jade Virtue, Gill Richardson, Dominic Brendon, Polly Osborn, Rich Vlietstra, Sabah Khan, Matt Johnson, Francesca Sironi en Alice Rodgers.

En natuurlijk bedank ik ook Sebag, mijn man, onze dochter Lily en onze zoon Sasha voor hun steun en hun aanmoediging. Ze vinden Flappy net zo grappig als ik, en daar ben ik blij om. Ter afwisseling van mijn grote romans met meer emotionele diepgang vormt een Flappy-boek de perfecte vrolijke noot. En Flappy vindt het heerlijk dat ze mij – en talloze anderen – gelukkig kan maken. 'Want ik zou natuurlijk geen knip voor de neus waard zijn als ik mijn licht louter en alleen in mijn eigenbelang liet stralen,' zegt ze bescheiden, want zo is ze! 'Het is mijn plicht het te delen met de wereld. En ik doe niets liever. Voor mij is het een kleine moeite, maar voor al die anderen betekent het zó veel.'

En zo is het, Flappy. Dus blijf stralen!

LEES MEER VAN

In het Noord-Italië van de jaren dertig groeit Evelina op als knappe jongste dochter van de familie Pierangelini. Ze is verliefd op Ezra Zanotti, de muzikaal getalenteerde zoon van een Joodse stoffenhandelaar. Tussen de twee ontluikt een geheime romance, maar als in 1939 Mussolini een verbond sluit met Hitler komt hun toekomst op losse schroeven te staan. Als overtuigd patriot denkt Ezra's vader dat de nazi's hem en zijn familie met rust zullen laten maar ze worden allemaal gevangengenomen. Als niemand van hen na de oorlog terugkomt, vertrekt Evelina met een gebroken hart naar Amerika.
Evelina weet dat ze Ezra nooit zal kunnen vergeten, maar vastberaden om ondanks alles toch weer gelukkig te worden slaagt ze erin een nieuw bestaan op te bouwen en opnieuw de liefde te vinden. Maar dan, op een regenachtige dag in oktober 1959, wordt de grond onder dat nieuwe bestaan weggeslagen.

Verkrijgbaar als

LEES MEER VAN

Tegen de wensen van zijn halfzus Kitty Deverill in, verkoopt JP Deverill het familiekasteel aan een grote hotelketen. Ook nodigt hij de jonge Margot Hart als gastschrijver uit om op het landgoed te komen logeren. Margot werkt aan een boek over de geschiedenis van de familie Deverill en JP ziet dat boek als de ideale manier om zijn rekeningen met enkele familieleden te vereffenen.
JP's zoon Colm kan zich allerminst vinden in de plannen van zijn vader. Hij heeft na de scheiding van zijn ouders alle contact met zijn vader verbroken, maar nu JP van plan is de vuile was over de familie buiten te hangen, voelt Colm zich geroepen om in actie te komen. Zelfs als hij daarvoor de degens moet kruisen met de charmante en onafhankelijke Margot.

Verkrijgbaar als

LEES MEER VAN

Marigold woont met haar man Dennis en hun jongvolwassen dochter Suze in een klein dorpje op het Engelse platteland, waar iedereen elkaar kent. Wanneer ook haar negentigjarige moeder bij hen intrekt, omdat ze te oud wordt om alleen te wonen, en hun andere dochter Daisy met een gebroken hart terugkeert uit Milaan, waar ze zes jaar heeft gewoond, lijkt de drukte Marigold een beetje boven het hoofd te groeien. Of is haar toenemende verstrooidheid aan iets anders te wijten?

Terwijl haar dochters met moeite hun leven op de rails krijgen, ontspoort dat van Marigold steeds verder. Het lukt haar niet echt meer om haar winkel te runnen, het huishouden draaiende te houden en de aangekondigde bruiloft van Suze voor te bereiden – zaken waar ze normaal gesproken juist talent voor had. Juist op het moment dat ook Daisy de liefde opnieuw vindt, wordt de diagnose duidelijk. Meer dan ooit heeft Marigold de steun en liefde van haar familie nodig, maar zijn die wel in staat om de offers te brengen die dat van hen vraagt?